Attila – König der Hunnen

AF235092

Der Autor und Historiker F e l i x   D a h n lehrte als Hochschullehrer an verschiedenen deutschen Universitäten. Seine historischen Romane über die Spätantike und die Völkerwanderung zählen heute immer noch zu den gern gelesenen populären Büchern.

In der Buchreihe „Historical Diamond" werden die Juwelen bedeutender klassischer Autoren in einer qualitativ hochwertigen, aber preiswerten Buchausgabe in ungekürzter Fassung neu herausgegeben. Das Themenspektrum umfasst spannende Romane, u. a. historische Romane, Krimis, Fiktion, Abenteuer und Entdeckungsreisen.

HISTORICAL DIAMOND

Felix Dahn

Attila
König der Hunnen

Historischer Roman

Herausgeber
Klaus-Dieter Sedlacek

Band 11

Bibliografische Information Der Deutschen Bibliothek:
Die Deutsche Bibliothek verzeichnet diese Publikation
in der Deutschen Nationalbibliografie; detaillierte
bibliografische Daten sind im Internet über
http://dnb.ddb.de
abrufbar.

Herstellung und Verlag: BoD – Books on Demand, Norderstedt.
ISBN: 9783752888836

Erstes Buch.

Erstes Kapitel.

Dunkel lag die schwüle Sommernacht auf dem gewaltigen Donaustrom. –

Fast einem Meeresarme glich die unüberblickbare Breite der Fluten, die, an den beiden Uferseiten oft in Schlamm versumpfend, auch in der Mitte des Bettes die ungeheuren Massen ihrer Gewässer nur träge vorwärts wälzten nach Osten: denn sehr zahlreich waren die kleinen Werder, die, mit Busch- und Baumwerk üppig begrünt, dem rinnenden Zuge hemmend sich vorgelagert hatten. – Eines dieser schmalen Eilande erhob sich nur wenig über den Spiegel des Flusses; rings von mannshohem Schilf umgürtet trug es nur ein paar Bäume: uralte Weidenstämme, nicht sehr hoch aufgeschossen, jedoch von mächtigstem Umfang, knorrig, mit phantastischen Auswüchsen an Krone, Ästen und Rinde.

Der Mond stand nicht am Himmel; und die Sterne waren bedeckt von dichtem Gewölk, das der feuchtwarme Südwest mit triefenden Schwingen langsam vor sich her schob. Im fernen Osten aber zuckte zuweilen fahler Schein über den schwarzen Himmel hin, geisterhaft, unheimlich; noch drohender drückte dann die dem raschen Aufleuchten folgende tiefe, wie Verderben brütend schweigende Nacht. – – Mit leisem Gurgeln und Zischen drängte sich das Gerinne des Stromes langsam, zögernd an der kleinen Aue vorüber, die, im Westen breit, gegen Osten spitz zulaufend, ungefähr ein Dreieck bildete. Das Schilf ging allmählich auf den sumpfigen flachen Ufern der Insel in dichtes Weidengebüsch über und in stachligen Seidelbast. – Rings alles dunkel, einsam, still: selten nur stieg in dem tiefen Strom ein Raubfisch empor, der, in nächtlicher Jagd, patschend aufschlug: dann ein kurzes Kreiseln auf der Oberfläche – gleich wieder alles ruhig. – – Da flog plötzlich aus dem Gebüsch des linken, des nördlichen Ufers ein großer Vogel schwerfällig auf: – laut kreischend, mit schrillem Warnruf. Er strich langsam auf den Werder zu: aber, im Begriff, auf einer der alten Weiden aufzubäumen, – schon schwebte er über deren Wipfel – schwang er sich plötzlich, jäh ablenkend, mit wiederholtem, aber noch viel lauterem Ruf des Schreckens und der Warnung, hoch empor und eilte nun, mit hastigem, scharf klatschendem Flügelschlag, in ganz anderer Richtung, nach Osten, dem Strom folgend, davon: bald war er in dem Nachtgewölk verschwunden.

*

Auf dem Eiland aber regte sich's nun leise in dem Weidengebüsch. Eine Gestalt, die bisher, ganz versteckt in dem Strauchwerk, auf dem feuchten Ufersand sich niedergekauert gehalten hatte, richtete sich ein wenig auf. »Endlich!« sprach eine jugendliche Stimme leise. Der Jüngling wollte aufspringen. Aber ein zweiter Mann, der neben ihm in dem Gestrüpp verborgen lag, zog ihn am Arme nieder und flüsterte: »Still, Daghar. Die den Reiher aufgescheucht, können auch Späher sein.«

Von dem Norduffer her näherte sich nun rasch der kleinen Insel, von dem dunkeln Spiegel der Flut noch dunkler, weil massig, sich abhebend, ein länglicher Streif, wie ein schwarzer Schatten dahingleitend. Es war – schon konnte man es jetzt unterscheiden – ein Kahn: pfeilschnell schoß er heran; und doch völlig lautlos. Die vier Ruder mieden sorgsam jedes Geräusch beim Eintauchen, beim Anziehen und beim Aufheben. – Schon flog, mitten im Anlaufen geschickt gewendet, der Nachen nicht mit dem spitzen Vorderbug, sondern mit dem breiten Hintergransen in das dichte Schilf: das knisternde Reiben der steifen Rohre an der dahingleitenden Seitenwand des Bootes, das wehende Rauschen der dabei gestriffen federgleichen Blüten war der einzige wahrnehmbare Laut. Die beiden Ruderer sprangen an das Ufer und zogen den Kahn noch höher auf das Land.

Die beiden Wartenden hatten sich einstweilen erhoben: schweigend reichten sich die vier Männer die Hände: kein Wort ward gewechselt. Schweigend gingen sie von dem Ufer weiter in das Innere der Aue, die im Westen, Norden und Süden sanft sich erhöhte, nach Osten steiler abfiel; sie näherten sich so den mächtigen Weidenstämmen oben auf dem Scheitel der Insel. Da machte der ältere der beiden früher schon Angelangten Halt, hob das behelmte Haupt, warf das langwallende weiße Haar in den Nacken und sprach mit Seufzen: »Gleich nächtlichen Schächern müssen wir uns zusammenstehlen – wie zu verbotener Meintat.« »Und es gilt doch der edelsten aller Taten,« rief der Jüngling an seiner Seite, den Speer fester fassend: – »der Befreiung.«

»Der Tod schwebt über unsern Häuptern!« flüsterte warnend der jüngere der beiden Ankömmlinge, den braunen Bart, den ihm der nasse Wind in das Gesicht schlug, niederstreichend.

»Der Tod schwebt überall und immer ob den Sterblichen, Graf Gerwalt,« erwiderte sein Kahngenosse: Festigkeit und Zuversicht lagen in seiner Stimme. »Ein wackeres Wort, König Ardarich!« rief der Jüngling. »Nur die Art des Todes macht den Unterschied,« nickte der in den langen weißen Haaren. »Gewiß, König Wisigast,« fiel Gerwalt ein. »Und mir graut vor den Qualen, unter denen wir sterben werden, ahnt er nur, daß wir uns heimlich trafen.« Er schauderte.

»Allwissend ist er doch nicht!« eiferte der Jüngling grimmig. »Das ist nicht einmal Wodan,« meinte der greise König. »Aber kommt,« mahnte Gerwalt, den dunkeln Mantel fester um die stämmigen Schultern ziehend. »Der Wind wirft uns plötzlich ganze Schaufeln voll Regen in die Augen. Dort – unter der Weide – finden wir Schutz.«

Alle vier traten nun auf die Nordostseite unter den Schirm des breitesten der Weidenstämme: reichlich fanden sie hier Raum nebeneinander.

»Beginne gleich, König der Rugen,« mahnte Gerwalt, »und ende bald. Weh' uns, wenn wir nicht sichere Stätte wiedergewonnen haben, bevor der erste Tagesdämmer aufglänzt. Seine Reiter, seine Späher stecken, jagen, lauern überall. Wahnsinn war es, daß ich mich bereden ließ, hierher zu kommen. Nur, weil ich so hoch dich ehre, König Wisigast, meines Vaters Freund, nur weil du, König Ardarich, mir die Schwertleite gabst vor zwanzig Wintern, – weil ich euch beide warnen will, solang ich Atem habe, zu warnen. Bloß deshalb ging ich mit zu diesem tödlichen Wagegang. – Mir war's, auf dem schattendunkeln, leise fortziehenden Strom: – wir fahren nach Hel!« »Nach Hel kommen nur Feiglinge,« brauste der Jüngling auf, zornig die dunkelblonden, kurzkrausen Locken schüttelnd, »die den Bluttod scheuen.«

Der Braunbärtige fuhr mit der Faust an das Kurzschwert im Wehrgehänge

»Beginne, Freund Wisigast,« mahnte König Ardarich, sich an den Stamm der Weide lehnend und den Speer schräg vor die Brust drückend, den flatternden Mantel zusammenzuhalten. »Und du, jung Daghar, bändige dich. Ich sah diesen Alamannengrafen einst neben meinem Schildarm stehen, dort – an der Marne – da hielten nur noch die allertodeskühnsten Helden stand.« »Was ich zu sagen hätte,« begann der Rugenkönig, – »ihr wißt es selbst. Untragbar ist's, des Hunnen Joch! Wann wird es fallen?« »Wann die Götter es brechen,« sprach Gerwalt.

»Oder wir,« rief Daghar. Aber König Ardarich sah sinnend vor sich hin und schwieg.

»Ist es etwa nicht untragbar, Graf Gerwalt?« fragte der König, »Du bist ein tapferer Mann, Suabe: und ein stolzer Mann, stolz, wie dein ganzes hochgemutes Volk. Muß ich dir vorhalten, was du kennst, was du erduldest, so voll wie wir? Der Hunne herrscht, so weit er will. Nicht Rom, nicht Byzanz wagt noch den Kampf mit ihm, dem Schrecken aller Länder! Und den Schrecken aller Meere, den furchtbaren Vandalen Geiserich, nennt er seinen Bruder. Alle Völker hat er sich unterworfen von den Toren von Byzanz im Mittag bis zu den Bernsteininseln des Mitternachtmeeres. Und wie herrscht er! Nach Willkür! Nach Laune ist er manchmal großmütig, aber nur seine Laune auch begrenzt ihm immerdar die Gewalt, überall die Grausamkeit, den Frevel. Kein König ist seiner Würde, kein Bauer seiner Garbe, zumal kein Weib seines Gürtels sicher vor seiner Willkür, seinem Gelüst. Jedoch tiefer noch als die andern Stämme, die er mit seinen Hunnen bezwang, erbarmungsloser tritt er uns in den Staub, uns, die Völker mit lichtem Haar und blauem Aug', die wir in Asgardh unsre Ahnen haben. Uns »Germanen« – wie der Römer uns nennt – nicht unterdrücken nur, – schänden will er uns.«

»Ausgenommen mich,« sprach König Ardarich ruhig, ein wenig sich aufrichtend, »und meine Gepiden.«

»Jawohl,« rief Daghar unwillig, »dich – und dann noch den Amaler Valamer, den Ostgoten. Euch rühmt er seinen Speer und sein Schwert. Euch ehrt er, – aber um welchen Preis! Wofür zum Lohn?« – »Zum Lohn unsrer Treue, junger Königssohn.« »Treue! Ist das der höchste Ruhm? Mich lehrte man anders in der Skiren Königshalle! – Der blinde Vater, König Dagomuth, sang es zur Harfe schon dem Knaben, bis ich's spielend lernte:

Reichster Ruhm,
Edelste Ehre,
– Höre 's gehorchend: –
Ist Heldenschaft.«

»Und gut hast du, jung Daghar, beides vom Vater gelernt: die Heldenschaft und das Harfen. Den besten Sänger, den hellsten Harfner rühmen dich ringsum Männer und Maide. Und tapfer sah ich – zu meines Herzens Freude – das Schwert dich schwingen gegen Byzantiner und Sklabenen. Nun lerne noch dies: –

vom älteren Manne lernen, Daghar, ist nicht schmachvoll! – all' Heldentum hebt an mit Treue.« »Und das ist alles?« fragte Daghar ungeduldig. »Von mir – zu ihm – ja!« »So hast du denn, Freund Ardarich,« mahnte König Wisigast, »kein Herz für deine Stammgenossen, Nachbarn, Freunde? Es ist wahr –: der Gepiden und der Ostgoten Rechte hat er – bisher! – gewahrt: euch hält er die Verträge ein. Aber all' uns andre? Meine Rugen, Dagomuths Skiren, die Heruler, die Turkilinge, die Langobarden, die Quaden, die Markomannen, die Thüringe, deine Suaben, Gerwalt, – ist es ihm nicht Wollust, auch den Treuverbliebenen jedes Vertragsrecht nach Willkür zu brechen? Euch ehrt – euch belohnt er mit reichen Schatzgaben, mit Beuteanteilen, auch wo ihr gar nicht gefochten habt – und uns? – Uns bricht er und nimmt er, was uns gebührt. Glaubst du, das weckt nicht Haß und Neid?« –

»Gewiß,« seufzte Ardarich, den grauen Bart streichend. »Es soll ihn ja wecken!« »Er legt es darauf an,« fuhr der Rugenkönig fort, »uns andere zur Verzweiflung, zum Losbrechen zu treiben.« »Um euch sicher zu vernichten,« nickte Ardarich traurig.

»Deshalb fügt er zum Drucke den Hohn, die Schmach. So hat er den Thüringen zu der alten Jahresschatzung von dreihundert Rossen, dreihundert Kühen, dreihundert Schweinen plötzlich auferlegt eine Jahresschatzung von – dreihundert Jungfrauen.«

»Ich erschlag' ihn doch noch, den Jungfrauenschänder!« schrie da laut jung Daghar.

»Nie gelangst du, Hitzkopf,« erwiderte Gerwalt, mit der Hand winkend, »auf Speeresweite an seinen Leib. In dichten Klumpen umballen ihn überall auf Schritt und Tritt seine Hunnen wie Bienen den Schwarmkorb.« – »Und die tapferen Thüringe« – forschte König Ardarich sehr aufmerksam – »haben sie's schon bewilligt?« – »Weiß nicht,« fuhr Wisigast fort. – »Ja, vor ein paar Jahren, da ging ein Hauch des Hoffens durch die zitternden Völker: sie hoben aufatmend die gebeugten Häupter! Als dort in Gallien – gedenkst du's noch, Freund Ardarich? – jener Fluß nicht mehr fließen konnte – so voll lag er von Leichen! – und blutschäumend über die Ufer quoll?«

»Ob ich's gedenke!« stöhnte der Gepide. »Zwölftausend meines Volkes liegen dort.« – »Da mußte er, der Allgewaltige, zum ersten mal weichen. »Dank den herrlichen Westgoten und dank Aëtius,« rief Daghar.

»Und als er bald darauf,« fiel Gerwalt ein, »auch in Italia umkehrte vor einem alten Mann, einem Priester aus Rom, der an einem Stecken ging, da hofften die Geknechteten im ganzen Abendland –«

»Es geht zu Ende, die Gottesgeißel ist geknickt,« fuhr Wisigast fort. »Schon flackerte dort und da die Flamme der Freiheit auf!« rief Daghar. »Zu früh!« sprach der Gepidenkönig ernst. »Ja freilich, zu früh,« seufzte Gerwalt. »Mit Strömen Bluts hat er gelöscht.« – »Und jetzt!« klagte Wisigast. »Verderblicheres als je zuvor plant er für das nächste Frühjahr. Zwar seine letzten Ziele hält er noch streng verhüllt: – nur ahnen mag man sie: – aber ungeheuer müssen sie sein, nach den ungeheuren Mitteln, die er aufbietet. All' seine Völker – wohl viele hundert Namen! – aus beiden Erdteilen! Und aus dem dritten, aus dem mittägigen Land, aus Afrika, reicht ihm der Vandale die Hand zum fürchterlichen Bunde!«

»Wem mag es gelten? Wieder dem Westen?« forschte Gerwalt. »Oder dem Ostreich?« fragte Daghar. »Oder beiden!« schloß Ardarich. »Wie dem sei,« fuhr der Rugenkönig fort, »sechsmal so stark wie vor drei Jahren wird er sein! Und die Gegner? In Byzanz ein Schwächling auf dem Thron! Im Westen? Aëtius in Ungnade bei Kaiser Valentinian, vom Mörderdolch bedroht. Bei den Westgoten drei, vier Königsbrüder, hadernd um die Krone. Verloren ist die Welt, für immerdar verloren, werden auch Gallien und Spanien geknechtet. Dann stürzen auch Byzanz und Rom. Er muß fallen, bevor er auszieht zu diesem letzten Kampf, zu einem zweifellosen Sieg. Sonst ist der Erdkreis ihm verknechtet. Hab' ich recht oder hab' ich unrecht, Freund Ardarich?«

»Recht hast du,« seufzte der und drückte die geballte Linke an die Stirn.

»Nein, unrecht hast du, König Wisigast!« rief der Alamanne dazwischen. »Du hättest recht, wär' er ein Sterblicher wie wir und gleich andern Sterblichen bezwingbar. Er aber ist ein Unhold! Der Christenhölle entstiegen! so raunen unsere Priester des Ziu, eines Unholds Sohn und einer wölfischen Alraune. Speer nicht spürt er, Schwert nicht schlägt ihn, Waffe nicht wundet! Ich hab' es erlebt, gesehen! Ich stand neben ihm an jenem Strom in Gallien: ich stürzte, und Hunderte, Tausende stürzten neben mir unter dem Gewölk von Pfeilen und von Speeren: er stand! Aufrecht stand er! Er lachte! Er blies – ich hab's gesehen! in den spitzen, kargen Kinnbart – und die römischen Pfeile prallten wie Strohhalme zurück von seinem Elchvlies. Daß er kein Mensch ist, das zeigt am besten seine – Grausamkeit!«

Er verstummte und schauderte. Er schlug beide Hände vor die Augen. »Dreißig Jahre sind es bald,« fuhr er nach einer Weile fort. »Ich war ein Knabe. Aber immer noch seh' ich sie vor mir – auf den spitzigen Pfählen sich windend, noch hör' ich sie brüllen vor Schmerz – im Aufruhr gegen den Schrecklichen von ihm gefangen – den greisen Vater, den Bruder, die ganz schuldlose Mutter. Und – vor unsern Augen! – meine vier schönen Schwestern zu Tode gequält von ihm, dann von seinen Roßknechten! Mir stieß er das Antlitz auf den zuckenden Leib des Vaters und sprach: »So endet Untreue wider Attila. Knabe, lerne hier die Treue. – Ich habe sie gelernt!« schloß er mit bebenden Lippen.

»Auch ich,« sprach der König der Gepiden. »Anders: aber noch eindringlicher. Den Schrecken? Ich würd' ihn abschütteln. Ich hatte ihn abgeschüttelt! Aber mich zwingt der stärkste Zwang: die Ehre! – Auch ich fand – vor geraumer Zeit – wie heute du, Freund Wisigast! – das Joch nicht mehr ertragbar und wollte mein Volk, den Erdkreis retten. Alles war vereinbart: der Bund mit Byzanz, der geheime Vertrag mit gar vielen Germanenkönigen und Häuptlingen der Sklabenen. Ich lag in meinem Zelt und schlief – drei Nächte vor dem beredeten Tag. Als ich erwachte, saß er – er selbst – an meinem Bett! Entsetzt wollte ich auffahren. Da drückte er mich sanft mit der Hand auf das Lager zurück und sagte mir – unsern ganzen Plan und den Vertrag – vier Seiten eines römischen Briefes füllte er – auswendig! her. Dann schloß er: »Die andern sind schon gekreuzigt, alle siebzehn. Dir verzeihe ich. Ich lasse dir dein Reich. Ich traue dir. Sei mir fortan getreu.« – Am selben Tage noch jagte er mit mir und meinen Gepiden allein im Donauwald. Ermüdet schlief er ein, das Haupt auf meinen Knien So lang er lebt, muß ich ihm Treue halten.«

»Und die Welt muß hunnisch sein und bleiben!« klagte der König der Rugen. »Ja, so lang er lebt.« – »Nach dem nächsten Sieg der Hunnen ist sie's dann für immerdar.« »Die Söhne Attilas,« sprach Ardarich nachdrucksvoll, »sind nicht er selbst.« – »Wohl! Aber Ellak ist kein Schwächling und stark genug, nach diesem neuen Siege zu behaupten, was der Vater gewann. Dann gibt es keinen Feind auf Erden mehr gegen das Hunnenreich.« »Dann – doch wohl!« sprach Ardarich. »Echte Königsrede,« rief Daghar ungeduldig. »Allzu rätselhaft! So muß denn gekämpft werden ohne die Gepiden – am Ende gegen sie! König Wisigast, schicke mich zu Balamer, dem Amalung. Ich will ihn –«

»Spar' dir den Ritt, jung Daghar,« sprach Ardarich. »Hat er auch den begnadigt und – gefesselt?« zürnte der Jüngling. – »Nein. Aber Blutbrüderschaft haben sie getrunken.« »Pfui des ekeln Hunnenbluts!« rief der Königssohn. – »Auch der Ostgote kämpft nicht gegen das Hunnenreich, solang Attila lebt.« »Der kann noch lange leben; sechsundfünfzig Winter zählt er erst,« grollte Daghar. »Und unterdessen geht die Welt verloren,« seufzte Wisigast.

»Besser die ganze Welt,« sprach der Gepide ruhig, voll sich aufrichtend, »als meine Ehre. – Komm, Gerwalt, wir brechen auf. Ich kam, weil ich längst ahnte, was Freund Wisigast sinnt. Ihn hören, ihn warnen wollt' ich um jeden Preis, auch unter Einsatz des Lebens, nur nicht der Ehre. Alter Rugenheld im weißen Haar: – das hoffst du selber nicht, die Hunnenmacht zu brechen, wenn Valamer und ich sie stützen. Und wir müssen sie stützen, greifst du – jetzt! – sie an. König im grauen Bart, hast du die erste Königskunst noch nicht gelernt: – warten? Hörst du nicht, alter Kampfgenoß: warten!«

»Nein, nicht warten!« rief leidenschaftlich Daghar. »Laß, König Wisigast, Gepiden und Ostgoten den höchsten Kranz des Siegs, des Ruhms verschlafen. Wir warten nicht! Du sagst es ja, nach nächstem Frühjahr ist's zu spät. Wir schlagen los! Wie? Wir sollten nicht stark genug sein? Deine Rugen! Meine Skiren! Wisand der Heruler mit starker Söldnerschar! Der edle Langobarde Rothari mit seiner Gefolgschaft! Der edle Markomanne Vangio mit seinen Sippen! Die drei Häuptlinge der Sklabenen Drosuch, Milituch und Sventoslav! Endlich versprach ja selbst der Kaiser zu Byzanz, durch seinen nächsten Gesandten an den Hunnen insgeheim uns Gold und Waffen...«

»Wenn er's nur hält!« unterbrach Ardarich. »Junger Königssohn, du gefällst mir. Harfen kannst du hell und schlagen und reden kannst du rasch. Nun lern' auch noch das vierte – schwerer und für den künftigen König nötiger als beides – schweigen! Wenn ich nun alle, die du aufgezählt, dem großen Hunnenchan angebe?«

»Das tust du nicht!« rief der Jüngling: aber er erschrak.

»Ich tu' es nicht, weil ich mir selbst gelobt, geheim zu halten, was mir hier vertraut wird. Ich darf es geheim halten: denn nur euch, nicht Attila droht dieser Anschlag Verderben. Du zweifelst, kühner Daghar? Alle, die du genannt – und wögen sie zehnmal schwerer! – nicht einen Span splittern sie aus Attilas über die Erde gespanntem Joch. Schad' um deine rasche Jugend, du feuriger Held! Schade um dein weißes, teures

Haupt, mein alter Freund! Ihr seid verloren, laßt ihr euch nicht warnen. Wartet! – Du weigerst den Handschlag, Wisigast? Du wirst es bereuen, wann du einsehen wirst, daß ich mit Recht gewarnt. Aber meine Hand – ob heute ausgeschlagen – bleibt deines besten Freundes Hand. Und bleibt immer offen nach dir ausgestreckt: das merke! – Ich komme, Gerwalt.«

Und er verschwand nach links hin in dem Dunkel. Fast unhörbar glitt auf der Nordseite des Werders der schmale Nachen in die schwarze Flut. –

Nachdenklich sah der Greis dem Freunde nach; er stützte beide Hände auf den Knauf des mächtigen Langschwerts, das er unter dem Mantel im Wehrgehänge trug; langsam, wie von schweren Gedanken belastet, sank ihm das Haupt auf die Brust. »König Wisigast,« drängte der Jüngling, »du wirst doch nicht schwanken?« »Nein,« erwiderte dieser gedrückt. »Ich schwanke nicht mehr. Ich gab es auf. Wir sind verloren, wagen wir's allein.« »Und wären wir's,« rief Daghar ausbrechend in lodernder Glut, »wir müssen's dennoch wagen! Vernimm, was ich – vor den Fremden – verschwieg. Wir müssen handeln! Sofort!« – »Warum?« – »Weil ... weil! Um ihrer, um deiner Tochter willen.« – »Ildicho! Was ist mit ihr?« – »Sein Sohn hat sie gesehen und ... –«

»Welcher?« – »Ellak. Er kam in eure Halle, als du zu uns zur Jagd gerittenen warst.« – »Wer sagte dir's? Er doch sicher nicht.« – »Sie selbst –!«

»Und mir nicht?«

»Sie wollte dich nicht ängstigen, vor der Zeit, – du kennst ihre starke Seele! – ohne Grund vielleicht, meinte sie. Aber es ist Grund, zu handeln. Er sah die schönste Jungfrau in allem Germanenvolk und er begehrte sie: – wer kann sie sehen und ihrer nicht begehren? Er wird bei seinem Vater...«

»Ildicho? Mein Kind! Komm! Laß uns eilen! Nach Hause! Rasch.«

Sie schritten nach dem spitz zulaufenden Ostende des Eilands, wo ein Floß, aus sechs breiten Balken kunstlos gefügt, auf das schlammige Ufer gezogen und durch ein vor dem oberen Querbalken senkrecht in den Uferboden getriebenes Sperrholz fest gehalten war. Beide sprangen darauf. Daghar schlug das Gezimmer mit dem Floßhebel nieder und schob vom Ufer ab, pfeilschnell stromabwärts schoß das Floß; der Jüngling stieß vorn mit der Stange, bald rechts, bald links, hin und wieder springend, der Alte steuerte hinten mit dem breiten Floßruder: – auf das rechte, das südliche Ufer

hielt er zu. – Beide waren hastig, heiß erregt, voll Ungeduld, nach Hause zu kommen. –

Und nun, nachdem auch das seltene, schwache Plätschern des Ruders in der Ferne verhallt war, nun lagerte wieder tiefes Schweigen wie auf dem Strom, so auf dem verlassenen Werder.

Eine Welle blieb alles ruhig.

Das ziehende Wasser gurgelte leise; das hohe Schilf neigte die tief dunkelbraunen, wehenden Blütenfahnen vor dem Westwinde bis auf den Spiegel des Stromes herab; eine breitflügelige Fledermaus huschte geräuschlos darüber hin, mit unfehlbar sicherem Erschnappen die Nachtmücken erhaschend. Sonst alles still, unbelebt.

*

Da schien sich der breite Stamm der Weide, unter welcher die vier Männer verhandelt hatten, seltsam zu erhöhen: zwischen seinen Wipfelzweigen hob sich aus dem Baum eine dunkle Gestalt.

Zuerst tauchte auf ein behelmtes Haupt, dann ein breiter, ummantelter Rumpf, der sich mit zwei starken Armen auf die Krone des Baumes stemmte. Nun lauschte und spähte der Mann scharf umher. Da alles ruhig war und leer blieb, zog er auch die Beine aus dem Hohlstamm und sprang herab auf den Boden. Eine zweite, eine dritte Gestalt hob sich aus der breiten hohlen Weide und glitt herab.

»Hatt' ich nun recht, o Herr?« rief der dritte leidenschaftlich. Es war eine jugendliche Stimme. »War nicht alles, wie ich vorausgesagt?« Der Angeredete gab keine Antwort. Es war so dunkel: – seine Züge waren nicht zu sehen. Die Gestalt war stämmig, kurz, nicht edel gebildet. »Merke dir genau die Namen, Chelchal,« befahl der Angeredete dem andern Begleiter, statt dem Frager zu erwidern. »Ich vergesse sie nicht. Wisand – Rothari – Vangio – die drei Sklabenenhunde. Lade sie zu unserm größten Fest, den drei Tagen Dzriwils, der Rossgöttin. Das fällt nicht auf, ist Sitte. Sie und all ihre Gefolgen und Vettern, alle muß ich sie haben!«

»Herr, du bist also zufrieden? Gib mir denn den vorbedungenen Lohn,« drängte der Mahner. »Meinst du, es ward mir leicht, die Treue und den jungen, edelsinnigen Herrn zu verraten, mir, seinem eigenen Schildträger? Nur die Gier, die rasende, die hoffnungslose – wenn du nicht halfst – nach jenes Mädchens unsagbarem, herzverbrennendem Reiz konnte mich ... Du glaubst nicht, Herr, wie schön sie ist! Wie schlank, wie üppig doch, wie weiß ... –«

»Schlank? – Und doch üppig? – Und weiß? Ich werde all' das sehn.« – »Wann?« – »An ihrem Hochzeitstag, versteht sich. Ich werde nicht fehlen dabei.« – »Eile! Du hörst, schon hat Ellak – mir eilt es! Wann – wann wirst du sie mir geben?« – »Sobald ich mich deiner Treue, deines Schweigens voll versichert. Sag' selbst: deinen nächsten Herrn hast du an mich verraten, den du wenig liebst, nur fürchtest. Welch Mittel soll ich wählen gegen dich, daß du nicht auch mich verrätst?« – »Welches Mittel? Jedes, das du willst. Das stärkste, sicherste, das dir einfällt.« »Das sicherste?« wiederholte der andre bedächtig, indem er ganz langsam unter seinen weiten Mantel griff. »Gut! Wie du selbst geraten.« Er holte flugs ein langes krummes Messer hervor und stieß es dem Ahnungslosen mit solcher Wucht schlitzend in den Bauch, daß die geschweifte Spitze unter den Rippen hervordrang.

Lautlos fiel der Mann auf den Rücken.

»Laß ihn liegen, Chelchal. Die Raben finden ihn schon. Komm.« – »Herr, laß mich allein hinüberschwimmen an den nächsten Werder, wo wir den Nachen verborgen haben. Ich rudere ihn her und hole dich. Du schwammst bereits von dort fast über den halben Strom hierher. Es wird dir zu viel.« – »Schweig. Der Mann, der jede Nacht ein Germanenweib zerstört, wird wohl zweimal in einer Nacht ein Stücklein Donau zwingen. – Das Schwimmen und das Horchen hat gelohnt. Nicht nur all jenes Unterholz, alt und jung, fäll' ich auf einen Streich: auch die beiden stolzen Eichen beug' ich: den Gepiden und den Amaler. Sie müssen meinen Söhnen gleiche Treue schwören, wie mir selbst. Oder sterben. Auf, Chelchal! Ich freue mich auf das kalte Bad. Komm, hochbusige Donau, komm in diese Arme!«

Zweites Kapitel

Rugiland, das Gebiet des Königs Wisigast, erstreckte sich von dem rechten Ufer der Donau westlich bis an die Höhenzüge, aus welchen die Krems und der Kamp entspringen.

Einen scharfen Tagesritt von der Donau entfernt lag, umgeben von zahlreichen niedrigen Nebengebäuden, die stattliche Halle des Königs auf einer sanften Höhe. Die Halde hinan zogen sich Eichen und Buchen, ausreichend gelichtet, den Blick freizugeben von dem Fürstenhaus im Norden in das Tal; hier unten schlängelte sich ein breiter, schönflutiger Bach – fast ein Flüßlein zu nennen – um den Hügel her von Süden nach Nordosten durch üppigen Wiesengrund

An jenem Bach wogte, im hellen Morgenlicht des Sommertags, rühriges, fröhliches Leben: eine Schar von jungen Mädchen war auf dem grünen Ufer eifrig beschäftigt, allerlei wollene und linnene Gewande in dem rasch fließenden Wasser von klarer lichtgrüner Farbe zu waschen. Es war ein heiteres Bild, reich an wechselnder, freier, anmutvoller Bewegung.

Denn mit Hast oder Last der Arbeit schienen es die Lustigen nicht allzu streng zu nehmen: lautes Schäkern, mutwilliges Lachen scholl gar oft aus dem durcheinander wimmelnden Rudel, deren rote, gelbe, blaue, weiße Röcke sich leuchtend abhoben von dem saftigen Grün der im Morgentau glitzernden Wiese. Die Mädchen hatten den Rock des langen hemdartigen Kleides aufgeschlagen und den Zipfel in den breiten Gürtel gesteckt, rühriger schaffen zu können: die weißen Füße waren unbeschuht und die vollen, runden Arme leuchteten wiederstrahlend im Morgenlicht; die eine oder andere hatte wohl einen breiten, aus braunem Schilf geflochtenen, ganz flachen Sonnenhut unter dem Kinne zusammengebunden, die meisten aber ließen das beinah ausnahmslos blonde Haar frei flattern. Zuweilen sprang eine der Arbeitenden, über den Bach Gebeugten, auf, hoch die schlanke, jugendliche Gestalt reckend, die nackten Arme in die Hüften stemmend und das durch die gebückte Stellung gerötete Antlitz im frischen Frühwind kühlend.

Denn etwa zwölf der Mädchen knieten nebeneinander auf dem gelben, ganz kleinkörnigen Ufersande, spülten die Linnen- oder Wollstücke wiederholt in dem lebhaft flutenden, lustigen, lockenden Gerinne, hoben sie dann heraus, legten sie auf große, flache, saubere Steine, welche zu diesem Behuf hier zusammengetragen worden waren, und schlugen und klopften mit glatten Scheiben von weichem, weißem Birkenholz eifrig darauf los, patschten auch wohl einmal herzhaft daneben auf die Fläche des Bachs, daß das Wasser hoch aufspritzte und der aufschreienden Nachbarin zur Seite Haupt, Hals und Busen tüchtig durchnäßte.

Dann rangen sie die gesäuberten Stücke – jedes siebenmal, so verlangte, nach Friggas Gebot, der altvererbte Brauch – mit aller Kraft der jungen Arme aus, das Wasser sorglich auf den Ufersand – nicht wieder in den Bach – abtriefen lassend, und warfen die erledigten Gewande hinter sich auf den dichten Rasen, neue Arbeit greifend aus den zierlichen, von Weiden geflochtenen, hohen Körben, die jede zur Rechten neben sich stehen hatte.

Hinter den knienden Spülerinnen und Klopferinnen aber gingen, schnellfüßig, auf und nieder die Spreiterinnen, lasen die von jenen abgelegten Stücke auf und trugen sie auf breiten, wenig vertieften Mulden von Lindenholz ein paar Schritte weiter von dem Fluß hinweg auf die Mitte der im hellsten Sonnenlicht badenden Wiese: denn hier war der Tau bereits aufgesogen, der nah' am Bach und dann auch auf der entgegengesetzten Seite, unter den Büschen und Wipfeln des Waldes an der Westseite des Angers, noch reichlich glitzerte.

Sie spreiteten Stück um Stück, sorgfältig die Fältlein auseinander ziehend, reihenweise aus. Die Wiese trug die holdesten Blumen: Ehrenpreis und Frauenschuh, Tausendschön und Erdraute duckten gar gern und willig die nickenden Köpflein unter den feuchten, den kühlenden Schutz vor der sengenden Sonne. Und manchmal kam zutraulich ein Tagfalter geflogen, das bunte Pfauenauge oder die zarte Aurora, welche die warmen, lichtbestrahlten Waldwiesen liebt, oder der schöne, langsam, wie feierlich, schwebende Schillerfalter ließ sich nieder auf der anlockenden Fläche der weißen Wolle und legte die breiten Flügel voll auseinander, in süßem Behagen sich sonnend.

*

Nahe vor der blumenreichen Wiese gabelte sich der breite Fahrweg, der von der Königshalle den Hügel herab gen Süden führte: nach Westen zu wandte er sich in den Wald, nach rechts, nach Osten, verlief er in jener Matte.

An der Stelle der Gabelung hielt im Schatten dichtästiger, breitblätteriger Haselbüsche ein langer Leiterwagen, bespannt mit drei ganz weißen Rossen, eines voraus, zwei nebeneinander; an sechs halbkreisförmigen Reifen war über den Wagen ein Dach aus starkem Segeltuch gespannt; zahlreiche, säuberlich nebeneinander auf dem Grunde des Wagens aufgereihte Körbe, gefüllt mit bereits getrockneter Wäsche, bezeugten, daß die Arbeit schon geraume Zeit gewährt habe.

Vorn, an dem Querbrett des Wagens, lehnte, hoch aufgerichtet, ein Mädchen; das war schön über alle Maßen. Um Hauptes Höhe überragte die schmalhüftige, aber an Nacken, Schultern und Busen in stolzer Fülle prangende, die herrliche Gestalt ihre beiden Gefährtinnen, die doch ebenfalls das Mittelmaß überstiegen. Ein einziges weißes Gewand flutete in langen Falten um die jungfräulichen Glieder; den lichtblauen Mantel hatte sie abgelegt und über das Wagengeländer gehängt. So waren der Hals und die wunderschönen, fein gerundeten Arme sichtbar: das Weiß ihres Fleisches schimmerte, ohne zu blitzen, wie mattweißer Marmor. Ein handbreiter Gürtel von seinem, mit Weid blau gefärbtem Leder hielt das wallende Wollhemd um die Hüften zusammen; die feinen Knöchel wurden nicht mehr von dem blauen Saum erreicht; zierlich aus Stroh geflochtene Sohlen schützten den Fuß, über dem hochgeschwungenen Rist mit roten Riemen verschnürt.

Die königliche Jungfrau trug kein Gold als nur ihr Haar; das aber war an diesem wunderreichen Geschöpf ein Wunder für sich: das Satte, Warme, Tiefgoldige der Farbe, die seidenzarte Feinheit jedes einzelnen Härleins und die erstaunliche Fülle. Drei ihrer schmalen, langen Finger breit erhob sich auf ihrer weißen Stirn die Flechte, die, ein unvergleichlich Diadem, sie schmückte: und hinter dieser Stirnflechte teilte sich erst auf dem vollendet edel gebildeten Haupt die überquellende Menge in zwei prachtvolle, dreisträngige Zöpfe, die, an den Enden mit blauen Bändern zusammengehalten, ihr bis unter die Kniekehlen reichten.

So lehnte sie, aufgerichtet zu ihrer vollen Höhe, an dem Wagen, den rechten Arm ruhend über den Rücken des weißen Hengstes des Zwiegespanns vorgelegt, während sie die Knöchel der linken Hand oberhalb der Augen hielt, die Sonnenstrahlen auszuschließen. Denn wachsam blickte sie aus nach der Arbeit der Mädchen an dem Flüßchen und auf der Wiese. Ihre großen runden Augen, goldbraun, ähnlich an Farbe dem Auge des Adlers, leuchteten: scharf, fest, kühn war der Blick; manchmal hob sie stolz die starke, gerade Nase und die schön geschwungenen, tief dunkelblonden Brauen. — —

Plötzlich ward der schwere Wagen in jäher Bewegung nach rückwärts gerissen: das vorderste Roß stieß nicht ein Wiehern, einen Schrei tödlichen Schreckens aus, fuhr zurück auf die beiden anderen, bäumte sich, stieg — — : Wagen und Rosse schienen von der erhöhten Straße in den Talgrund herunter stürzen zu müssen. Kreischend rannten die beiden Gefährtinnen nach rückwärts, den Hügel hinauf.

Aber die hohe Maid sprang vor, riß den steigenden Hengst am Zaum nieder mit kraftvollem Arm, schaute einen Augenblick, das schöne Haupt beugend, scharf spähend, auf die Erde und trat dann mit dem rechten Fuß fest und sicher zu.

»Kommt nur wieder,« sprach sie nun ruhig, mit der Spitze des Fußes auf der Straße etwas zur Seite schiebend, das sich zuckend im Staube wand. »Er ist tot.« »Was war es?« forschte ängstlich eine der Gefährtinnen, neben dem Wagen wieder auftauchend: neugierig und furchtsam zugleich steckte sie das braunlockige Köpflein vor, den dunkelgrünen Mantel wie zum Schutze vorhaltend.

»Ein Kupferwurm, Ganna; die Pferde fürchten ihn sehr.« »Mit Recht,« meinte die zweite der geflüchteten Gesellinnen, auf der andern Seite des Wagens sich wieder heranwagend. »Und die Menschen! Hätt' ich's gewußt, – noch rascher wär' ich gelaufen. Mein Vetter starb an dem Biß.« – »Man muß sie zertreten, ehe sie beißen können. Seht ihr – gerade hinter dem Kopf – am Hals – zertrat ich sie.«

»Aber Ildicho!« rief Ganna entsetzt, beide Arme erhebend. »Oh Herrin! Wenn du fehl tratst!« klagte die zweite. »Ich trete nicht fehl, Albrun. Und mich beschützt Frigga, die freudige Frau.« »Ja freilich! Ohne deren Hilfe ... !« rief Albrun. »Weißt du noch, Ganna, wie ich – im vorigen Frühling war's – da unten beim Waschen kopfüber in das Wasser gefallen war? Du schriest: und du und alle die zwanzig andern – ihr liefet an dem Ufer hin mir nach, wie ich dahin schoß im wirbelnden Wasser – –« »Gewiß! Aber sie schrie nicht. Hinein sprang sie und haschte dich am roten Mantel – dieser war es, derselbe – den du stets so gerne trägst, du weißt, er läßt dir gut! – haschte dich mit der Linken und mächtig rudernd mit dem starken rechten Arme zog sie dich ans Land.«

»Und als ich,« lächelte das Königskind, »mir das triefende Haar ausstrifte ...«

»Da hatte sich darin festgeklemmt die Muschel, die wir Friggas Spange nennen ...« »Die Perlen tragende,« fuhr Albrun fort. »Und da wir die Schalen auseinander zwängten ...« – »Da lag darin die schönste, größte Edelperle, die je Mädchenauge entzückt hat.« – »Ja, gewiß« sprach Ildicho ernst, leicht mit der Linken über die Braue streichend, »ich stehe in Friggas Schutz und Frieden. Wie hätt' ich sonst, da mir die Mutter starb, sobald sie mich geboren, an Leib, Seele und Sitte doch ganz leidlich gedeihen mögen? Frau Frigga hat – an Mutter Statt – der Vater mich befohlen: ist sie doch unsrer Sippe lichte Ahnfrau! Abende lang hat mir der treue Vater in der Halle, am glimmenden Herdfeuer, vorerzählt von ihr, von aller Frauen fraulichster und hehrster. Und oft und oft, wann ich dann einschlief, sah ich die blonde, die schöne Frau an meinem Lager stehn, und ich spürte, wie sie mir hinstrich mit der weißen Hand – hier – über Stirn und Braue hin. Und ich erwachte wohl auch: – dann war mir, ich sähe noch ihr weiß Gewand entschweben und Funken sprühte dann, fuhr ich süß erschrocken darein, mein knisternd

Haar. Unsichtbar allüberall begleitet mich, behütet mich, befriedet mich die weiße Frau. – Aber nun genug der müßigen Mädchenworte! Zur Arbeit wieder!«

»Nein, Herrin,« erwiderte Albrun, die schwarzbraunen Flechten schüttelnd und Ildicho in den Arm fallend, – »du hast dein Maß von Arbeit schon vielfach überschritten.« »Wer hat,« fuhr Ganna fort, »all diese schweren Körbe, die wir zu zweit nur mit Mühe hertrugen von der nahen Wiese, auf den hohen Wagen gehoben – allein –?« – »Wir durften nicht einmal dabei auflüpfen helfen. Warum nicht?« »Weil ihr zu zierlich seid, ihr konntet mir dabei zerbrechen,« lachte das Königskind, hoch sich reckend, »alle beide. Ihr seid müde? So mag es genug sein für diesmal. Sie breiten ja auch schon da unten den letzten Wusch aus auf der Wiese. Wir drei bleiben, bis er getrocknet, daneben im Buchenhag. Die andern sollen mit dem Wagen zurück in die Halle; sie werden hungrig sein, und die Kühe sind bereits gemolken: – die Frühmilch steht bereit. Kommt, wir rufen sie ab von der Arbeit.«

Drittes Kapitel.

Still ward es nun an dem Fluß, auf der Wiese, auf dem Hügelweg. Die lachenden, schwatzenden Mädchen waren samt dem Wagen in dem breiten Tore des Vorrathauses neben der Wohnhalle auf der Krone der Anhöhe verschwunden.

Ildicho und ihre beiden Genossinnen wandelten unter den Buchen am Waldessaum, der sich im Westen neben der Wiese hinzog; die Sonne stieg; schon suchten sie gerne den Schatten. Es war gar lieblich unter den hochstämmigen, schlanken Buchen; sie standen nicht allzu gedrängt: das Dachgitter ihrer lichtgrünen Blätter war nicht so dicht, daß es nicht ein goldig-grün Gezitter der Sonnenstrahlen hätte hindurchfallen lassen auf den dunkeln, samtweichen Moosgrund des Waldwegs: das gab dann oft gar seltsame, spielende, durchbrochene Schatten, mit goldgelbem Lichte wechselnd. Das Königskind brach von den niedrigeren Ästen der Buchen dünne Zweige, pflückte die Blätter und fügte diese mit den zähen Stielchen ineinander, so allmählich ein zierlich Kranzgewinde flechtend. Aus dem Innern der sanft hügelan steigenden Waldung drang eine klare, ziemlich breite Quelle: leise, melodisch rieselnd suchte sie rasch den kürzesten Weg durch den Wiesengrund hin zu dem Flüßchen. Wie dunkle Pfeile schossen, flohen, aufgescheucht sogar durch den so leichten Schritt der nahenden Mädchen und durch den Schatten ihrer Gestalten, über den hell-kieseligen Grund des Quells die huschigen Schmerlen dahin. Eine zierliche Libelle aber – mit langen, schmalen tiefblauen Gitterflügeln – kam geflogen und ließ sich zutraulich nieder auf Ildichos leuchtendem Haar, den zarten Duft einsaugend: lange blieb sie sitzen, obwohl das Mädchen weiterschritt. »Friggas Botin!« rief Albrun. »Sie brachte dir der Göttin Gruß, du Liebling von Asgardh,« stimmte Ganna bei. Aber die Fürstin hemmte nun plötzlich den Schritt und wies schweigend mit dem Finger nach oben. Da scholl aus den dichten Wipfellauben der hochstämmigen Buchen ein kosendes Gurren und Girren hernieder.

»Die Wildtaube!« flüsterte Albrun mit freudeglänzenden Augen. »Du, Herrin, hast sie zuerst gehört,« sprach Ganna. – »Das bedeutet ...« »Hochzeit, Vermählung,« lächelte Ganna, sich an den weißen Arm der Herrin schmiegend. »Höre, wie tönt es so zärtlich! Auch Freia befreundet dich merkbar: – denn es ist der Liebesgöttin Vogel.«

Ildicho errötete bis unter die Haare der lichten Stirn; sie senkte die langen, dunkelblonden Wimpern und schritt rascher aus. »Horch!« rief sie dann, wie um die Gedanken der Genossinnen abzulenken. »Das war ein andrer Ruf. Weither, weither, aus tiefstem Grund des Waldes! Hört nur! Da wieder! Kurz, aber zaubersüß, geheimnisschwer.« »Das ist der Amselkönig, mit der gelben Brust,« erklärte Albrun. – »Der Goldvogel! Der Bürolf! Der sich und sein Nest unsichtbar machen kann.« – »Freilich! Ist's doch ein verwunschener Königssohn! Verwunschen, weil er die schöne Göttin Ostara im tiefsten Waldesgrund im Bade belauscht hat.« – »Er sollte nicht ausplaudern können von dem, was er geschaut!« – »Doch ein geheim Entzücken klingt noch nach in seinem Ruf.«

»Eine Jungfrau aber, die am Wodanstag geboren, kann ihn erlösen aus seinem Sehnen ... –«

»Küßt sie ihn herzhaft auf den goldnen Scheitel ...« – »Dreimal!« »Einen Vogel! Das dürfte doch auch die strengste Jungfrau tun, nicht, Ildicho?« fragte die schwarzbraune Altrun. »Ja, dir wär' es aber nicht um den Vogel,« meinte Ganna lachend. »Wann er die Federn und den Schnabel abgestreift ...« – »Nun, dann käme die Reihe, zu küssen, an ihn.«

»Ihr zungenkecken Kinder,« schalt Ildicho. »Was sprecht ihr da so laut von küssen und geküßt werden? Mich wundert, daß ihr euch nicht schämt!« – »Ei, so lang man vom küssen im Scherze spricht ...« – »Denkt man noch nicht im Ernst an Kuß des Einen ...« – »Von dem man nicht spricht!« – »Jawohl! Und an einen sol-chen Königssohn, der in Vogelfedern steckt, wird man doch noch denken dürfen und ...«

Ildicho furchte die weiße Stirn und drückte die vollen üppigen Lippen des nicht kleinen Mundes zusammen – beides nur ganz leicht: aber Ganna bemerkte es doch; sie zupfte verwarnend die Neckerin an dem schwarzen wirrkrausen Gelock.

»Wartet hier,« sprach die Königstochter, »hier auf der Moosbank. Mein Gewinde von Buchenblättern ist fertig. Ich gehe, aufs neue den Ursprung des Waldquells zu bekränzen. Ich hatte es gelobt.«

»Er ist Frigga geweiht« – sprach Ganna ernst – »und tiefer Weissagung reich. – Laß sie allein gehen – und unbelauscht!« schloß sie und zog Albrun, die der Herrin nachspähen wollte, an dem hellroten Mantel zu sich nieder auf die Bank.

Viertes Kapitel.

Rasch schritt nun Ildicho dahin. Die Hochgewachsene mußte gar manchmal das Haupt mit der leuchtenden Haarkrone beugen, unter den Ästen durchzuschlüpfen, die von beiden Seiten oft die schmale Spur im feuchten Moos überragten, die den Fußsteig, kaum merkbar, andeutete. –

Tiefer und tiefer ging es in den Wald, dichter standen hier die Bäume, spärlicher fiel das Sonnenlicht ein. –

Bald hatte die Schnelle das Ziel erreicht: den Ursprung der Quelle. Von dankbarer Hand schon der Ahnherrn war der heilige »Ursprung«, die »Heila-Wag«, der »Quickborn«, wo er, in sprudelnder Kraft, wie ein lebendiges Wesen, plötzlich geheimnisvoll aus der dunklen Tiefe der Mutter Erde hervorsprang, gefaßt worden in schönen, dunkelroten Sandstein. Den gewährte reichlich der Waldboden: ganz besonders liebt ihn, ihren Freund, als Untergrund die Buche. Ist er doch schön, mild und stark zugleich: – wie sie selber, die holde Wald-Idise, die freudige Frau Buche.

In den obersten Mittelstein des kunstlosen mörtellosen Gefüges waren einige Runen geritzt; sie besagten:

> »Diesen quicken, quillenden Quell
> Faßte und friedete
> Für Frigga Friedgast,
> Reisiger Rugen
> Frommer Fürst.

Frigga befreunde
In Haus und Halle
Für und für uns die Frauen!«

Um diesen obersten Stein war ein Kranz geschlungen von dunkelblättrigem Efeu, von welchem sich das lichte Blau großblütiger Glockenblumen wohltuend und eindringlich abhob; das Gewinde lag schon eine Woche hier: gleichwohl war es noch gar frisch erhalten; das feuchte Gestäube des vom Quell aufsprühenden Wasserdunstes ließ Blätter und Blüten nicht leicht welken.

Ildicho glitt nun auf die Knie nieder, das lange Buchengewinde sorglich neben sich auf das Moos legend. Sie entfernte mit schonender Hand, nirgends zerrend oder zausend, den Efeukranz von dem überragenden Mittelstein: sie lockerte ihn in zwei Hälften, die nur ganz lose noch zusammenhielten. Jetzt erhob sie sich und sprach sinnend, ernst, feierlich:

»Frigga, ich frage!
Wie der Kranz –, so das Künftige:
Wie des Kranzes Los, so unseres Lebens, unserer Liebe.
Rechts rinne sein, links laufe mein Los!
Frigga: – ich frage!«

So sprechend ließ sie den alten Kranz in den Quell gleiten. Aufmerksam, gespannt sah sie ihm nach.

Eine kurze Strecke nur blieben die beiden Teile aneinandergefügt – plötzlich lösten sie sich: das rechts schwimmende Stück ward rasch fortgerissen – tauchte unter, verschwand. – Das Gewinde zur Linken trieb einsam dahin: auf einmal ward es festgehalten: ein dunkler Stein, der spitzig aus dem Grunde des Quells ragte, fing die schlanke Efeuranke und hielt sie fest: umsonst trachtete sie, von dem stark rinnenden Nachwasser gedrängt, sich freizumachen, loszuwinden: fest hielt sie der schwarze Stein, und die schönste der blauen Blumen, kopfüber in das Wasser getaucht, schien traurig zu ertrinken. –

So eifrig, so andächtig hatte die Jungfrau dem Geschicke der beiden Gewinde nachgespäht, die Linke auf die Steinfassung des Quells gestützt und das Haupt weit vorstreckend, daß sie gar nicht gewahrte, wie von der entgegengesetzten Seite, von dem Tiefgrund des Waldes her, ein rascher Schritt nahte: Freilich war er gar biegsam, geschwungen, dieser Schritt, behutsam – ohne jedes Geräusch – auf die weiche Moosdecke tretend: der Leisegang des geübten Jägers, der den wachäugigen Luchs, sogar den alles hörenden Auerhahn beschleicht.

Die Gestalt verriet sich erst, als vom Rücken der Jungfrau ein Schatten auf das lichte Rinnsal fiel. –

Sie erkannte – oder erriet – den Überrascher. »Du!« sprach sie, rasch sich wendend. Und ihre Wangen erglühten. »So traurig?« forschte der schöne schlanke Jüngling: – er war doch nur fingerbreit höher aufgeschossen als das Königskind. Er beugte sich vor, den rechten Arm um den Schaft des Jagdspeers geschlungen. »Was spähtest du so eifrig? ... Ei, ich seh's. Da hängt die Blume, gefangen, am Stein – und weit unten treibt, ringend, der Efeu Ja, weißt du, Jungfrau, warum? Beide Gewinde haben keinen Willen! Müssen hinnehmen, was Gewalt ihnen aufzwingt! Herzen aber, Menschen, sind frei. Ich werd' ihr helfen, der gefangenen Blume. – Aber sieh – es ist nicht nötig! Sie hat sich selbst geholfen! Da schwimmt sie, befreit, freudig dahin. Und dort – an der Weidenwurzel – siehst du? – haben sich die Blume und der Efeu wieder gefunden. Vereinigt fluten sie weiter!«

»Frigga hat sie wieder zusammengeführt,« sprach die Fürstin fromm dankbar, und ihr edles Antlitz entwölkte sich. »Du aber –« sie wandte sich von ihm ab bei der Frage – »was suchst du schon wieder hier?«

»Wenn ich nun sagte: Weissagung – wie du?« – Aber er lachte dabei, daß die glänzend weißen Zähne aus den roten, frischen Lippen hervorblitzten. »Schau doch nicht immer nur das dürre Moos zu deinen Füßen an – so hartnäckig! Das bewundre, wann ich wieder schied.« Und er schob die dichten, dunkelblonden Locken, die ihm aus der Stirn bis in die gleichfarbigen Brauen und die hellgrauen Augen quollen, höher hinauf mit einer anmutigen Handbewegung. Der dunkle, niedere, schmalrandige Jägerhut von weichem, braunem Filz, den der weiße Flaum des Silberreihers schmückte, war ihm von einem Ast aus dem Gelock gestreift und schaukelte nun an breitem Lederband auf seinem Nacken. Die streng im Halbrund gezogenen Brauen stießen auf der Nasenwurzel nahezu ganz zusammen, was ihm einen schelmischen, schön-sinnlichen und fröhlichen Ausdruck lieh. Ein glücklich Lächeln spielte um den feingeschnittenen, ein wenig übermütigen Mund, um den ein lichtbrauner Flaumbart sich kräuselte. Er war sehr schön, der junge Jäger, und Ildicho konnte, nachdem sie, seiner Bitte willfahrend, das Auge auf ihn gerichtet, es nicht wieder von seinem Antlitz lösen.

»Weissagung?« zweifelte sie. »Nein. Es wäre gelogen! Ich brauche keine mehr! – Königskind – ich suchte – dich!« »Das hab' ich dir aber verboten!« sie hob drohend den Zeigefinger der Rechten. »Du solltest mich nicht noch einmal hier am Brunnen beschleichen – wie ein Reh.«

»Wäre nicht übel,« lachte er, über den jungen Bart streichend, »dürfte das Reh dem Jäger das Beschleichen am Wasser verbieten. Oh Ildicho, wehre dich doch nicht länger! Es hilft dir all' nicht! Deine Frigga will's und Freia die frohe! Und ich! Und du selbst – willst es auch!« Er griff nach ihrer Hand.

Blitzschnell zuckte sie die Hand zurück – »Königssohn, du wirst mich nicht berühren, bis ... –« »Bis Vater Wisigast dich mir gegeben. Wohlan: er hat dich mir gegeben.« – »Daghar!« – Sie errötete über und über. »Ein solches Wort sagt man nicht im Scherz.« »Nein. Denn es ist heilig,« sprach der Jüngling mit edlem Ernst, der ihm doch noch viel schöner ließ als der Scherz. »Ich habe deinen Vater eben erst – vor dem Walde – verlassen: er ging gleich in die Halle. Mich zog hierher – ein Ahnen.« – »So ist er zurück von der großen Jagd?« »Die Jagd? – die große Jagd?« wiederholte Daghar ernst. Er ballte die Faust um den Speer und zog mit der Linken das Wams von dunkelbraunem Hirschfell herab, das, bis an die Knie reichend, all seine Gewandung war, »Die große Jagd ist erst beredet, nicht vollendet. – Ja, noch nicht begonnen! – Der bösartige Eber mit den struppigen Borsten, den blutunterlaufenen Augen ist noch nicht eingekreist. Mancher der Jäger, mein' ich, wird fallen, zu Tode getroffen von den grimmen Hauern, bevor das Scheusal verendet.«

»Daghar!« Sie erbebte. Abgrundtiefes Gefühl lag in dem Ruf.

»Ich – ich hatte erraten, was dein Vater sann. Ich sagt' es ihm ins Gesicht. Ich bat, mitziehen zu dürfen, wie er ausritt – gegen die Donau hin. Da trafen wir – andere Jäger. Die zogen aber nicht mit – wollen nicht, können nicht! – Auf dem Heimweg sprach ich die Werbung aus, die lange schon beschlossene, von meinem blinden Vater gestattete. Da antwortete mir der greise Held: »Ja! Aber erst, nachdem ...« Er schwieg. »Ein Königssohn unseres Volkes, der das nicht errät,« fuhr er fort – »der wäre nicht wert –« »Der herrlichsten Jungfrau über all' Germanenland,« rief ich. Und leise, – denn ein tödlich Geheimnis ist es! – flüsterte ich ihm die Bedingung, die er meinte, in das Ohr. Nur drei Worte waren's! Erfreut sah er mir ins Auge und schlug ein in meine Rechte. »Nicht eher, Vater!« rief ich. Eher ist ja auch keine Braut sicher, und keine Ehefrau.«

»O Daghar; welch Wagnis! Es ist unermeßlich.« – Und erschaudernd schloß sie die Augen.

»Ja, unermeßlich groß! Und wer's vollendet, der gewinnt höchsten Ruhm – den Dank der Welt! Und der gleiche Tag, meine Ildicho, der alle Germanenvölker befreit, wird unser ... Horch! da wieherte ein Roß! Tief im Wald! Noch ein Jäger, der das weiße Reh beschleichen will am Quell?« Er wandte sich rasch und lupfte leise den Speer.

Fünftes Kapitel.

Vom Norden her, wo der »Landweg« außerhalb des Waldes sich hinzog, war der Ton erklungen. Und dort, wo die Büsche so dicht zu stehen anhoben, daß ein Pferd nur schwer mehr durchdringen mochte, hielt ein Reiter und schwang sich von dem Roß, einem herrlichen Rappenhengst, herab. Er warf dem Tier den Zügel um den Hals und hob gerade vor den Nüstern die flache Rechte: der Rappe wieherte nochmals, nickte mit dem Kopf und leckte dem Herrn die Hand. Der schritt nun auf das Paar am Quelle zu.

Er mochte zehn Jahre älter sein als Daghar; er war erheblich kleiner, stämmiger. Ein kostbarer Byzantinerhelm bedeckte sein schwarzes Haar, das in langen Strähnen, ungelockt, straff, ihm auf Schultern und Nacken hing. Ein dunkel-porphyrfarbener Mantel griechischer Arbeit und feinsten Stoffes mit geschmackvoller, nicht zu reicher Goldstickerei verhüllte die ganze Gestalt, die nicht unedel war, aber wie zu kurz geraten sich ausnahm. Langsam, gleichsam feierlich war sein Schritt, wie er nun auf die beiden herankam.

»Wieder er!« flüsterte das Mädchen, unruhig, aber nicht unwillig. Und auch des Königssohnes Blick maß zwar ernst, aber ohne Feindseligkeit den Ankömmling. Der beugte das Haupt vor der Jungfrau mit einer ehrerbietigen Bewegung; so vornehm, so stolz und verhalten und doch zugleich so tief huldigend war dieser Gruß, – sie mußte, ihn halb widerstrebend, erwidern mit leichtem Neigen: nur so leicht, wie wenn in leisestem Windhauch die schlanke Lilie sich neigt.

»Verzeiht, viel edle Fürstin,« sprach er in rugischer – gotischer – Sprache, seine Stimme war weich und klangvoll, aber wie von Trauer gedämpft – »daß ich Euch hier zu suchen – scheine. Ein anderer hat Euch – ich seh' es – vor mir gefunden. Ich grüße Euch, tapferer, harfenkund'ger Königssohn der Skiren.«

Er sprach die letzten Worte genau in der skirischen Mundart, die zwar auch eine gotische, aber von der rugischen doch etwa so verschieden war wie das Alamannische am Lech von dem Alamannischen in der Schweiz. Daghar reichte ihm die Rechte, die jener mit der Linken ergriff und schüttelte. »Wirklich – ich scheine nur Euch hier zu suchen, Jungfrau Ildicho. – Ein Gelübde führt mich her an diesen Waldbronn. Als ich – bei meinem letzten Besuch – Euch und Eure Mädchen hierher begleiten durfte zum Quellopfer und als Ihr so innig – leise flüsternd – hier betetet, – da beschloß ich, auch meinen liebsten Wunsch der Göttin dieses Waldquells zu befehlen.«

»Ihr – Frigga?« rief Ildicho nun in herbem Ton. Hochmütig warf sie die Lippe auf. »Was hat ein Hunne zu schaffen mit Frigga, der blonden, weißen Wonnefrau?«

Schmerzlich, bitter schmerzlich zuckte es über das Antlitz des Gescholtenen. Es war ein seltsames Antlitz, wie zusammengefügt aus zwei Bestandteilen, die nicht zusammen gehörten und sich nicht zusammenfinden wollten. Eine niedere, zurückfliehende, echt mongolische Stirn, vom strähnigen Haar umhangen: aber edel gezogene, langgeschweifte Brauen; darunter, in allzutiefen Höhlen und über vorstehenden Backenknochen, beschattet von langen, tief schwarzen Wimpern, zwei wunderschöne Augen, dunkelbraun, verschleiert, tief schwermütig, sehnsüchtig suchend; eine zu kurze, etwas flache, aber doch nicht hunnisch geratene Nase, ein – durchaus nicht hunnischer – feiner Mund, sehr ausdrucksvoll, aber nur schmerzlichen Ausdruckes voll, der, des Lachens unkundig, nur selten lächelte und dann – gar traurig; ein weiches, für einen Mann fast allzu weich gerundetes Kinn mit nur spärlichem Bartwuchs. Und doch, widerstreitvoll wie dies Antlitz gebildet erschien, durchaus nicht häßlich, – anziehend war es anzuschauen. Denn eine feine Seele belebte diese vergeistigten Züge und ein ergreifender Zug, tiefer, leben-verschattender Trauer. – – Dem stillen Zauber dieser sanften Schwermut konnte jetzt auch die stolze Jungfrau nicht ganz sich entziehen, wie sein Blick voll leisen Vorwurfs ihr Auge traf: – sie bereute ihren herben Ton, noch bevor er anhob mit seiner weichen, leisen und doch wohllautreichen Stimme.

»Ich ehre die Götter aller Völker unsres Reichs, wie ich ihre Sprachen zu lernen mich bemühe. Und Ihr vergeßt, hochedle Königstochter –! Zwar Ihr seid entstammt – man sieht es, auch wenn man die alte Sage Eurer Sippe nicht kennte – von jener blonden, weißen Frau der Wonne selbst.« – Er stockte –, er schloß die dunkeln Augen, die einen allzu sehnsüchtig bewundernden Blick gewagt hatten. – »Aber auch ich bin zur Hälfte germanischen – gotischen! – Geblütes: meine arme Mutter war von Amalungengeschlecht. So hab' auch ich ein Recht an jene blonde Göttin. – Ich hatte, sie meinem Wunsch – meinem einzigen –! geneigt zu machen, gelobt, ihr einen Ring zu opfern: er sollte – hier – den Mittelstein der Brunnenfassung schmücken ...«

Er zog aus der Gürteltasche des Wehrgehänges einen sehr breiten Ring: ein Sonnenstrahl drang durch die Wipfel der Buchen: er traf auf den kunstvoll gefaßten Stein in dem Reif: da schoß ein solches Leuchten von ihm aus in allen Farben des Regenbogens, daß Ildicho die langen Wimpern geblendet schloß und selbst Daghars scharfes Jägerauge zuckte. »Welch herrlich Gestein!« rief er. »Es ist ein Adamas! Aber so groß, so leuchtend ...« – »Aus der letzten Schätzung des Kaisers zu Byzanz.« »Doch,« fuhr er mit einem langen Blick auf die Verlobten fort – »ich seh's, ich kam zu spät mit meinem Wunsch und meinem Gelübde. – Gleichviel!« rief er lebhafter. »Ich nehme nicht zurück, was ich der blonden Göttin einmal zugedacht. Nicht ihr Weihtum hier soll der Ring nun schmücken – ich habe jetzt im Leben nichts zu wünschen mehr! – aber, weiße Frau, nimm dein Eigen dennoch hin und spül' es fort! Und niemand soll es finden! – Und niemand soll es ahnen, was der Gelübdering gewollt.« Er warf den Ring weit von sich in den Quell.

»Was tut Ihr?« rief Daghar. »Schade! Das war ein Schatz,« sprach Ildicho. »Ja, Jungfrau: es war ein Schatz: schon der Wunsch! – Fahrt wohl! – Ich kehre sofort um. Ich suche nun König Wisigasts Halle nicht mehr auf.« Er grüßte beide traurig, mit leichtem Nicken des Hauptes, wandte sich, bestieg den Rappen, der sich vor ihm auf die Knie niederließ und dann sich, wiehernd, erhob. Sogleich waren Roß und Reiter in dem Wald verschwunden.

Daghar sah, auf seinen Speer gebogen, ihm sinnend nach. »Hm,« sprach er dann, »würgen wir dereinst mit dem alten Untier die ganze Brut –, um diesen einen tut mir's leid.«

Zweites Buch.

Erstes Kapitel.

Zu derselben Zeit bewegte sich etwa eine Tagereise von der letzten byzantinischen Grenzstadt, Viminacium (heute Widdin), aus ein stattlicher Zug von Reitern,

Wagen und Fußgehern gen Norden in das Hunnenreich hinein in der Richtung auf die Theiß. Als Wegführer jagte ein Reitergeschwader von Hunnen voraus auf ihren kleinen zottigen magern, aber unermüdlich ausdauernden Gäulen. Hunnische Reiter umschwärmten auch auf beiden Seiten die alte, immer noch auf langen Strecken brauchbare Römerstraße, die der Zug einzuhalten trachtete. Aber nur sehr langsam rückte er vorwärts.

Denn zwar die reich gekleideten Fremden, die von den Hunnen geleitet und begleitet wurden, erfreuten sich vortrefflicher Pferde; aber eine lange Reihe von schwerfälligen Wagen kam nur mühselig von der Stelle, obwohl jedes Gefährt von sechs, acht, zehn Maultieren oder Rossen gezogen ward.

Hochbeladen waren die breiten karrenähnlichen Wagen, manche von ihnen glichen gewaltigen Truhen: die vier Wände aus starkem Eichenholz waren mit gewölbten eisernen Deckeln versehen und diese mit mächtigen eisernen Riegeln und Schlössern versichert. Andere waren wenigstens durch wasserdichte ungegerbte Häute und durch starke Lederdecken sorgfältig gegen Regen oder Sonnenbrand geschützt. Breite Siegel waren über den Schlüssellöchern der Schlösser und an den Verschnürungen der Lederdecken angebracht. Neben den hochräderigen Wagen her aber schritten vollbewaffnete Krieger, hochgewachsen, blondhaarig, blauäugig und treuäugig, den starken Eschenspeer über der Schulter; ernsthaft, bedachtsam, wachsam spähten sie in die Runde: zuverlässig blickten sie, aber nicht heiter und in tiefem Schweigen gingen sie, während die byzantinischen Sklaven und Freigelassenen, die auf dem vordersten und dem letzten der Zugtiere jedes Gespannes ritten, unablässig in schlechtem Griechisch und Latein schwatzten, nicht nur untereinander, auch – scheltend, zankend – mit den grausam behandelten Tieren, ja mit den Rädern, mit dem schlechten Weg, mit den Löchern oder mit den Steinen in demselben.

Auch zu Pferd und zu Fuß machten ein paar Dutzend solcher Freigelassenen und Sklaven die Reise mit: sowie aber einer von diesen sich irgend in die Nähe eines der versiegelten Wagen drängte, fiel der Speerschaft eines der schweigsamen Wächter nachdrücklich auf den Rücken des Römers; auch einige reich vergoldete Sänften wurden von Römern und Byzantinern getragen. In einer dieser Sänften zeigte sich – nur auf der Windseite war der verschiebbare Holzladen geschlossen – ein scharf geschnittener Kopf, der lauernd ausblickte; und wann ein kostbar gekleideter

und bewaffneter Reiter vorübersprengte, suchte der in der Sänfte ihn heranzurufen, heranzuwinken.

Dieser Reiter, ein stattlicher Krieger germanischer Gestalt und Gesichtsbildung, schien die Oberleitung des ganzen Reisezuges zu führen: oft hielt er den Renner an, nahm Meldungen entgegen von der Vorhut – auch von Boten, die zuweilen von Norden her entgegengeflogen kamen – und erteilte kurze Befehle und Antworten. »So halte doch, Ediko! Ein Wort! Nur auf ein Wort!« rief der in der Sänfte auf Latein. Aber der Reiter trabte stumm vorbei. –

Langsam und schwer wälzten sich die Wagen eine ziemlich steile Anhöhe hinan. Geraume Zeit vor dem vordersten Gespann hatten auf der Krone derselben zwei Reiter Halt gemacht in glanzvoller byzantinischer Tracht; die beiden trennten sich beinahe nie auf der langen Fahrt. Sie waren da oben, wo ein weiter Ausblick sich bot, das Nachkommen des Trosses erwartend, von den Pferden gestiegen und gingen nun plaudernd auf und nieder.

»Welch traurige Öde,« seufzte der ältere und offenbar der vornehmere der beiden Gefährten, ein Mann von etwa sechzig Jahren: ein schmaler Kranz von silberweißen Haaren ward unterhalb des runden Reisehutes von Filz sichtbar und verlieh dem edlen Antlitz noch würdevollere Wirkung. »So weit das Auge reicht« – er reckte den Arm hervor unter dem reich mit Gold gestickten Mantel – »keine menschliche Siedlung! Nirgends, auch in der fernsten Ferne nicht, Türme oder Mauern einer Stadt. Aber auch nicht einmal das Dach oder der Rauch eines Gehöftes. Kein Dorf! Kein Bauernhaus! Keine Hirtenhütte! Ja, kein Baum und beinahe auch kein Strauch! Nichts als Steppe, Heide, Ödland, Sumpf! Welche Wüstenei, dies Reich der Hunnen.« »Jawohl, Patricius,« erwiderte der andere, mit dem klugen Haupt in verhaltenem Grimm schmerzlich nickend, »weil sie es zur Wüstenei gemacht haben! Das Land hier war reich und blühend genug noch vor wenigen Jahrzehnten. Schöne Städte, freundliche Villen, darum her wohlgepflegte Gärten, reich an Früchten jeder Art, Rebengelände, strotzend, von köstlichen, blauschwarzen Trauben – denn der Boden hier erzeugt ein feurig Gewächs, und seit den Tagen des Probus schon hatten hier römische Winzer gekeltert, – breite Felder von goldig wogendem Weizen. All' das war römisch Land, von Stämmen des großen gotischen Gesamtvolkes, von Ostgoten, Gepiden, Rugen, Skiren bewohnt, trefflich gehütet gegen andere Barbaren, trefflich bebaut von ihren fleißigen Händen. Denn bessere Ackerbauer als die Germanen – wenn sie wollen oder doch wenn sie müssen! – hab' ich nirgends angetroffen auf all' meinen Reisen. In die Städte freilich setzen sie sich nicht: ausgemauerte Fanggruben nannte sie mir einmal ein Alamanne, darin man Luft und Freiheit und Bewegung einbüße. Aber das Ackerfeld gedeiht, wo immer der Freibauer, der weiß, daß er für sich selbst, für das treue Weib und die ungezählten blondköpfigen Rangen die Scholle bricht, unsere faulen Sklaven und Colonen verdrängt, die nur unter der geschwungenen Geißel arbeiten – für den Herrn, den verhaßten: das heißt, so wenig wie möglich, so schlecht wie möglich. Vor zwanzig Jahren reiste ich als Gesandter der Kaiserin Pulcheria desselben Weges zu dem König der Ostgoten. Da sah es anders aus, dies Land! – Aber seither kamen die Hunnen!«

»Wohl, jedoch – diese Hunnen – warum zerstören sie, was doch nun ihr Eigen geworden ist? Wer weiß,« – seufzte der Patricius – »ob nicht für immerdar! Warum verderben sie alles?« – »Weil sie müssen, o Maximinus! Weil sie nicht anders können! Hast du einmal die Wanderheuschrecken einfallen gesehen auf blühendes, lachendes Land und das Land geschaut – dann?« – Ein greulich Volk! – »Und diese Ungetüme sind seit Jahrzehnten von unsern Kaisern zu Byzanz und zu Ravenna herangezogen, gehätschelt, umschmeichelt, zu Nachbarn gemacht worden! Immer mehr Reichsland hat man ihnen – früher sogar ganz freiwillig! – eingeräumt. Warum? Lediglich um durch sie die Germanen zu verdrängen. – Das heißt doch, ein Rudel Wölfe zu den Schafen rufen, um durch sie den Adler fernzuhalten.«

Zweites Kapitel.

»Mir ist es immer noch unbegreiflich,« sprach Maximinus, »daß ich im Land der Hunnen reisen muß. Ich! ein ehrlicher, anständiger, keines Verbrechens schuldiger römischer Bürger!« »Ich aber,« lächelte sein Begleiter, »dürfte wohl noch mehr staunen über meines Vaters Sohn, daß er hier auf diesem windumfegten Hügel halten muß, statt daheim zu Byzanz behaglich im behaglichen Schreibgemach weiterzufeilen an der Darstellung seiner früheren Gesandtschaftsreisen. Statt dessen mache ich – sehr unfreiwillig! – eine neue! Und was für eine! Zu Attila! Mit dessen Namen die römischen Mütter ihre Kinder schweigen vom Tiber bis an den Bosporus! Wer weiß, ob ich von dieser Fahrt jemals zurückkehre zu meinen Zetteln, Rollen und Tagebüchern: so sorgfältig, so säuberlich geordnet

liegen sie in den Fächern des Büchersaales! Dieser Hunnenchan hat schon gar manchen Gesandten, der ihm gefiel, bei sich zurückgehalten, solang' er lebte. – Oder gelegentlich auch wohl einen, der ihm nicht gefiel. Und dann lebte der meist nicht mehr gar lang'.« Halb lachend, halb verdrießlich, mit der Laune der Ergebung in das Schlimmste, schloß er, die feinen Lippen zusammendrückend.

»Vergib mir, Freund Priscus,« erwiderte der Patricius. »Ich weiß wohl, ich bin daran schuld, falls es etwa nicht vollendet werden sollte, das Buch von den Gesandtschaften, das so hoch gewertet wird von allen Gebildeten in Byzanz ... –« – »So? Dann sind in ganz Byzanz nur siebzehn. Das heißt siebzehn, die so gebildet waren, daß sie das Buch nicht nur lobten, – auch kauften!« – »Sollte aber die zweite Hälfte des Werkes nicht zu Ende geschrieben werden, – sollte der redegewandteste Rhetor von Byzanz nicht mehr dort das sieghafte Wort führen in der Halle der Beredsamkeit, – ich teile sein Los, lebend oder tot.« – »Wird letzteres Los nicht eben heiterer machen, Senator!« – »Sieh, als mir der Kaiser plötzlich die Gesandtschaftsreise anbefahl, mir – der ich sonst wahrlich nicht in Gnade stehe in dem goldbedachten Palast ... –« »Wie solltest du, Patricius? Bist ja beleidigend ehrlich! Weder bestechlich noch – was noch mehr begehrt wird! – bestechend. – Übrigens: hältst du diesen Auftrag, diese Sendung in das Lager des Steppenwolfs, etwa für ein Zeichen der Gnade?« – »Ich machte vor allem mein Testament! – Dann aber sagte ich zu mir selbst: »Freund Priscus muß mit.« Sonst sterbe ich vor Langeweile auf der langen Reise – und vor Ekel an der Gesellschaft meines Mitgesandten! Und vor Gefühl allgemeinen Elends, – vor Hilflosigkeit in dem mir völlig unbekannten Wüstenland dieser Barbaren. Priscus aber, sprachkundig, der gesuchte Begleiter aller Gesandten, kennt alle Länder: er kennt auch Hunnenland. Und Priscus hat ein Herz für seine sprachunkundigen Freunde und ...« »Dankbarkeit für den Retter seines Lebens, seiner Ehre!« rief der sonst so nüchterne, verstandeskühle Rhetor in warmer Empfindung und faßte des Senators Hand. »Als vor ein paar Jahren der Ausbund aller Nichtwürdigkeit –« – »Also Chrysaphios!« – »Weil ich mich nicht bestechen konnte, der Eunuch, dem Kaiser vorzuspiegeln, auf meiner Gesandtschaftsreise zu den Persern hätt' ich mich überzeugt von der Trefflichkeit unseres Statthalters an der Grenze ...–« – »Des Vetters des Chrysaphios!« – »Ich hatte die Beweise des Gegenteils! – Nun, da klagte er mich an, ich sei von den Persern bestochen, um den ihnen so erfolgreich entgegenwirkenden Rektor der Grenzprovinz zu entfernen.

Schon war ich – gleich bei Beginn der Anklage – in den Kerker der Unsterblichen geworfen ... –«– »Weshalb nennst du dies Staatsgefängnis so?«

»Weil keiner als Sterblicher wieder herauszukommen pflegt. – Da hast du, dem allmächtigen Eunuchen trotzend, mit deinem ganzen Vermögen für mich Bürgschaft geleistet und so meine Freilassung durchgesetzt, auf daß ich, unter deinem Beistand, meine Unschuld beweisen konnte. Nie vergeß' ich dir's! Und hätte Attila wirklich den Wolfsrachen, von dem die Ammen zu Byzanz erzählen – für dich, o Maximinus, lege ich meinen Kopf zwischen seine Zähne. – Aber weshalb sie dich – gerade dich! – zu dieser Gesandtschaft ausgesucht haben, – das müssen wir noch aufspüren. Wie kam es doch?« – »Seltsam genug. – Ein paar Stunden nach Mitternacht war's. Da ward ich geweckt von den Sklaven: Vigilius wolle mich sofort sprechen. Ich fragte, ob sie oder er oder ich seien irrsinnig geworden? Denn ich verachte diesen Elenden wie keinen andern Menschen ... –« »Immer ausgenommen – Chrysaphios,« erinnerte der Rhetor. »Befehl des Kaisers,« antworteten sie, und alsbald stand der Verhaßte vor meinem Lager, hielt mir bei dem Schein der Ampel einen von des Eunuchen Hand geschriebenen, vom Kaiser unterzeichneten Brief vor, der uns gebot, am folgenden Tage – also heute schon! – aufzubrechen nach Pannonien, in das Hunnenreich, mit Vigilius und mit dem Gesandten Attilas als Überbringer der kaiserlichen Antwort.« »Diese ist schwer tragen – viele Zentner Schmach!« grollte der Rhetor. – »Die kaiserliche Purpurtinte des offen überbrachten Briefes war noch feucht. Nach Mitternacht, soeben erst, hatten sie also miteinander verhandelt: der Kaiser, Chrysaphios, Vigilius und befremdendermaßen! – noch einer.« »Nun?« forschte Priscus erstaunt. – »Ediko.« – »Der Gesandte Attilas! Woher weißt du ...?« – »Von Vigilius! Wenn ich nur wüßte, wodurch dieser Mensch – ohne jedes Verdienst – beim Kaiser, ja bei dem Eunuchen selbst, so hoch gestiegen?« – »Außer durch seine Verdienstlosigkeit durch Steigerung seiner einzigen Fertigkeit.« – »Was meinst du?« – »Er ward Dolmetscher, da er außer Latein und Griechisch Gotisch und Hunnisch verstand: er hat Begabung für Sprachen: doppelzüngig von Geburt hat er noch mehrere andere Zungen sich angeeignet, so daß er jetzt in etwa sechs Sprachen gleich schnell und ohne Anstoß lügen kann, aus eigenem Antrieb oder auf Eingebung des unheiligen Geistes Chrysaphios.« – »Also Vigilius verriet – halb wider Willen – Edikos Eingreifen. Als ich mich sträubte, als ich ihn zornig fragte, wie er es wagen könne, mich zu zwingen, ihn zu begleiten, da er doch

meine Meinung von ihm kenne, da rief er achselzuckend: ›Meinst du, ich habe dich mir ausgesucht? Zu meinem Vergnügen? Ediko bestand darauf.‹ ›Er kennt mich gar nicht,‹ erwiderte ich. ›Wohl! Aber er verlangte, der ehrenwerteste aller Senatoren von Byzanz –‹ (»oder doch,« fügte der Greis bescheiden bei, »der dafür gilt!« –) ›müsse ihm folgen an seines Herrn Hoflager. Er habe sich erkundigt und übereinstimmend ...‹« »Nannten ihm alle,« fuhr Priscus fort, »als den ehrenwertesten: Maximinus.« – »›Sonst könne er‹ – und nun merk' auf, Freund! – ›die Gefahr, die Verantwortung nicht tragen.‹ – Verstehst du das?« Der Rhetor schüttelte nachdenklich den klugen Kopf. »Es wird eben gelogen sein von Vigilius,« meinte er dann. »So dachte natürlich auch ich und sagte das dem Gesandten, sobald ich ihn allein sprechen konnte: – er ist nicht Hunne, Germane ist er, und kein gewöhnlicher Mann! –« Priscus nickte beipflichtend: »aber undurchdringbar!« –

»›Vigilius hat – merkwürdigerweise! – diesmal nicht gelogen,‹ gab er mir zur Antwort. ›Attila verlangt einen Gesandten senatorischen Ranges‹ – Aber weshalb wähltest du gerade mich, der ich allerdings für wahrhaftig gelte? ›Das wirst du erfahren – zu rechter Zeit‹ erwiderte der Germane.« »Jawohl: zu rechter Zeit!« wiederholte hinter den beiden Freunden eine tiefe Stimme. Überrascht wandten sich beide: Ediko stand hinter ihnen. »Bald werdet ihr es erfahren. Und dann auch den Grund begreifen. Bis dahin – seid vorsichtiger,« warnte er, »wenn ihr unbelauscht zu sprechen wünscht. Nicht mich fürchtet, aber ... andere.« Und schon schritt er den Hügelhang wieder, den Wagen entgegen, hinab: unten stand sein Roß und harrte des Herrn. Bald ritt er langsam an jener halboffenen Sänfte vorüber. »Ediko, Ediko!« rief es wieder im Flüsterton heraus. »Verwünschter Hüftschmerz, der mich vom Sattel fern hält, in diesen Kasten zwingt. Ich muß doch mit dir besprechen – nur so viel – nur ein Wort.« »Schweig, Unbedachter,« antwortete der, ohne zu verweilen. »Die beiden sind ohnehin schon voll Argwohns. Willst du uns verderben? Und noch dazu – vor der Tat?«

Drittes Kapitel

Schon begannen allmählich die Dämmerungen des langen Sommertages: man war noch an der für das Nachtlager ausersehenen Stelle, einer Furt durch die Dricca – ein Nebenflüßlein der Theiß – nicht angelangt, als von den Reitern, welche die linke, die westliche Flanke des Zuges, oft in weitem Bogen, umschwärmten, wiederholt einzelne pfeilschnell herangeflogen kamen und Ediko kurze Meldungen brachten: sie wiesen dabei lebhaft mit ihren langen Lanzen oder mit der kurzstieligen, mehrsträngigen, mörderischen Geißel aus härtestem Büffelleder – der eigentlichen Hauptwaffe der Hunnen neben Bogen und Pfeil – in der Richtung der sinkenden Sonne, deren vom Dunst der Steppe unschön in die Breite gedrücktes Bild – verzerrt wie in einem Hohlspiegel – hinter gelbgrauen Wolken unterging, blutrot, ohne Strahlen, ohne Glanz. Ruhig blickte Ediko den mit seinen Befehlen wieder davon Sprengenden nach.

Ein noch sehr jugendlicher Römer trieb das Pferd heran: »Ediko, Herr,« – hob er schüchtern an – »mein Vater – Vigilius – schickt mich: er ist in Sorge – wegen jener Meldungen. Einer der Goten, welche die Wagen bewachen, sagte, man könne dort im Westen deutlich von den höher ziehenden Wolken des Abendhimmels niedrige schwere Staubwolken unterscheiden. Das rühre von einem Reiterzug her. Der Vater fürchtet ... – es werden doch nicht Räuber sein?« – »Im Reiche Attilas? Nein, Knabe. Beruhige den Tapferen! Hast du nicht, sobald wir eure Grenze überschritten, entlang der Straße hier und dort – nicht gar zu selten! – an den Bäumen Knochengerippe angenagelt gesehen oder noch modernde Leichen?« Der Jüngling nickte mit Schaudern: »Ja! Eine fürchterliche Verzierung seiner Heerstraßen liebt Euer Herr. Ganze Schwärme von Raben scheucht man davon auf im Vorbeireiten. Dort, hinter jener Krümmung des Weges, hingen drei beisammen. Römer nach Gesicht und Tracht.« – »Jawohl! Das waren zwei Räuber und ein römischer Kundschafter. Mein Herr weiß sie nach Verdienst zu bereichern und nach Wunsch zu unterrichten! Noch in der Stunde der Tat waren sie ergriffen, angeklagt, überführt, verurteilt und hingerichtet.« »Eure Rechtspflege ist blutig,« sprach der Jüngling.

»Aber rasch und gerecht,« schloß Ediko. »Du wirst das noch erfahren, Knabe.« – »Aber – wenn nicht Räuber, was sind es für Leute?« – »Der Abend wird es lehren.« Und er lehrte es.

Denn kaum hatte Ediko mit seinem Zuge die Wiese neben der Furt erreicht, wo die Pferde außer Wasser reichlich frisches Futter fanden, als von dem einstweilen deutlich sichtbar gewordenen Zuge, der von Westen her offenbar die Straße nach Norden suchte, die ersten Berittenen bereits eintrafen. Zuerst ebenfalls rasche hunnische Reiter, dann ebenfalls vornehme Römer: und es folgten ihnen ebenfalls, obzwar in minderer Zahl, schwer beladene Wagen.

Maximin und Priscus ritten den Ankömmlingen langsam entgegen. »Comes Romulus!« rief Maximin, aus dem Sattel springend. »Freund Primutus!« staunte Priscus, seinem Beispiel folgend. Auch die beiden so Angerufenen – in reicher römischer Tracht – stiegen nun von den Pferden: die vier Männer schüttelten sich die Hände. »Ich dachte dich in Ravenna, Romulus,« sprach Maximin. »Und ich dich, Primutus, in deinem Birunum,« sprach Priscus. »Was hat der Präfekt von Noricum hier zu tun?«

»Und ich glaubte euch beide in Byzanz,« erwiderte der Comes Romulus, der wenig jünger schien als Maximin. »Und nun treffen wir uns hier,« seufzte der Präfekt von Noricum, eine männliche Kriegergestalt, »auf der hunnischen Steppe.« »Freude ist es sonst, alte Freunde wiederzusehen ...« klagte Maximin. »Und römische Senatoren!« meinte Romulus. »Aber unser Wiedersehen ...« fiel Priscus ein. »Ist keine Freude!« schloß der Präfekt. – »Es ist Schmerz!« – »Denn wir treffen uns, ahn' ich, in gleicher Sendung ...« – »Und in gleicher Schmach.« »Ihr seid von Kaiser Teodosius zu Attila geschickt ...« rief Primutus. »Um Frieden zu bitten!« erwiderte Maximin. »Und ihr von Kaiser Valentinian – –?« – »Um alle Forderungen ...« »Zu bewilligen!« – ergänzte Priscus. »Jeden Betrag von Tribut bezahlen...« klagte der Präfekt. – »Den der Barbar begehrt ...! Dort in jenen Wagen ...« – »Schleppt ihr den des abgelaufenen Jahres nach!« – »Frieden um jeden Preis sollt ihr schließen? Nicht?« fragte der Rhetor. »Ja, auch um den der Ehre,« grollte Primutus, an das Schwert greifend. »Die ist schon lange nicht mehr hinzugeben,« zürnte Priscus. »O Maximin, Enkel der Antonine!« klagte der Comes. »Ach Romulus, Besieger der Vandalen!« rief der Patricius ...

»Und wir treffen uns hier auf dem Wege, den Hunnenhäuptling anzuflehen!« sprach der Präfekt. »Den barbarischsten aller Barbaren!« schloß Priscus. »Ich habe noch besonderen Auftrag,« begann grimmig Maximinus aufs neue. »Ich auch,« rief Romulus. »Geheimen!« lachte Priscus. »Ganz geheimen!« ergänzte Primutus. »Falls ich den Hunnen durch alles Gold und alle Demütigung nicht davon abhalten kann, das gefürchtete Schwert wieder zu ziehen, soll ich ihm vorstellen ...« »Doch nicht,« forschte der Comes, »daß West-Rom leichter zu bekriegen und zu berauben sei, als Byzanz?« »Das ist unser wichtigster Auftrag,« bestätigte der Rhetor. »Spart euch die Mühe,« rief der Präfekt in hellem Zorn. »Denn wir haben Attila zu beweisen, daß ihr in Byzanz noch viel wehrloser und ohnmächtiger und dabei reicher seid als wir in Ravenna!« »O der Schmach,« jammerte der Patricius. »O des Elends,« klagte laut der Comes.

Maximin preßte die geballte Faust vor die Stirn, Romulus drückte die Hand auf das Herz, der Präfekt schüttelte grimmig das Haupt, während der Rhetor in verhaltenem Weh leise stöhnte. Sie waren in diesem traurigen Gespräch einstweilen bis an die Wagen der Byzantiner gelangt: ihr Jammer drückte sich deutlich in ihren Mienen, in ihren Gebärden aus. Verdeckt von einem der mächtigen Wagen sah ihnen zu eine hochragende Gestalt. Der Mann nickte leise mit dem behelmten Haupt. »Drückt euch die Schmach zu Boden, Römer?« flüsterte er in gotischer Sprache. »Habt's voll verdient – lange, lange. – Wartet nur! Es kommt noch besser!«

Viertes Kapitel.

Etwa zwei Stunden später saßen die vier römischen Freunde in einem der mitgeführten, rasch aufzuschlagenden Reisezelte, ziemlich behaglich untergebracht. Der Rasenboden war mit kostbaren Teppichen hoch belegt; von der Spitze des dreieckigen Lederzeltes hing eine Ampel herab, die ein sanftes Licht verbreitete; die aufwartenden Sklaven, welche die Abendmahlzeit aufgetragen hatten, waren entfernt worden; den Weinkrug, den Mischkrug voll Wasser und vier Becher reichten sich die Genossen selbst, auf weichen Polstern gelagert. Ediko hatte angefragt, ob sie mit allem Erforderlichen versehen seien, und sich dann höflich von ihnen verabschiedet. Bigilius lag in einem andern Zelt leidend an Hüftweh; das und auch wohl die Kenntnis ihrer Abneigung mochte ihn von den andern fernhalten; der Sohn pflegte sein.

Die Gesandten von West-Rom gaben kurz Bericht von ihrer Reise. »Von uns,« meinte der Präfekt, »ist nicht viel zu erzählen. Ging doch unser Weg fast immer durch römisches Gebiet, auf der alten Heerstraße unserer Legionen. Noch nicht gar lang ist's her, daß wir in Attilas Gebiet eingeritten. Aber gleich nachdem wir die Grenze überschritten, hatten wir ein kleines Abenteuer.« »Ein starker Schwarm von Hunnen,« fuhr der Comes fort, »sprengte uns entgegen, befahl, unter drohenden Gebärden, mit wildem Schwingen der Waffen, Halt zu machen.« – »Alsbald ritt der Führer des Geschwaders auf uns beide zu, mit dem nackten Schwert vor unsern Augen fuchtelnd. ›Attila zürnt,‹

schrie er uns auf lateinisch an. ›Er spricht durch seines Knechtes Mund: er will keine Gesandten Valentinians mehr sehen. Dagegen die Geschenke, die Schätze, die ihr mitgebracht, sollt ihr herausgeben. Her damit! Oder – ich haue euch nieder auf dem Fleck.‹ Und er zückte die Klinge.« »Ohne mit der Wimper zu zucken,« rühmte Romulus, »sah ihm der Präfekt in das Auge und sprach: ›Diese Geschenke erhält Attila nur aus meiner Hand als Geschenke – aus deiner bloß als Raub; nun tue, wie du willst, Barbar.‹ ›Gut, Römer!‹ rief dieser, die Waffe senkend. ›Du hast die Probe wacker bestanden. Ich melde es dem Herrn.‹ Und gleich darauf sah man ihn schon wieder auf dem flinken Pferde davonjagen – gen Osten. Alsbald stießen wir dann auf andere Hunnen, die den Auftrag erhalten hatten, uns zu Attila zu geleiten. Das ist alles, was wir zu berichten haben.« – »Ihr aber –, bei euch ist es anders. Ihr reist schon lange durch das Hunnenreich. Erzähle, Rhetor. – Aber vorher mische, bitte, nochmal – hier mein Becher. – Wie ist es euch ergangen?«

»Sehr wechselvoll,« erwiderte Priscus, gab dem Freunde den Pokal gefüllt zurück und hob an: »Wir erreichten in zwanzig Tagen erst Sardica, das doch nur dreizehn Tagereisen von Byzanz entfernt ist: – so schwer wiegen das Gold und die Schande, die wir in zehn Lastwagen den Hunnen zuführen.« »Dort in Sardica,« fuhr Maximinus fort, »die Hunnen haben's halb verbrannt – luden wir Ediko und unsere andern Begleiter zu Gast zum Abendschmaus.« »Aber ach,« klagte der Rhetor, »die Rinder und Hammel, die wir unsern Gästen vorsetzten, mußten wir uns erst von ihnen schenken lassen. Nur die Bereitung übernahmen unsere Köche.« – »Es gab Streit beim Mahle. Vigilius – er hatte wohl zuviel von meinem alten Lucaner Wein getrunken –« »Oder es war Verstellung!« meinte Priscus, – »Pries Theodosius als einen Gott, gegenüber Attila, der doch nur ein Mensch sei.« – »Das Ende war, daß Maximin die gereizten Hunnen – nicht Ediko, der schwieg! – besänftigen mußte durch Geschenke von serischen Gewändern und indischen Edelsteinen. Der Gott Theodosius kostet dich, o Patricius, viel, mehr als er wert ist.« – »Dann kamen wir nach Naissus.« »Das heißt: an die Stelle,« verbesserte der Rhetor, »wo ehedem Naissus stand. Die Hunnen haben's der Erde gleich gemacht.« – »Der Ort war leer. In den Trümmern der Basiliken kauerten ein paar Wunde und Kranke, die Heiligen um Brot und Rettung anrufend oder um den Tod, was – dem Erfolge nach – das leichtere Mirakel schien; denn gar manche Leichen lagen umher.« – »Wir Unheiligen verteilten unsere letzten Vorräte von Brot unter diese Verzweifelnden.« – »Und reisten weiter.« – »Durch verödet Land!« – »Wir lenkten von der Heerstraße ab.« – »Denn hier war nicht zu atmen!« »Weshalb?« fragte der Comes.

»Wegen der Leichen.« – »Wegen der vielen Tausend unbestattet faulenden Leichen!« – »Der im Gefecht oder auf der Flucht von den Hunnen Erschlagenen!«

»Aus den Bergen von Naissus kamen wir so, auf Umwegen, an die Donau.« – »Die Hunnen trieben Einwohner auf, die uns auf Einbäumen über den Strom setzten.« – »Mir fiel die große, unzählbare Menge dieser barbarischen Fahrzeuge auf... –« – »Um unsere breiten Schatzwagen überzuführen, wurden drei oder vier nebeneinander gebunden.« – »Auf unsere Fragen, weshalb eine solche Masse von Kähnen hier versammelt liege, erwiderten die Hunnen, Attila gedenke nächstens hier eine große Jagd abzuhalten.« »Ich ahne!« meinte der Präfekt. »Und das Wild ... –« – »Sind wir Römer.«

»Wir reisten nun auf dem linken Donau-Ufer etwa siebzig Stadien weiter. Da wollten wir eines Abends unsere Zelte auf einem Hügel errichten.« – »Wir hatten uns schon für die Nacht auf der Anhöhe eingerichtet, deren Krone allein trockne Lagerstätten bot – unten, gegen den Fluß hin, war der Boden sumpfig... –« – »Bereits waren die mitgeführten Zelte aufgeschlagen, die Pferde von den Wagen gespannt und die Feuer für die Bereitung des Nachtmahls angezündet... –«

»Da sprengten hunnische Reiter heran – Ediko war auf einen Tag vorausgereist behufs einer uns nicht mitgeteilten Besorgung – und zwangen uns, mit zornigen Scheltworten, wieder aufzubrechen und am Fuße des Hügels Lager zu schlagen...« »Warum?« forschte Romulus. »Sie schrien: ›Attila selbst habe unten im Tal gelagert...‹ – freilich schon vor vielen Nächten, flußabwärts – ›aber es sei ungeziemend, ...‹ »Was denn?« zürnte der Präfekt.

»Daß jetzt unsere Füße ständen über dem Ort, wo des Allherrschers Haupt geruht hatte. Und wirklich: all unser Sträuben blieb vergeblich.« – »Wir mußten nochmals aufbrechen und die gute Lagerstätte vertauschen mit einer recht schlechten.« – »Doch hatte Attila uns zur Speisung Flußfische, frisch gefangene, und mehrere Rinder gesandt.«

Fünftes Kapitel.

»Der Übermut dieser Kuhdiebe,« grollte der Rhetor, »ist unsagbar und untragbar! Vor einigen Jahren begleitete ich eine ähnliche Jammer-Gesandtschaft aus Byzanz zu den Hunnen. Bald hinter Margus stießen wir auf die uns entgegengeschickten Gesandten Attilas. Diese schmutzstarrenden Kerle weigerten sich, uns zu begrüßen und in den Zelten mit uns zu verhandeln. »Nur sechsfüßig verhandelt der Hunne,« ließen sie uns sagen. »Wir verstanden es nicht, das kentaurenhaft gedachte Rätsel, bis wir es sahen. Sie stiegen nicht ab. Um keinen Preis! Sie verlangten, nur zu Roß – vom Sattel! – mit uns zu beraten! Unmöglich konnten wir doch stehend, zu Fuß, zu den andern demütig emporblickend, verhandeln. So blieb uns nichts übrig – da jene, auf alle Vorstellungen keine Miene verziehend, ruhig sitzen blieben – als wieder aufzusteigen: und so berieten denn mit den Hunnen kaiserliche Gesandte, römische Männer, Konsularen, zu Pferd, als ob sie lediglich einer andern Horde dieses Gesindels angehörten!

Das Ergebnis war so demütigend wie die Form: wir versprachen Auslieferung aller zu uns Geflüchteten – darunter waren zwei Königssöhne eines Attila feindlichen Geschlechts, Attaca und Mamo, – – sofort ließen seine Boten sie kreuzigen vor unsern Augen! – wir versprachen, mit keiner Attila feindlichen Völkerschaft Verträge zu schließen, wir versprachen eine Jahresschatzung – vom Römerkaiser an den Hunnenhäuptling! – von siebenhundert Pfund Goldes statt der bisherigen dreihundertfünfzig. Sie verlangten, daß wir bei dem Leben des Kaisers, auf das Kreuz und die Evangelien, diese Verträge beschworen, während sie ein Pferd schlachteten, ihm den Bauch aufschlitzten, die nackten Arme bis an die Ellbogen in dessen Eingeweide tauchten und dann die roten, dampfenden Hände zum Eide in die Luft reckten, bis das Blut daran getrocknet war.«

»Mit solch wölfischem Getier müssen wir uns schlagen und vertragen!« zürnte der Präfekt. »Nun erzähle aber weiter, Patricius, von dieser deiner gegenwärtigen Reise,« mahnte Romulus. »Wie über die Donau,« fuhr Maximinus fort, »kamen wir auch über den Tigas und Tiphisas: auf Einbäumen, welche die Hunnen dann auf Wagen laden – oder auch auf mehrere zusammengekoppelte Gäule – und sie so über Land fortschleppen, bis sie derselben an einem Wasser wieder bedürfen.« »Auf Befehl unserer hunnischen Begleiter,« ergänzte Priscus, »die überallhin ihre windschnellen Reiter entsendeten, mußten uns die Leute aus weit entlegenen Dörfern und Einödhöfen Lebensmittel bringen. Die armen Bauern haben statt Weizen oder Korn hier nur noch Hirse, statt Weines nur Met, aus dem Honig der Wildbienen bereitet, und ein seltsam schäumend Getränk, das sie aus halbfauler Gerste gären lassen und ›Camus‹ nennen.«

»Die nächste Nacht erging es uns schlimm. Wir lagerten nach langer Tagereise in der Nähe eines Weihers, der den Rossen und uns Wasser geben sollte. Aber kaum hatten wir die Zelte aufgeschlagen, als ein schweres Unwetter losbrach unter Blitz und Donner und Platzregen und einem wütenden Wirbelwind. Der hob unser Zelt auf und all' unser darum her ausgepacktes Gerät, trug es in die Lüfte und warf es in den Weiher. Entsetzt stoben wir auseinander und gerieten in der Finsternis, vom Regen durchnäßt, vom Winde gepeitscht, in die sumpfigen Ufer des Weihers. Auf unser Geschrei liefen die Fischer und Bauern der nächsten Hütten zusammen, und da gerade der Regen nachließ, konnten sie die langen, markigen Schilfrohre, die ihnen als Fackeln dienen, endlich entzünden, in Brand erhalten und bei deren Schein uns auch einen Teil unseres vom Sturm verstreuten Gepäcks aus dem Morast herausholen in ihre elenden Lehmhütten, in welchen – statt des ringsum fehlenden Holzes – das trockne Schilf auch zur Feuerung dienen mußte.«

»Am Tage darauf dagegen,« fuhr Priscus fort, »sollten wir desto bessere Unterkunft finden. Wir erreichten ein Dorf, welches der Witwe Bledas gehört.« – »Wer ist das?« – »Bleda war Attilas früh verstorbener Bruder und Mitherrscher.« – »Dieselbe blieb für uns unnahbar: Attila hat verboten, daß sie mit einem Manne spreche.« »Er wird wohl wissen, weshalb!« meinte Priscus trocken. »Aber sie lud uns in eins ihrer Häuser, schickte uns reichliche und gute Nahrung und – nach Sitte hunnischer Gastfreundschaft – schöne Sklavinnen.« – »Wir nahmen die Speisen gern an, lehnten die lebendigen Geschenke dankend ab und schickten der Fürstin als Gegengabe drei silberne Schalen, rote Wolldecken, indischen Pfeffer, Datteln, byzantinisch Backwerk und andre Leckerbißlein, daran Frauen gern naschen, wünschten ihr des Himmels Segen für ihre Wirtlichkeit und zogen weiter. Einmal mußten wir die gute und nächste Heerstraße räumen und in einen elenden, pfützenreichen Heideweg einlenken, nur weil jene benutzt ward durch Gesandte eines unterworfenen Volkes. – Ich glaube, Gepiden heißen sie und sind Germanen.« »Jawohl, von der großen Gruppe der Goten,« erklärte Priscus. »Als wir Einspruch erhoben, meinten die Hunnen achselzuckend: ›Unterwirft sich euer Kaiser, dann mögen seine Boten auch Ehre gewinnen!‹ Das war vor sieben Tagen. Seitdem ist uns nichts Erwähnenswertes mehr begegnet.«

»Und was führt euch aus Ravenna und dem Westreiche zu Attila?« forschte der Patricius.

»Das alte Elend!« erwiderte Romulus. »In stets wechselnder Gestalt! Er kennt unsre Schwäche, und er kennt seine Kraft. Er wird nicht müde, seine Kraft gegen unsre Schwäche zu mißbrauchen, uns auszusaugen, zu demütigen, zu quälen.« »Keinen Anlaß,« fuhr der Präfekt von Noricum fort, »läßt er sich entgehen. Keiner ist ihm zu gering!« – »Diesmal sind es ein paar elende Schalen, um derentwillen zwei vornehme Römer, ein Comes und der Präfekt von Noricum, sich in diese Steppen und in diese Schmach begeben müssen.« – »Ein Römer, Constantius, Untertan Attilas, hat während der Belagerung von Sirmium durch die Hunnen von dem Bischof der Stadt goldnes Kirchengerät empfangen, den Bischof und andre Bürger, wenn die Stadt fiele, aus der Gefangenschaft loszukaufen.« – »Die Stadt fiel. Der Römer aber brach sein Versprechen, ging mit den Schalen nach Rom und verpfändete sie dort an den reichen Wechsler Sylvanus.« – »Allzu kühn kehrte Constantius zu Attila zurück. Der erfuhr seine Schliche, schlug ihn ans Kreuz und fordert nun ... –« – »Die Auslieferung des Sylvanus, der jene zur Beute von Sirmium gehörigen Schalen gestohlen oder doch ihm vorenthalten habe.«

»Wie können wir den Mann ausliefern, der ohne jede Schuld?« – »Doch Attila droht mit Krieg, wenn wir uns weigern.« »Er könnte ebensogut mit Krieg drohen, weil der Kaiser eine ihm mißfallende Nase hat,« meinte Priscus.

»Und wir müssen nun den Barbaren bitten und durch Demut besänftigen und durch Geschenke bestechen, bis er uns jene Schmach erläßt.« »So wollen wir denn,« seufzte Maximin – »nicht viel anders lautet unser Auftrag – gemeinsam diesen Weg der Schande ziehen.« – »Ja! Aber Genossen dieses Unheils zu haben, ist, trotz dem Wort des Dichters, kein Trost!« – »Ravenna und Byzanz in gleiche Schmach getaucht!« »Die Ampel ist am Erlöschen! Suchen wir den Schlaf,« mahnte Priscus, »das Vergessen und die Größe Roms – im Traum.«

Sechstes Kapitel.

Nach drei Tagereisen erreichten die beiden nun vereinigten Gesandtschaften die Wohnstätten oder das Hauptlager Attilas, die von den Hunnen als herrlicher denn alle Häuser der Erde gepriesen wurden.

Die ausgedehnte Niederlassung, bestehend aus zahlreichen Holzhäusern sehr verschiedenen Umfangs, überschritt das Maß eines Dorfes: einer Stadt war sie vergleichbar, nur daß die Umwallung fehlte. Diese Holzhäuser mit ihren flachen Dächern und vorspringenden Umgängen der obersten beiden Stockwerke standen so weit auseinander, daß auch ein auf Tod und Leben gewagter Sprung einen Mann von dem einen kaum jemals zu dem andern hätte tragen können.

Von weitem schon war unter den vielen Zelten und Holzhütten das Wohnhaus Attilas erkennbar: denn wie ein Bienenkorb wurde dasselbe rings im Kreise umwogt, umschwärmt, umbraust von unzähligen Hunnen zu Pferd und zu Fuß: das Haus ihres Allherrschers auch nur von außen zu schauen, war ihnen Wonne!

Nachdem Ediko den Fremden durch die unstet durcheinander Wogenden den Weg gebahnt, trafen sie auf den ersten ›Ring der Wachen‹: denn in elf immer engeren aufeinander folgenden Kreisen war das ebenfalls kreisförmige Gebäude von vielen Hunderten von hunnischen, germanischen, sarmatischen Kriegern umgürtet. Sie standen so dicht nebeneinander, daß sie sich mit den ausgestreckten Speeren berühren konnten: nicht ein Wiesel mochte unvermerkt zwischen ihnen durchhuschen. Das Haus war aus Holz und Brettern gebaut, die, wunderbar fein geglättet, hell erglänzten: es war umhegt von mannshohen Kreisen, ebenfalls aus ganz geglättetem Plankenholz, nicht zum Schutz, zur Zierde. Oberhalb der Eingangstüre flatterten bunte, gelbe Fähnlein; auch dieser Ring, der letzte, war ganz von Wachen besetzt.

Im Westen und im Osten des Hauses stiegen zierlich geschnittene Holztürme mit mehreren Stockwerken in die Höhe. Das glänzend weiße Birkenholz stach in dem grellen Sonnenscheine der Steppe blendend ab gegen die bunte Bemalung mit Hellrot und Hellblau, welche, in streng durchgeführter Regelmäßigkeit barbarischer und phantastischer Linien, oft ins Fratzenhafte verzerrte Bilder von Menschen, Rossen, Wölfen, Drachen, Schlangen wiederholten. Der ganze weite Bau war umgeben von halboffenen Säulengängen, nur daß, statt runder Steinsäulen, das Dach trugen viereckige Holzpfeiler, sorgfältig behauen, fein geglättet, mit dem Schabeisen geschabt und mit bunten Farben reich, nicht ohne einen gewissen naiven Geschmack, bemalt.

Das nächste Haus war das Chelchals, des greisen Vertrauten Attilas, der den Vielgetreuen vom Vater überkommen hatte. Nach dem des Herrschers erschien es als das reichste, jedoch ohne den Schmuck und die Ehrung durch jene Seitentürme; auch dies war lediglich Holzbau: die Gegend – Wiese, Heide und Steppe ringsum – gewährte weder Baum noch Stein: alles Holz mußte von weither geführt werden. Das einzige Steinhaus in der ganzen Siedlung war ein großes Bad, das der Allherrscher auf Wunsch einer seiner ungezählten Frauen – einer schönen Römerin aus Arles – sich hier von einem in Sirmium gefangenen griechischen Baumeister nach griechischem Vorbild aus rotem Marmor hatte ausführen lassen: jahrelang waren von tausenden von Sklaven die Steinblöcke dazu herangeschleppt worden.

Nahe der Gasthalle und dem damit zusammengebauten Schlafhaus Attilas lagen zahlreiche andre Gebäude, die Wohnräume seiner Frauen, gezimmert aus geschnitzten und zierlich zusammengefügten Brettern oder auch aus aufrecht stehenden viereckigen, sorgfältig behauenen Pfeilern, die untereinander durch eine Reihe zierlich geschwungener Halbkreisbogen aus buntbemaltem Lattenwerk verbunden waren. Die einzelnen Pfeiler waren geschmückt mit etwa handbreiten Holzringen wechselnder Farbe, die von unten auf, sich verjüngend, bis zu den Spitzen emporstiegen, dazwischen stets wieder in handbreiten Abständen die weiße Farbe des rohen Balkenholzes dem Blicke freigebend. So meisterhaft waren dabei an allen diesen Holzbauten Brett an Brett, ganz glatt geschabt, gefügt, daß man auch bei schärfstem Augenmerk nur mit Anstrengung die Fuge, die Stelle des Zusammenschlusses, zu entdecken vermochte. –

Die Gesandten hatten gehofft, noch an dem Tag ihres Eintreffens – sie waren zu früher Morgenstunde angelangt – vorgelassen zu werden. – Aber sie erhielten den Bescheid, Attila sei soeben aus dem Lager geritten, in den Donausümpfen Wisent und Ur zu jagen. Wohl war ihm die bevorstehende Ankunft der Gesandten angesagt worden, aber er hatte, auf das ungesattelte Pferd sich schwingend, nur erwidert: »Die Kaiser können warten, meine Jagdlaune nicht.«

Drittes Buch.

Erstes Kapitel.

Während dieser Vorgänge in dem Hunnenlager bewegte sich gegen dasselbe hin ein kleiner Zug von Westen, von dem Lande der Rugier her durch die weiten

Wälder, die diese Donaugebiete zum Teil seit unvordenklicher Zeit, niemals gelichtet, bedeckt, zum Teil seit dem Verfall der Römermacht in den letzten drei bis vier Menschenaltern auf bereits urbar gemachtem Boden wieder überkleidet hatten mit aller Üppigkeit der Wildnis.

Die Reisenden, zehn Männer und zwei Frauen, waren sämtlich beritten: Wagen, deren sich Weiber wohl bedienten, wenn sie etwa zu den großen Opferfesten reisten, hätten die dichten Wälder nicht durchdringen können, so schmal waren die Wege, welche auf lange Strecken durch diese Wirrnisse von Gestrüpp, Gebüsch und Bäumen führten.

Behutsam mußte geritten werden: gar leicht stolperten die Pferde über die Knorrwurzeln, die, wie braune Schlangen, oft die Pfade quer überzogen, zumal die hohen, häufig oben ineinander greifenden Wipfel der Eichen, Buchen und Tannen auch in den Tagesstunden ein dunkelgrünes Dämmern tief schattend über die Pfade breiteten. Die Nächte verbrachten die beiden Frauen in einem auf einem Troßpferd mitgeführten Zelt aus starkem Segeltuch auf weichen Decken; die Männer schliefen im Freien unter ihren Mänteln, aber einige von ihnen hielten abwechselnd Wache; die Pferde waren an den Fesseln der Vorderfüße mittels langer Lederriemen an die Fußenden von Bäumen gebunden: so konnten sie nicht entlaufen und doch ungehindert das duftende, hohe Waldgras weiden.

Das Frühmahl eines der Reisetage war soeben gehalten: vor dem aufgeschlagenen Zelte verglimmten die letzten Brände des Feuers, an dem aus mitgeführten Vorräten und aus der gestrigen Jagdbeute der Morgenimbiß war bereitet worden; in dem halb geöffneten Zelt packte eine Magd die Decken zusammen, während die beiden Führer des Zuges und eine wunderherrliche Jungfrau neben dem Feuer ruhten; der ältere der beiden Männer blickte gar ernst in die allmählich erlöschende Glut. –

Das schöne Mädchen bemerkte den trüben Ausdruck seiner Züge: es strich zärtlich mit der weißen, vollen, aber schmal zulaufenden Hand über die Stirne des Alten. »Mein Vater,« sprach sie, »was so Schweres, Trauriges sinnst du? Könnt' ich doch, wie die Falten auf deiner Stirne, die Sorgen hinwegstreichen von deiner Seele.« »Ja, König Wisigast,« rief der Jüngling an ihrer Seite, »was sorgst du? Um was? Oder, um wen?« – »Um das Kommende! – Und nicht am wenigsten wahrlich: um euch beide!«

Daghar hob das lockige Haupt: »Ich fürchte nichts und niemand: auch nicht – ihn!« Mit stolzer Freude ließ Ildicho die leuchtenden Augen ruhen auf seinem schönen Antlitz; »Vater, er hat recht,« sprach sie dann ruhig; »keine Hand, auch die des Hunnen nicht, reißt uns aus der Brust unser Lieben und unsres Wesens Eigenart: ohnmächtig ist er gegen Liebe und Treue.«

Aber der König schüttelte das graue Haupt. »Es ist doch befremdend, unheimlich ist es! Woher weiß er ..., woher hat er so rasch von eurem Verlöbnis erfahren? Kaum war sie in meiner eignen Halle bekannt geworden, gleich darauf sprengte schon sein Bote in den Hof, der in Erinnerung brachte ein altes Gebot, – schon Mundzuck hatte es ausgehen lassen, es war aber durchaus nicht immer eingehalten worden! – wonach keiner der den Hunnen unterworfenen Könige Sohn oder Tochter verloben dürfe, bis er nicht das Paar vor den Herrscher gestellt und dessen Genehmigung erlangt habe. Da blieb nichts übrig als Gehorsam oder – für euch beide! schnelle Flucht.«

»Oder offener Trotz!« rief Daghar. »Ich fliehe nicht, auch nicht vor Attila! O wärest du meinem Rate, meinem Zorn gefolgt! Losschlagen! Sofort!« – »Zu früh, mein Sohn, zu früh! Noch sind die andern nicht bereit. – So machte ich mich denn auf den Weg mit euch nach seinem Hoflager – schweren Herzens! Was der Schreckliche sinnt, wie er entscheiden wird, – wer kann es wissen? Woher kann er es so früh erfahren haben?«

Ildicho wandte das schöne Haupt ab, sie errötete; der Vater bemerkte es. »Ellak!« rief er. »Er hat sein Auge auf dich geworfen! Er will sich wohl von seinem Vater deine Hand ...« »Er soll es versuchen,« sprach Daghar grimmig, kaum die Lippen öffnend; er ballte die Faust um den Schwertgriff. Jedoch die Jungfrau entgegnete: »Nein. Das glaub' ich nicht von diesem – seltsamen – Hunnensproß. Auch kennt er meines Wesens feste Kraft. Er weiß, daß ich Daghar liebe, und er weiß, daß Ildicho niemals ihn ...«

Der König zuckte die Achseln: »Ich und Daghar und viel Mächtigere als wir beide können dich nicht schützen gegen Attilas Gewalt. Wenn er nun gebietet – du bist, wir sind in seinem Lager wehrlos in seine Hand gegeben! – wenn er dir nun gebietet, Ellaks Weib zu werden, – was kannst du andres tun als ...« »Sterben kann ich!« rief die Jungfrau und griff nach des Geliebten Hand, der finster vor sich hin gestarrt hatte. »Nein, Daghar, sorge nicht! Dein werde ich oder des Todes! Und wehe dem, der nach mir greift.«

Zweites Kapitel.

Da ertönte in der Ferne, im Osten des Waldes, ein lauter, schriller Ruf des Hüfthorns: einer der auf Wache stehenden Krieger hatte das Warnzeichen gegeben: sofort sprangen alle Lagernden vom Boden auf, die Männer griffen zu den stets bereitliegenden Waffen und blickten gespannt aus gen Osten.

Aber jetzt erscholl ein zweiter Hornstoß, gedämpft, beschwichtend: und schon ward von Zweien der Rugen ein einzelner Reiter auf das Zelt zugeführt, der alsbald vom Pferde sprang und nun langsam heranschritt; er neigte sich tief vor der Königstochter und bot den beiden Fürsten die linke Hand.

»Ellak!« sprach Wisigast, ihn mit mißtrauischem Blicke messend und nur zögernd die Hand des Ankömmlings ergreifend. »Ihr? Was führt Euch hierher?«

»Die Sorge um Euer Wohl. Mein Vater zürnt. Die eigenmächtige Verlobung ... –« – »Er erfuhr sie sehr schnell!« »Ja, vor mir,« erwiderte Ellak. »Ich – ich hatte nur erraten – dort an dem Steine Friggas ... Daß jedoch der König der Rugen so rasch, so unvorsichtig – gegen das Gebot! – sie auch verloben werde, das hatte ich nicht gedacht. Aber schon gleich wie ich von dem Waldquell in das Hoflager des Herrschers zurückkehrte, rief er mir entgegen – ich hatte gar oft seinen Argwohn gegen germanische Fürsten –«

»Sag' es nur,« unterbrach Daghar: »gegen König Wisigast und mich,« – »Auch gegen euch! – zu zerstreuen mich bemüht. Jetzt aber rief er mir zu: ›Da siehst du die Treue, den Gehorsam deiner – grobschlächtigen! – Stammesgenossen! König Wisigast hat sein Kind dem Skirenfürsten verlobt, ohne mich zu fragen. Gegen das Gesetz!‹ ›Woher weißt du?‹ forschte ich erschrocken. ›Gleichviel,‹ erwiderte er. ›Das kümmert dich nicht. In nächt'ger Stunde ward mir's offenbar. In Ketten laß' ich sie herbeischaffen, alle drei!‹« Daghar wollte trotzig einfallen, aber Wisigast winkte ihm, zu schweigen. »Ich besänftigte ihn. Ich beschwor ihn, noch nicht zur Gewalt zu greifen. Ich verbürgte mich für euren Gehorsam, daß ihr, geladen, willig in das Lager kommen würdet. – Er maß mich dabei mit forschenden Blicken. Dann sprach er mit einem seltsamen Zucken über seine Mienen hin – wie Wetterleuchten – das ich mir nicht erklären konnte und noch nicht verstehe: ›Wohl, es sei! Ich will sie in Güte laden. Du hast recht: es ist klüger so. Du weißt freilich nicht,‹ schloß er, › weshalb es klüger ist‹; er lächelte dabei: aber es war sein böses Lächeln, das drohender ist als sein lautes Zorneswort: – und deshalb ritt ich euch ent-gegen, euch zur Eile zu mahnen: denn ihn warten lassen, das ist gefährlich. Und ich wollte euch bitten, klug zu sein an dem Hoflager. Nicht trotzig, kühner Daghar! Nicht allzu stolz, edle Königstochter.«

»Meine Braut,« rief Daghar, »kann nie stolz genug sein, so herrlich ist sie!« Ellak atmete tief und erwiderte: »Das brauch' ich nicht erst von ihrem Bräutigam zu lernen. Stolz wie eine Göttin darf sie, soll sie sein!« – Er bezwang das stark auflodernde Gefühl und hob wieder gemessen an: »Aber ihr seid im Unrecht, ihr beiden Fürsten, der Herr ist im Recht. Reizt ihn nicht! Ich mein' es gut! – Nicht alle Söhne des Herrschers sind euch gewogen! Wie ich für die Germanen rede, so schüren andre seinen Zorn gegen euch. Und lieber lauscht er deren Rede, als der meinen.« »Weshalb?« forschte Wisigast. Ellak zuckte die Achseln: »Strenge ist ihm vertrauter als Milde. Er liebt nicht die Germanen. Und nicht – mich. Dagegen liebt er ... – –« »Ernak, das bösartige Kind, und Dzengisitz, den Unhold!« rief Daghar.

»Wehe uns,« fügte der Rugenkönig bei, »herrschten diese beiden jemals über uns!« »Das werden sie nicht! Nie!« lachte Daghar. Ellak maß ihn mit strengem Blick: »Und warum nicht, du Unvorsichtiger?« »Weil eher ... weil schon zuvor ... –«

»Schweig, Daghar!« fiel der König ein. »Weil wir Attila bitten werden, bei der Teilung des Reiches unter seine vielen Erben, – es sind ja weit mehr als hundert Söhne! – uns Germanen nicht jenen, – dir uns zuzuteilen.« »Das wird nicht geschehen!« erwiderte Ellak kopfschüttelnd. »Allerdings nicht!« grollte Daghar. Da legte Ildicho den Finger auf ihren roten Mund. »Allzu groß, allzu mächtig würde den Brüdern mein Reich! Und Dzengisitz hat sich bereits von dem Herrn einzelne eurer Völkerschaften versprechen lassen.« »Warum?« fragte Wisigast.

»Er haßt uns ja doch!« meinte Daghar. »Eben deshalb! – Attila gewährte ihm die Bitte mit seinem eigenartigen Blinzeln des Auges: ›falls du mich überlebst, mein ungeduldiger Erbe,‹ fügte er dann zögernd bei.« »Wehe denen, die ihm verfallen!« wiederholte der König und schritt hinweg, nach den Rossen zu sehen. »Er ist unmenschlich!« »Hei,« lachte Daghar grimmig, »ist er doch ein Hunne!« »Skire!« sprach Ellak drohend, aber doch verhalten.

»Vergib ihm,« bat Ildicho. »Es trifft dich kaum. Bist du doch zur Hälfte unseres Blutes.« »Dzengisitz aber,« fuhr Daghar zornig fort, »ist der echte Hunne. Vollblut-Hunne! Stolz und Prachtstück seines Volks.« »Deshalb liebt ihn der Vater,« sagte Ellak traurig.

»Und wie sollten Hunnen Menschlichkeit üben!« eiferte Daghar. »Ja, nur kennen menschlich Erbarmen! Sind sie ja doch gar nicht Menschen!« »Wie meinst du das?« forschte Ellak. – »Die Sage geht bei allen Völkern der Germanen! Und sie spricht wahr.« – »Ich hörte davon. Doch vernahm ich das Lied nicht. – Dort, hinter dir, Daghar, am Haselbusch hängt ja deine Harfe, die vielgepriesene. Da! Nimm sie! Laß mich deine Kunst bewundern: oft hörte ich sie rühmen. Singe mir das Lied ›von der Hunnen Herkunft‹, so heißt es ja wohl, nicht?« »Ja! Aber? ...« nur widerstrebend nahm Daghar die kleine dreieckige Harfe, die Ellak an ihrem breiten roten Lederbande von dem nahen Strauch gelöst hatte und nun ihm darreichte. »Nicht doch!« fiel Ildicho ein. »Verlange nicht, es zu hören. Es wird dich schmerzen!« – »Ich bin an Schmerz gewöhnt. – Beginne!« – »Du willst es?« – »Ich bitte.« – »Nun wohl, so höre denn!«

Drittes Kapitel.

Er strich rasch zweimal über die Saiten und hob dann an mit schöner, wohllautreicher Stimme halb singend zu sprechen, die Worte zuweilen mit ein paar Griffen in die Saiten begleitend:

»Vieles fand ich, forschend mit Fragen,
Bei Menschen mich mühend,
Wandernd über die Wege der Welt,
Bei Kundigen Kundschaft erkundend
Von der Völker Versippung und uraltem Ursprung.
Göttergezeugt ist der gesamten Germanen Geschlecht!
Von Wodan, weiß ich, stammen die stolzen Gergoten, die guten;
Vom selben Siegvater, durch Saxnot, seinen Sohn, die steten Sachsen,
Aber von Donar die Dänen und im nahen Norge die Nordwehren.
Ziu zeugten und Zisa eberkühne Alamannen: Aber Eru
Die mutmächtigen Markomanen,
Irmin da oben unter den stillen Sternen
Die Thüringe, tapfer und treu,
Forsete erforscht' ich als der freien Friesen Vater,
Wodans wonniges Weib, Frau Frigga, gebar dem Gatten
Der freudigen Franken, der reisigen Rugen
Fürstliche Väter der Vorzeit.

Allein ein Andres, ein Ungeheures,
Hört' ich von der häßlichen Hunnen Herkunft!

War da waltend der guten Goten Ambl der Edle,
der Amlungen Ahn.
Fing er fechtend feindlicher Finnen Frauen.
Finnen sind findig. Viel verstanden sie:
Gewebes und Gewirkes waren sie weise,
Aber auch wilder, wüster, widriger Werke:
Zornigen Zauber zauberten sie:
Vieh verderbten, Saaten sengten, Hagel hexten auf Feld und Flur,
Flammen und Feuer in hegende Häuser,
Seuchen sandten und Siechtum:
Fiel da viel Volkes!

Ärgeres übten sie:
Männer nicht vermochten mehr,
Maide zu minnen,
Froh sich der Frauen zu freuen:
An Müttern nicht mochten mehr Milch
Die Säuglinge saugen:
Blut brach aus den Brüsten!
Mißgestaltet, mißgeboren
Kamen die Kinder, widrige Wunder, zur Welt.

Grauen und Grimm ergriff da die guten Goten:
Beschlossen schleunig die schlimmen Scheusale,
Die üblen Alraunen, auszutreiben aus der Amlungen Erbe.
Nicht taugte, sie zu töten:
Auch nicht die Asche der Argen
Sollte besudeln der Goten Gaue,
Ihr Fleisch nicht faulen in gotischem Grund,
Daß Fluch nicht falle der großen Götter
Auf die entweihte, entadelte Erde.

Fern in die Fremde, nach Norden, nötigten sie die Neidinge,
Jagten sie jenseits der gotischen Grenzen, der göttergehegten,
Wo steinige Steppen starrten, unwirtlich, öde,
Sandig und salzig, mitleidlos dem Menschen, und mächtige Moore,
Sümpfe der Seuchen in dichtem Dunste sich dehnten.
Dorthin drängten sie dräuend, mit geschwungenen Schwertern,
Die häßlichen Hexen, die wüsten Weiber, wünschten, sie würden
Stracks dort sterben vor hartem Hunger und unendlichem Elend.

Aber ach! Zu der Völker Verderben, zum Wehe der Welt
ward Alles anders: unreine, unrechte, unerhörte
Grimmige Geister, gram allem Guten,
Welche der waltende Wodan fern von dem Frieden
Menschlicher Markungen hierher hatte gehetzt,

Stiegen nun stracks, die Weiber witternd,
Empor aus dem Abgrund, aus den Sümpfen der
Seuchen,
Aus der sandigen, salzigen, steinigen Steppe,
Und, brünstig entbrennend, in greulicher Gier
Sich der Finninen freuend, der wüsten Weiber die
gräßlichen Gatten,
Die Scheusale den Scheusalen scheußlich gesellt
Statt in bräutlichem Bett und am heiligen Haus-
herd auf Rosses Rücken
Zeugten sie mit den Zauberinnen, den argen Alrau-
nen,
Ein greulich Geschlecht, gierig, gelb und gefräßig,
Krummbeinig, krummrückig, schmutzig, schlitzäu-
gig und schlau: –
Doch rasche Reiter: auf Rossesrücken waren die
Wilden ja geworden! –
In unermeßlicher Anzahl, der Erde zum Unheil, den
Völkern zum Fluch:
Das ist der wölfisch wilden, der häßlichen Hunnen
heillose Herkunft!«

Er hielt inne, erschöpft: denn er hatte in stets wach-
sender Leidenschaft vorgetragen, zuletzt nicht mehr
gesprochen, sondern laut, zornig gesungen, immer wilder die Saiten rührend; er glühte.

Besänftigend legte Ildicho die weiße Hand auf seine
Schulter: sie sah dabei teilnahmsvoll auf Ellak, der re-
gungslos zugehört hatte, die dunkeln Augen auf den
Boden gerichtet. Nun schlug er sie auf und blickte, tief
traurig, zuerst auf das Mädchen, dann auf den Sänger.
»Ich danke dir,« sagte er ruhig. »Es war lehrreich. Du
trugst das Häßliche schön vor. Offenbar glaubst du
daran. Das ist das ärgste.« – »Wie meinst du das?« –
»So mächtig also ist der Hunnenhaß, daß auch ein
Mann wie du solch Ammenmärlein glauben kann! –«

»Ich glaub' es,« erwiderte Daghar trotzig, »weil ich
es gern glaube. Die Sage lügt nicht! – Nicht dir sang
ich es gern – ich wollte meiden, dich zu kränken! –
aber einem andern möcht' ich es gern einmal in seiner
Halle vor all' den Seinen und vor allen Gästen zu hören geben. Gern säng' ich einmal vor ihm! Auch der
Haß begeistert und läßt der Harfe Saiten heller tönen.«

»Ich höre lieber daraus klingen – die Liebe! Singe
mir jetzt, ich bitte, ein Lied der Liebe. An ihrer Kenntnis, – auch an der Kenntnis, wie es tut, geliebt zu werden! – fehlt es dir ja nicht,« »Du hast Recht,« rief der
Königssohn, strahlenden Auges. »Und nicht der Vorbe-
reitung bedarf's: nur ihres Anblicks!« Und sofort begann er, kräftig in die Saiten greifend:

»Aller Erdenfrauen, auch aller Idisen Herrlich-
ste, holdeste, hehrste,

Edelste acht' ich Ildicho! Es weichen alle Weiber
der Wonnigen:
Glänzenden Göttinnen, glücklichen,
Gleichet die Glänzende, Glückliche.
Aber nur Einer auch unter den Asinnen
Acht' ich sie ähnlich: Nicht Freia, der allzu freien,
Wandelbar, wechselnd in Wahl Geliebter Günstlin-
ge,
Auch nicht Nanna: nein, nicht
Der allzu zarten und zagenden:
Nahte Nanna die Not, –
Bewältigen würde, wähn' ich, das Weh die Weiche,
Aber Ildicho, an Art wie die Eiche,
Würde, ich weiß es, widerstreiten dem Weh,
In tapferem Trachten treu, und sich selber vertrau-
sam,
Trotzen dem Tode;
Frigga, der freudigen Frau, acht' ich Ildicho ähn-
lich,
Stolz und stark und mächtig an Mut,
Würdig, Wodans des Waltenden, Weib zu werden,
Des großen Göttergebieters,
Teilend in Treue sein Sinnen und Sorgen,
Teilend tapfer sogar die sausenden Speere.
Oh wer wüßte würdig der Wonnigen, Ildichos, Art
und Adel
Zu singen und sagen? Nicht ich selber,
Daghar, dem doch das göttliche Glück gedieh,
Daß ihn die Liebliche liebt.«

Er schwieg, einen entzückten heißen Blick werfend
auf das schöne Antlitz, das sich abwandte, errötend in
holder, bräutlicher Scham; ungestüm ließ er die Harfe
auf den Rasen fallen, er wollte nach ihrem Arme greifen: – aber herb wies sie ihn ab mit strenger Bewegung
der linken Hand. Nur diese gelang es ihm zu fassen:
und als er sie drückte, meinte er, ganz sanft einen Ge-
gendruck zu fühlen; schon das beglückte ihn. –

Einstweilen hatte Ellak die weggeworfene Harfe unvermerkt aufgenommen: mit einem langen Blicke maß
er sinnend die beiden Glücklichen, die für ihn kein
Auge hatten: dann rührte er leise die Saiten und sang
in hunnischer Sprache still vor sich hin:

»Mag die schöne Sonnengöttin
Dem Geliebten nur gehören, – –
Wie sie leuchtend an dem Himmel
In dem goldnen Wagen hinzieht,
Von dem blonden Haar umflattert, –
Denn das sind die Sonnenstrahlen! –
In dem Antlitz so viel Schöne,
Daß geblendet wir
die blöden Augen vor ihr schließen müs-
sen, –

28

All' wir Sterblichen doch dürfen
Uns der Himmlischen erfreuen,
Unsre Knie vor ihr beugen,
Dankend, daß auch uns sie leuchte,
Daß auch uns ein selig Feuer
Von ihr in die Adern strahle,
Daß wir allen Glanz und alles,
Was das Leben lebenswert macht,
Was das Dasein, trüb und schmerzhaft,
Uns doch lieben macht so sehr, – ja
Daß wir alles ihr verdanken,
Was an Glück je ward uns Armen! –

Mag die schöne Sonnengöttin
Dem Geliebten nur gehören, –
Huldreich läßt sie sich gefallen,
Daß Unsel'ge auch ihr danken.«

Er schwieg und hing die Harfe wieder an den Strauch. Daghar ergriff seine Hand: – Ellak reichte statt der verstümmelten Rechten die Linke dar. »Ein traurig Lied,« sprach der Skire, »aber schön, obgleich in Hunnen-Weise.«

Ildicho wandte ihm ruhig das herrliche Antlitz zu: »Ellak,« sprach sie langsam, »was gut ist an dir, ja edel –«, da traf sie ein tief dankbarer Blick der traurig verträumten dunkeln Augen – »was dich heute hierher geführt hat, uns zu warnen, zu helfen, das ist nicht der Hunne, das ist der Gote in dir. Niemals mehr will ich dich Hunne nennen. Du bist uns nicht fremd. Amalahildens Sohn, nicht Attilas Sohn bist du mir.« – »Und doch irrst du, Königskind. Und doch tust du dem Gewaltigen Unrecht. Schrecklich zwar, doch auch groß ist er, ja sogar gut und edel kann er sein, der mich so bitter haßt, mein Vater Attila, der Herr. – Kommt, säumet nun nicht länger. Steigt zu Pferde! Dort läßt sie euer Vater schon vorführen. Ich selbst will euch geleiten und den nächsten Weg führen.«

Viertes Buch.

Erstes Kapitel.

Viele Tage hatten die Gesandten in Attilas Lager geduldig – oder ungeduldig – zu harren. In mehreren der ansehnlichsten Holzhäuser untergebracht, wurden sie reichlich verpflegt und höflich behandelt. Vigilius mied die vier Freunde, wie er von ihnen gemieden ward.

Ediko war verschwunden; auf die Frage, ob er etwa dem Herrscher nachgeeilt, hatten die Hunnen mit Achselzucken erwidert: »Niemand kennt des Herrn, niemand seiner Vertrauten Geheimnisse.«

Den Byzantinern und Römern machte das ganze Treiben und Leben in dieser hölzernen Königsstadt einen seltsamen Eindruck: neben barbarischer Roheit wüste Pracht, und dann wieder eine Einfachheit, die bei solchen Schätzen, solcher Macht nicht auf Unvermögen beruhen konnte, Absicht sein mußte. –

Eines Abends schlenderten die vier Gefährten wieder einmal durch die weiten Lagergassen der Zelthütten und sprachen – staunend und schaudernd zugleich – von diesem Reich und seinem Herrscher.

»Ist's doch kein Wunder,« meinte Priscus, »daß ein Barbar – ein Hunne! – jedes Maß verloren hat bei solchen Erfolgen und sich, berauscht vom eignen Glück, schrankenloser Überhebung – ›Hybris‹ sagen wir Griechen – ergibt«. »Ja, kein Sterblicher,« stimmte Maximinus bei, »von dem wir wissen, von dem die Geschichte erzählt, nicht Alexander der Makedone, nicht der große Julius haben in so kurzer Zeit so Ungeheures erreicht.« »Hat er doch wirklich,« seufzte Primutus, »die Herrschaft über ganz Skythien gewonnen.« »Dies Wort bedeutet an sich schon das Unermeßliche, Unabsehbare,« sprach Priscus. »Von Byzanz bis Thule, von Persien bis an den Rhein,« sprach Romulus. »Ja,« fuhr Priscus fort, »bis zu den Medern, Persern, Parthern sind seine unaufhaltsamen, unermüdlichen Reiter getrabt und haben diese Völker teils durch Vertrag, teils durch Drohung und Gewalt zum Bündnis mit ihm gegen Byzanz gebracht.«

»Und leider darf man sich nicht damit trösten, daß diese ungeheure Macht lediglich durch blindes Kriegsglück rasch empor gebaut, aber ohne innern Halt sei. Mag er ein Scheusal sein, dieser Hunne, – klein ist er wahrlich nicht.«

»So ist er denn ein großes Scheusal!« grollte der Präfekt von Noricum. »Aber nicht ohne Züge von Größe auch im Frieden,« erwiderte Priscus. »Bah, doch nur Hunnen, Sarmaten und zur Not noch Germanen ertragen seine Herrschaft.« »Und die Germanen nicht gern,« bemerkte Romulus; »sie knirschen in die Zügel.« »Griechen aber und Römer,« hob Primutus wieder an, »sie müssen verzweifeln unter seinem Joch!«

»Doch nicht, mein Freund,« entgegnete der Rhetor. »Vernimm den Gegenbeweis, welchen ich gestern erlebte: Griechen, die in unser Reich zurückkehren dürfen, bleiben freiwillig unter Attilas Zepter.« »Unglaublich!« zweifelte der Patricius.

»Aber wahr! Hört nur. Ich wandelte gestern allein durch das Lager. Ruft mich da jemand mit unsrem griechischen Gruß: ›Chaire!‹ an. Ich wende mich erstaunt, da begrüßt mich ein Grieche aus Athen in griechischer Tracht, und er erzählt mir, wie er auf einer Handelsreise nach Viminacium gekommen, dort von dem plötzlich ausbrechenden Hunnenkrieg überrascht, in der Stadt mit belagert, nach der Erstürmung mit gefangen und mit seinen Waren und seinem Geld auf Attilas eignen Anteil an der Beute zugeschlagen worden sei. Aber Sklaven können sich nach Hunnenrecht freikaufen, wenn sie dem Herrn die von diesem selbst festzustellende Schätzung ihres Wertes bezahlen aus den Feinden abgenommener Beute. Heleios – so hieß mein neuer Gastfreund, denn er nötigte mich in sein stattliches, im Innern ganz nach Griechenart eingerichtetes Haus und reichte mir echten Samoswein – hatte sich nun unter Ellak, Attilas tapferem Sohn, im Kriege gegen Anten und Akaziren ausgezeichnet und kaufte sich nach seiner Rückkehr aus siegreichem Feldzug von Attila los mit dem Golde, das er erbeutet hatte. Er hätte nun frei nach Byzanz oder Athen zurückkehren können. Aber er blieb und bleibt bis an sein Ende. Er darf des Herrschers Tafel teilen und erklärte mir auf mein unwilliges Staunen: ›ich lebe viel glücklicher hier bei den Hunnen als früher im Lande des Kaisers. Gefahr und Last des Kriegsdienstes sind in beiden Reichen gleich: nur daß die Byzantiner wegen der Feigheit, Bestechlichkeit, Ungeschicklichkeit ihrer Feldherrn regelmäßig geschlagen werden, während die Hunnen unter Attila immer – mit nur einer Ausnahme! – siegten. Im Frieden jedoch ist das Leben unter den Kaisern zu Byzanz oder zu Ravenna ein Fluch, das Leben unter Attila ein Segen. Nichts ist dort sicher vor der Gier und der Aussaugungskunst der Steuerbeamten, Recht aber findet der kleine Mann vor den Gerichten nie: denn er kann die Richter weder bestechen noch einschüchtern. Und nie erlangt ein Kläger in Byzanz ein obsiegend Urteil, wenn er nicht alle Leute in dem Gerichtsgebäude, von dem Türsteher angefangen bis zu dem obersten Richter, bestochen, ihnen viele Hundertteile seiner einzuklagenden Forderung im voraus verspricht und verpfändet?‹ Und das mußte ich mir sagen lassen von einem Freigelassenen Attilas! ›Hier,‹ fuhr der hunnische Athener fort, ›schafft der Herrscher mir und jedem ärmsten seiner Untertanen, der nichts hat als Gaul, Sporn und Speer, rasch volles Recht wider den mächtigsten seiner Großen. Neulich raubte ein Sarmatenfürst einem armen Hunnen ein Fohlen: eine

Stunde darauf war er schon gekreuzigt. Nur ein Einziger kann mir nach Willkür der Laune alles nehmen, auch mein Weib: allein denen, die ihm Treue halten, krümmt er kein Haar und läßt ihnen keines krümmen. Ich habe aber lieber einen Herrn als zehntausend Peiniger.‹ – ›Das ist der Grund, o Gastfreund,‹ schloß er, ›weshalb ich lieber Attilas Untertan bin als Kaufmann zu Athen oder Rhetor zu Byzanz.‹«

Zweites Kapitel.

Endlich, am folgenden Tage, geriet das ganze Lager in aufgeregte Bewegung, vergleichbar einem Ameisenhaufen, der plötzlich aufgestört wird. Ein paar hunnische Reiter waren herangesprengt und hatten die bevorstehende Rückkunft ›des Herrn‹ verkündet.

Da wirbelte und kreiselte alles durcheinander in den Straßen und auf den weiten, runden Plätzen des Lagers: Männer, zu Roß und zu Fuß, Weiber, Kinder, Freie, Knechte, Mägde, Hunnen und Angehörige der unterworfenen Stämme, drängten sich gegen die Südseite hin dem Herrscher entgegen.

Bald darauf traf Ediko in dem Lager ein, suchte die vier Gesandten auf und lud sie ein, unter seiner Führung den Einzug des Herrschers, diesem entgegengehend, sich wie die andern Tausende anzusehen. Eifrig, gespannt folgten ihm die Gesandten; sie unterließen es, nach früheren Erfahrungen, den Schweigsamen zu fragen, woher er komme. Vigilius ward nicht von ihm aufgefordert, mitzugehen, obwohl Ediko, wie die Freunde von ihrem Gefolge vernahmen, eine sehr lange geheime Zwiesprache mit ihm in dessen Gastwohnung gepflogen hatte.

Ediko geleitete nun die Fremden; ehrfurchtsvoll gaben die Hunnen den Weg frei überall, wo der Vertraute, ›des Herrn‹ nahte: zwei Krieger riefen, vor ihm herschreitend, zuweilen seinen Namen: das genügte. Attila einzuholen, war ein langer, langer Zug von jungen Mädchen etwa eine halbe Stunde vor dem Südthor auf der breiten Römerstraße, die gen Südwesten nach der Donau führte, ihm entgegengegangen. Die höchst Gewachsenen hielten, je zu Zweien links und rechts auf beiden Seiten der Straße aufgestellt, an hochgeschwungenen dünnen halbkreisförmigen Holzreifen breite bunte Linnentücher zum Schutz gegen die Sonne ausgespannt. Zwischen je zwei solchen Reifenträgerinnen schritten zwei andere Mädchen im Takt auf und nieder: jedesmal vier Schritte vorwärts und zwei zurück: je acht in eine Farbe gekleidet: man hatte die schönsten Mädchen aller im Lager vertretenen Stämme und Völkerschaften hierzu ausgesucht; sie bewegten während des vorwärts und rückwärts Schreitens anmutig den Oberleib und die nackten Arme, in rhythmischen Biegungen sich hin- und herwiegend, aufrichtend und wieder neigend, nach dem Takt eintöniger Lieder, die sie dabei sangen, – alle in hunnischer Sprache. Mit Staunen betrachteten die Fremden das eigenartige, durchaus nicht reizlose Schauspiel.

Nun wirbelte fern her Staub empor auf der Straße: Attila nahte.

Voran dem Zuge jagte ein dichter Haufen hunnischer Reiter auf ihren kleinen Gäulen mit zottigen, struppigen Mähnen. Die hunnischen Männer trugen weit flatternde, von den Römern ›Sarmatica‹ genannte Mäntel, die an daran gefestigten Riemen zusammengeschnürt und auch wohl als Pferdedecken verwendet werden konnten. Darunter bedeckte ihnen Brust und Rücken ein westenähnliches Wams aus ungegerbten Pferdehäuten und ein daran festgehakter breiter Gürtel den Unterleib: aber nur bis an die halbe Lende: wie die Arme waren die Beine weit oberhalb des Knies nackt: Schuhe waren unbekannt: um den linken Knöchel war ein Riemen geschnürt, der an der Ferse den oft bloß aus einem starken und spitzen Dorn bestehenden Sporn festband.

Die von Natur gelbe Haut dieser Mongolen nahm an den Gesichtern, Nacken, Hälsen, Armen und Beinen unter dem Brand der Sonne, unter dem niemals abgespülten Staub der Steppe eine tief dunkelgelbe, fast hellbräunliche Färbung an, wie gebeiztes Krummholz oder Kienspäne. Das Haupt trugen sie meist unbedeckt: nur die Reicheren schmückten hohe spitz zulaufende Mützen aus schwarzem Lammfell. In langen schlichten Strähnen, niemals kraus oder gelockt, hing ihnen das schmutzigbraune Haar von den niedrigen, zurückfliehenden Stirnen vorn ins Gesicht, bis auf die häßlich vorstehenden spitzen Backenknochen und in die schmalen geschlitzten schwarzen Augen, denen die Brauen nahezu völlig fehlten; an Festtagen schmierten ihnen die Frauen diesen Hauptschmuck reichlich mit Pferdetalg ein, daß er weithin glänzte und – roch. Auch die Wimpern waren schwarz und kurz, der Bartwuchs höchst spärlich: nur von dem Kinn starrten ihnen einzelne Büschel steifer, mißfarbiger, borstenähnlicher Haare waagerecht gerade hinaus.

Der Schmuck der Mäntel und der Untergewande bestand bei den Reichen in dick und geschmacklos, plump und massig aufgenähtem Gold- und Silberzierrat: Bruchstücke, Scherben von allerhand römischem Gerät, aus Schalen oder Krügen oder von Beschlägen von Türen oder Wagen herausgebrochene Trümmer, oder auch durchlochte Gold- und Silbermünzen, quer über die spitzigen Mützen genäht oder an einer schmalen Lederschnur um den gelben Hals gereiht: hell klirrte dann alles aneinander bei jeder kleinsten Bewegung des Gaules: das freute die Hunnen. Nicht ohne Geschmack dagegen verstanden die hunnischen Frauen bunte, handbreite oder fingerschmale Linnenstreifen zu weben, die dann in mannigfaltigstem Wechsel der hellen, oft grellen Farben auf die Weibermäntel und das Weiberhemd genäht wurden und sich gut ausnahmen; statt des Gürtels hielt ein knotiger Strick ihnen das schmutzige Hemd zusammen: auch der Frauen Haar war sehr kärglich, desto reichlicher dessen Pflege durch Talg und – vor allem – durch Stutenmilch.

Die Waffen der Reiter waren der Langbogen und kleine kurze schwarze Bolzen von Rohr oder Holz, nicht immer mit eiserner, aber sehr oft mit vergifteter, in den Saft der Tollkirsche oder des Bilsenkrautes getauchter Spitze: sie führten viele Dutzend solcher Geschosse in den langen, krummgeschweiften, häufig zierlich geschnitzten und reich mit Edelsteinen und Perlen besetzten Köchern von Lindenholz, die ihnen an langem Lederriemen auf dem Rücken schwangen. Vor und bei dem Ansprengen überschütteten sie den Feind mit einem ganzen Schwirrgewölk solch kleiner Pfeile: auch bei dem Ansprengen: denn sie hielten sich lediglich durch den Schenkeldruck auf dem sattellosen Roß auch in schnellster Gangart; der Zügel, – ein Strick, – lag ihnen auf dem Halse des Tieres, und beide Hände hatte der Reiter frei zum Gebrauch der Waffen. Außer Bogen und Pfeil führten sie auch lange, dünne, spitzige Lanzen: unterhalb der Spitze flatterte wohl, mit rotem Bande zusammengeschnürt, ein Büschel Menschenhaare von dem Haupt eines mehr als gewöhnlich gehaßten erlegten Feindes. Ganz besonders häufig aber bedienten sie sich einer mörderischen Geißel: an einem kurzen Stiel von Holz oder Leder waren fünf, sieben, neun Stränge von stärkstem Büffelleder befestigt, mit faustdicken Lederknoten, in welche Bleikugeln oder schwere Steine genäht waren: meisterhaft verstanden sie die furchtbare Waffe zu führen und weithin sicher zu schwingen, so daß die schweren Kugeln den Kopf und jeden Knochen des Feindes, den sie trafen, zerschmetterten: die ›Hunnica‹ oder, seit des großen Herrschers Emporsteigen, die ›Attila‹ nannten die gefürchtete Geißel die andern Völker.

Auf jenen Vortrab hunnischer Reiter folgten, in großer Zahl, ebenfalls zu Pferde hunnische, germanische, slavische Häuptlinge, Fürsten und Edle in reichem Waffenschmuck, die Hunnen starrend und klirrend von Gold und funkelnd und blitzend von edlen Steinen in dem hellen Schein der Mittagssonne.

Hinter ihnen – in beträchtlichem Abstand – ritt ganz allein Attila auf prachtvollem Rappenhengst Roß und Reiter trugen nicht das geringste Stück von Schmuck: weder Griff und Scheide seines Schwertes noch seine Kleider noch das Zaumzeug seines Pferdes waren, wie sonst bei den Barbaren, mit Gold, Steinen oder anderen Kostbarkeiten geziert.

Die hohe, spitz zulaufende Lammfellmütze ließ den kurz gewachsenen Mann höher erscheinen, als er war; von seiner Gestalt war nicht viel zu sehen: ein langer und breiter Faltenmantel von seinem braunrotem Wolltuch flutete von dem breiten, kurzen Stiernacken und den mächtigen hoch hinaufgezogenen Schultern dem Reiter auf allen Seiten bis auf die Knöchel: an den Seiten aufgeschlitzt, gab er die nackten Arme frei; die Linke führte lässig den schlichten Riemenzügel; mit der Rechten dankte er zuweilen in langsamer, fast feierlicher Bewegung dem begeisterten Zujauchzen seiner Hunnen: – es klang wie Geheul der Wölfe: diese Bewegung glich nahezu einer Spendung des Segens: er winkte von dem hohen Roß herab nach unten, mit der vorgestreckten, leise gebogenen Hand, als ob Glück und Heil ausströmen solle von diesen kurzen, fleischigen, häßlichen Fingern.

Hinter dem Herrscher kam, abermals in beträchtlichem Abstand, eine zweite Schar von Vornehmen aus allen unterworfenen Völkerschaften seines Reiches; das Ende des langen Zuges bildete wie den Vortrab ein dichtes Geschwader hunnischer Lanzenreiter, das die erstaunlich reiche Jagdbeute umgab, die auf vielen niedrigen, breiten vierspännigen Karren nachgefahren wurde.

Ein riesiger Wisent – Attila selbst und allein hatte ihn gespeert – füllte für sich einen solchen Wagen. Kleinere Büffel, ein paar Bären, mehrere Wölfe, drei Elche, viele Hirsche, Eber und ein Luchs, dann allerlei Sumpfvögel, Reiher und Kraniche, die der kostbare isländische Falke geschlagen, wurden auf die übrigen Gespanne verteilt. Daneben lagen in malerischer künstlicher Unordnung Jagdwaffen und Jagdgerät jeder Art: Wurflanzen, Bogen, Köcher, Pfeile, Hüfthörner, Weidmesser blitzten und funkelten zwischen den dichten Laubgewinden hervor, mit denen die erlegten Tiere zum Schutze gegen die Sonnenstrahlen überdeckt waren; aber auch lebendig in Gruben, Schlingen und Netzen gefangene Tiere wurden nachgeführt: ein

dumpfes Brüllen, dann Grunzen und lautes Heulen war oft vernehmlich, begleitet von dem zornigen Lautgeben der vielköpfigen Meute: – gewaltige molossische Hunde, Bären- und Wolfsfänger, die in Gier nach den lebenden Feinden so heftig an der Koppel zerrten, daß sie manchmal die zurückstemmenden Knechte mit sich vor rissen.

Drittes Kapitel.

»Seht nur, welche Menschen! Welche Reitkünste,« rief Romulus. »Das sind nicht Menschen und nicht Reiter,« meinte der Rhetor: »Kentauren sind's. Mann und Roß sind eins.« »Schau den dort!« staunte Primutus. »Er springt ab: – er schlägt den Gaul mit der flachen Hand: – der rennt davon.« »Aber der Reiter holt ihn ein,« sprach Ediko ruhig. »Ja! Wahrhaftig! Er faßt ihn an der wehenden Mähne!« – »Da! Wirklich! Er sitzt wieder oben! Mitten im Laufe schwang er sich hinauf.« – »Und jener auf dem Schimmel! Er stürzt vom Roß! Er hängt ja nur noch! Er ist verloren.« »Bewahre,« beschwichtigte Ediko. »Seht: waagerecht liegt er an der Seite des Tieres, mit der Rechten an der Mähne, mit der Linken an dem Schweife sich haltend. Nun – nun sitzt er wieder oben!« – »Und dieser dort – der nächste! Aus der Reitstellung sprang er mit gleichen Füßen auf den sattellosen Rücken!« – »Er bleibt stehen! Stehend reitet er weiter.« – »Und jener da links! Er fällt! Er wird geschleift! Den Kopf nach unten! Sein Haar streift die Erde.« »Nein doch,« erklärte Ediko. »Mit beiden Füßen umklammert er Bauch und Rücken des Pferdes. – »Da! Nun sitzt er wieder. Und lacht!« »Das heißt: er grinst,« verbesserte Priscus. »Aber den da seht! Den mit der goldbehangenen Mütze!« – »Mit dem goldnen Köcher.« – »Er holt aus dem Köcher einen Pfeil.« – »Er spannt den Bogen.« – »Er zielt. Im vollen Jagen! In die Höhe!« – »Wonach zielt er? Ich sehe nichts.« – »Eine Schwalbe!« – »Der Pfeil fliegt.« – »Die Schwalbe fällt!« – »Horch, wie sie jauchzen, die Hunnen!«

»Das war,« sprach Ediko, »Dzengisitz, des Herrn zweitältester Sohn. Der beste Schütze und Reiter seines Volks.« – »Da! Er schoß schon wieder!« – »Dort dem Kind die Haube vom Kopf.« – »Welcher Frevel!« »Kein Frevel, denn er traf,« entgegnete Ediko. »Aber horch! Welch greulich Gerassel?« – »Und Geklingel! Was ist das?« »Das ist der Hunnen Kriegsmusik. Statt der römischen Tuba und der Hörner der Germanen,« sprach Ediko. »Schau, flache Reife von dünnem

Holz!« – »Mit kleinen Schellen und Glöcklein am Rande besetzt.« – »Die klingen so schrill.« – »Mit Häuten sind die Reife überspannt.« – »Sie schlagen darauf mit hölzernen Schlägeln.«

»Jawohl,« bestätigte Ediko. »Aber die Häute – wißt ihr, von welchen Tieren? Menschenhäute sind's. Er selbst hat das erfunden. ›Könige,‹ sprach er, ›die mir die Treue brechen, sollen mir auch nach der Hinrichtung noch dienen: nach ihrem Tode sollen sie singend und klingend meine Siege begleiten.‹« »Eine hübsche Musik,« nickte Priscus, »und belehrsam für diejenigen Könige, die sie anzuhören haben.«

Als Attila durch das Südtor eingeritten war und das erste Haus des Lagers beinahe erreicht hatte, öffnete sich dessen Türe und heraus schritt, in ein weißes Peplon mit breitem Goldrande gehüllt, eine junge Frau von edelster Gesichtsbildung, gefolgt von zahlreichen Mägden und Dienern: sie trug einen Säugling auf dem Arm. Die junge Mutter blieb stehen dicht vor des Herrschers Rappen, der, zurückgehalten, ungeduldig scharrte: sie kniete nieder und legte das Kind vor die Hufe des Hengstes: erst als Attila ihr schweigend Bejahung zugenickt hatte, hob sie es wieder auf, küßte es, stand auf, neigte tief das Haupt und schritt mit dem Säugling in das Haus zurück.

»Was bedeutete das?« forschte der Patricius. »Wer war die schöne Frau?« fragte Primutus, ihr nachblickend. »Eine Griechin aus Kleinasien,« erklärte Ediko. »Es bedeutete, daß der Herr das Kind als das seine anerkennt; andernfalls wären die Hufe aller Rosse über Kind und Mutter hingegangen.« »Wie schön ...!« wiederholte der stattliche Primutus und wollte sich wenden, ihr noch einmal nachzuschauen, Ediko drehte ihn um mit sanfter Gewalt: »Laß das, Gastfreund! Es ist sicherer.«

Nun erschien vor dem Holzzaun des nächsten Hauses eine alte Frau in hunnischer Tracht, reich mit aufgenähten durchlochten römischen Goldsolidi geschmückt, ebenfalls von vielen Sklavinnen und Sklaven gefolgt. Sie trat auf der rechten Seite an den Herrscher heran und bot ihm auf schöner Silberschale – kunstvoller korinthischer Arbeit: sie stellte von außen das Mahl der Götter auf dem Olympos dar – rohes Fleisch, in dünne Scheiben geschnitten: es roch sehr stark nach Zwiebeln. Huldvoll nickte der Herr, griff in die Schüssel mit den Fingern der Rechten und aß von dem blutigen Fleisch und den scharfen Zwiebeln. Mit tiefer Beugung des Hauptes trat die Alte zurück und Attila ritt weiter. Kein Wort hatte er noch gesprochen.

»Das war Tzasta, die Gemahlin Chelchals, seines vertrautesten Rates,« sprach Ediko. »Seht dort die hohe Gestalt des greisen Mannes auf dem Schimmel, der nächste hinter dem Herrn. Nur Tzasta aus allen Fürstinnen der Hunnen hat das Recht, den wiederkehrenden Herrscher zu begrüßen mit der ältesten Hunnenspeise, der geheiligten: rohem Pferdefleisch und rohen Zwiebeln.«

Viertes Kapitel.

Nun sprang Attila vom Pferd – ohne Sattel ritt er, wie alle Hunnen – mit flinker Gewandtheit und erstaunender Jugendlichkeit der Bewegung: aber nicht auf die Erde sprang er, sondern auf den Nacken eines vor ihm knienden Slavenfürsten, den diesmal die Reihe solchen Ehrenvorzugs traf.

Aus allen Gassen der Lagerstadt strömte jetzt zusammen ein großer Haufen Volkes, Weiber wie Männer. Germanen, Slaven, Finnen wie Hunnen – auch Römer und Griechen – alle diese Sprachen schwirrten durcheinander –: gar viele begehrten mit lautem Zuruf, die Arme flehend vorgestreckt, Gehör, Hilfe, Rechtsschutz bei dem Herrscher. Dieser blieb stehen, mit ernster Miene; alle Augen waren nur auf ihn gerichtet: seinen Winken folgend ließen die hunnischen Wachen zu Fuß, welche ihn von allen Seiten dicht umgaben, durch das enge Gegitter ihrer Lanzen einzelne der Bittsteller herantreten, nachdem sie ihnen zuvor die offen getragenen Waffen abgenommen und ihre Kleider nach etwa verborgenen durchsucht hatten.

Die Zugelassenen warfen sich vor Attila zur Erde, küßten seine nackten Füße – denn auch er ging und ritt barfuß – und trugen ihm ihre Bitten oder Klagen vor: den meisten gab er auf der Stelle Bescheid – nur in hunnischer Sprache – und gar mancher rief ihm jauchzend Dank zu, wie er aufsprang und davon ging.

Da trat ein reich gekleideter Häuptling der Hunnen, den die Wachen mit Ehrerbietigkeit begrüßten, an den Herrscher heran, neigte sich tief und sprach: »Herr, verzeihe, daß dein Knecht eine Bitte an dich richte.« – »Ah, mein getreuer Czendrul! Du hast mir das ganze Amilzurenvolk zertreten unter den Hufen deiner Rosse. Ist es nicht ein Stern am Himmel, – sollst du haben, was immer du begehrst.« – »Auf der Jagd erzählte mir dein Jägermeister, nachdem wir jenem ungeheuren Auerstier, der sich in der Fallgrube gefangen, mit acht starken Tauen die Füße gebunden und ihm die Augen verhüllt hatten, du könnest ... –« – »Gerne will ich dir zu Liebe das Stücklein den Meinigen wieder einmal vormachen. Bringt ihn herbei, den Riesen des Ursumpfs. Und, Waffenträger, meine Streitaxt aus dem Waffenhaus! Die schwerste!«

Das umdrängende Volk wich scheu zur Seite: denn nun ward von den Jagdwagen her von einer Schar von dreißig Jägern ein furchtbar Untier herangeschleppt, ein ungeheurer Büffel, dessen Füße mit Seilen so in der Quere und im Zickzack verschnürt waren, daß er stets nur einen kleinen Schritt vorwärts machen konnte, wenn ihn die Treiber mit Schlägen ihrer Hunnengeißeln vorwärts drängten. Das gewaltige Haupt stak in einem Ledersack, Öffnungen waren darin nur für die beiden mächtigen Hörner gelassen, welche zu beiden Seiten weit herausragten: an jedem dieser Hörner hingen, wie zu Klumpen geballt, ein paar Hunnen und zogen und schoben auch an diesen den gefangenen König der Wälder vorwärts. Aber auf einmal senkte das gequälte Tier den gewaltigen Nacken mit der starken zottigen, wollähnlichen Mähne, stieß ein dröhnendes Gebrüll aus und schleuderte mit einem plötzlichen Emporschnellen des Kopfes seine Peiniger so stark von den Hörnern ab, daß sie sausend durch die Luft flogen und weit von dem Tiere rechts und links niederstürzten. Allein es half ihm nichts: im Augenblick hingen schon wieder so viele andere Hunnen an seinen Hörnern, als Fäuste daran Raum fanden: noch einmal brüllte das Tier, aber diesmal dumpf, wie klagend.

»Halt!« gebot Attila. »Laßt ihn. los! Auch ihr mit den Seilen, alle! Tretet zurück!«

Und er schritt nun an die linke Seite des Stieres, der regungslos, wie erstaunt über die plötzliche Erlösung, einen Augenblick stehen blieb, den Kopf gerade vor sich hinreckend.

Hoch blitzte sie empor, die haarscharf geschliffene Axt, in Attilas Hand und auf die Erde stürzte, knapp hinter dem Ledersack im Nackenwirbel durchhauen, das gewaltige Tierhaupt: ein breiter Blutstrom schoß hervor, weithin die Umstehenden bespritzend: und zugleich knickte der hauptlose Rumpf, die ungeheure schwarze Masse, nach rechts hin zusammen mit weithin hörbarem, dumpfschütterndem Krachen.

Da brachen alle Hunnen in ein Geheul der Wonne aus, das minutenlang die Ohren betäubte. Entsetzt fuhren die fremden Gäste zusammen. Es waren anfangs nicht Worte, nicht gegliederte Laute, nur abgestoßene Schreirufe. Erst später vernahm man die Worte: »Attila! Väterchen, großes Väterchen, Allherr! Herr der Welt. Attila ist herrlich!« »Ja, herrlich bist du, Attila,«

rief der Fürst und warf sich vor ihm auf beide Knie, »und auf Erden ist nicht deinesgleichen.«

»Ich glaube: nein,« erwiderte dieser sehr ruhig, die Axt dem Waffenträger wieder reichend. »Ich schenke dir dies Stierhaupt zum Andenken, Czendrulchen, treues. Und die Hörner lasse ich dir fingerdick vergolden.«

Jetzt endlich, nachdem der wilde Lärm sich gelegt hatte, sahen die kaiserlichen Gesandten den Augenblick gekommen, der geeignet schien, sich nun auch melden zu lassen und um Gehör zu bitten. Ediko willfahrte ihrem Wunsch, schritt durch den Lanzenrechen der gehorsam ausweichenden Wachen auf den Herrn zu und, mit dem ausgestreckten rechten Arm auf die in der Ferne wartenden Römer deutend, flüsterte ihm in sein Ohr.

Nicht einen Blick warf Attila auf die Gesandten. Leichte Röte – des Zornes oder der Freude? – flammte, rasch wieder schwindend, über sein gelbfahles Antlitz. Dann rief er laut mit weithin vernehmbarer Stimme auf lateinisch: »Nur von den Kaisern? – Das eilt nicht! Es sind Gesandte der Finnen von dem Lebermeer gemeldet. Und der Aisthen. Und der Uturguren. Und der Itimaren. Und der Akaziren. Und noch von drei andern Völkern: – ich vergaß deren Namen. Die gehen alle vor.« Nun wiederholte er diese Antwort zu seinen Fürsten gewendet in hunnischer Sprache und, den Römern den Rücken wendend, schritt er langsam die vielen Stufen hinan, die zu seinem Holzpalast führten, mit einer stolzen Ruhe, welche der Majestät nicht entbehrte.

Fünftes Kapitel.

An dem Abend dieses Tages saßen in dem Hauptgemach eines der stattlichsten Häuser des Lagers zwei Männer beisammen, in vertrautes Gespräch vertieft: es war das Haus Chelchals.

Von der getäfelten Decke hing eine Ampel trefflicher orientalischer Arbeit hernieder und verbreitete ein sanftes, gleichmäßiges Licht über das nicht gar weite Gelaß, das in allem übrigen nicht römische oder griechische Einrichtung und Geräte aufwies, sondern – mit Absicht, so schien es – die alte, rohe hunnische Weise in allen Dingen festhielt: niedrige Holzschemel, auf denen man mehr hocken oder kauern als sitzen mußte, allerlei Tierfelle, zumal aber Pferdehäute, gegerbt und ungegerbt, eine hohe, grob aus ungehobeltem Tannenholz gezimmerte viereckige Truhe, deren Deckel den fehlenden Tisch ersetzen mußte, sehr viel Reitgerät jeder Art, Jagdzeug, ausschließlich hunnische Waffen, außer den früher geschilderten auch hölzerne Wurfkeulen, hingen an den Wänden oder lagen ordnungslos auf dem Boden verstreut, dessen obere Schicht – gestampfter Lehm – statt von Teppichen mit Binsen und Schilf bedeckt war, dessen schmutzigem, scharf riechendem Rohr Erneuerung nicht würde geschadet haben.

Auf einem jener Holzschemel kauerte, den Rücken an die Wand gelehnt, Attilas gedrungene, kraftstrotzende Gestalt. Der mächtige, dicke Kopf war ihm von dem breiten Stiernacken in lange sinnender Betrachtung gegen die Brust herabgesunken; er trug denselben ihn völlig verhüllenden braunroten Mantel wie bei dem Einritt in das Lager. Er saß schweigend, regungslos; die kleinen, aber unschön hervorstehenden mißfarbigen Augen hielt er geschlossen; jedoch er schlief nicht: denn manchmal blinzelte er.

Der Boden des Gemaches war an dieser Stelle hoch mit Pferdehäuten bedeckt: – man hatte den Häuten Schweif und Mähne belassen und beide mit bunten Bändern und Goldfäden durchflochten. Auf diesen Häuten, quer vor den Füßen seines Herrn, lag der alte Chelchal, beinahe kahlköpfig, graubärtig: den rechten Ellbogen aufgestemmt, ruhte er das Haupt auf die Hand: er verwandte keinen Blick von Attila: nicht das rascheste Aufblitzen der scharfen Augen entging ihm.

Endlich nach geraumer Weile unterbrach der Alte das Schweigen. »Sprich, Herr,« sagte er, sehr ruhig, fast tonlos. »Es drängt dich, zu sprechen. All' diese Tage her spürte ich es, wann ich stundenlang neben dir ritt oder am Jagdfeuer lag, schweigend neben dir, dem Schweigenden, Brütenden. Du bist nun wohl zu Ende mit lang erwogenen, tief geheimen Plänen. Ich weiß, dann drängt es dich, davon zu reden. Rede! Chelchal ist treu.«

Der Herrscher atmete tief auf: das rang sich schwer aus der breiten Brust, wie ein Stöhnen oder Keuchen. »Du hast recht, Alter. Wie oft. Wie nahezu immer, wann es gilt, mich erraten. Und du bist nicht neugierig, ich weiß: nicht darum ist es dir, daß du hörst, – nur darum, daß mich das Reden erleichtere. Ja, ich will, ich muß sprechen zu dir. Aber nicht nur von meinen Beschlüssen gegenüber diesen Gesandten da oder von meinen Plänen für morgen oder übermorgen oder übers Jahr, nicht nur von dem Künftigen. – Zuerst von dem Vergangenen: denn das Vergangene nur erklärt dir mein Jetzt und nur mein Jetzt mein Künftiges.

Komm, Chelchal, rücke näher herzu: nicht lauten Schalles kann man sagen, was ich zu sagen habe. Denn ausschütten will ich vor dir die letzten Fluten, die da wogen auf dem Grunde meiner Seele, dir zeigen das verborgenste Zucken meines Trachtens, meines Hasses. Nicht Tage, nicht Jahre nur, – jahrzehntelang hab' ich's mit mir umhergetragen, schweigend und schwer. Es ist Wollust, es – endlich! – auszusprechen. Wem sollt' ich mich vertrauen? Ein Weib erträgt solche Gedanken nicht. Meine Söhne? Sie sind zu jung. Ein Bruder ...« Er zuckte leicht und verstummte.

Der Alte warf einen raschen, scheuen Blick auf ihn: »Du hast keinen Bruder mehr, Herr. Lange schon ist es her, daß Fürst Bleda ...«– »Starb. – – Es hat mir seither manchmal – beinahe – leid getan, daß er ... starb. – Aber nein! Er mußte sterben. Sonst wär' er nicht gestorben. – Und er starb.«

»Und er starb,« wiederholte Chelchal, die Augen niederschlagend und starr zu Boden sehend.

»Nein, Alter,« rief Attila plötzlich schrill. »Er starb nicht.« – Und nun fuhr er wieder ganz leise fort: »Ich hab' ihn – mit dieser Hand –« er reckte die Rechte vor sich hin – »ermordet.«

»Du sagst es,« sprach Chelchal, ohne eine Miene zu verziehen, ganz ruhig; er schlug die Augen nicht auf.

»Es gefällt mir,« sagte Attila nach einer Weile, »daß du kein Erstaunen heuchelst. Du hast es also gewußt?« – »Immer.« – »Und die Hunnen?« – »Auch.« – »Haben sie's ... verziehen?« – »Haben sie's dir je vorgehalten? Du tatest es, also war es notwendig.« – »Ja, notwendig, sollte des Rachegottes Wille geschehen. Du wirst das bald einsehen. Höre!«

»Ich höre,« sagte Chelchal. Er änderte nun seine Stellung auf dem Boden, er setzte sich, zog beide Knie in die Höhe, lehnte die beiden Ellbogen darauf und vergrub das faltige Gesicht in den Händen; nur manchmal hob er wohl den Kopf und sah seinem Herrn in die Augen.

Matt und matter brannte während des langen Gesprächs die schwergoldne Ampel, die von der Mitte des Getäfels an rotem Lederband herunterhing: einst hatte sie in Jahves Tempel zu Jerusalem gebrannt: von den Legionen des Titus nach Rom geschleppt, war sie von Kaiser Constantins aus dem Pantheon genommen und Sankt Peter geschenkt, vor wenigen Jahren aber von Papst Leo neben andern Schätzen dem Hunnen entgegengetragen worden, ihn begütigend von dem Zug auf Rom abzubringen; Attila hatte sie Chelchal geschenkt, und nun hörte sie in dessen Haus in nächtlicher Stunde eine Beichte, inhaltschwerer, als sie je am Tiber vernommen hatte.

Sechstes Kapitel.

»Du weißt,« hob der Herrscher an, »nach des Vaters Tod , ... Es war entsetzlich, wie er da lag in seinem Blute.« »Ja! Und das Weib ...« fiel Chelchal schaudernd ein. »Schweige doch!« gebot Attila. »Wenn es je die Hunnen erführen –« Aber der Alte fuhr fort unter dem Bann eines inneren Grauens, das ihn noch mächtiger zwang als die Scheu vor dem Willen seines Herrn: »Das Weib! Mit dem nackten Messer. Die alte sarmatische Unholdin! Das Messer, von seinem Herzblut triefend! Wie sie es schwenkte über dem wirren Haar! Rote Tropfen fielen davon auf die weißen Strähne. Und wie sie dazu schrie: Meinen Enkel, den schuldlosen, hat er gekreuzigt. Aber die alte Großmutter hat den Jüngling gerächt.‹ – Und ein altes Weib hatte Mundzuck getötet, den Herrscher aller Hunnen, meinen Herrn!« Der Greis stöhnte vor Weh. »Schweige! sag' ich.« – »Sie wissen's doch! – Zwar ließt ihr beiden Söhne alle töten, die es mit angesehen: es waren vierzig Männer, zwölf Weiber und ein halb Dutzend Kinder: auch stieß sich die Alte sofort das Messer in die Kehle. – Aber gar manche der – unschuldigen – Zeugen, die getötet wurden, sagten's fluchend ihren Henkern, weshalb sie sterben mußten. Und die Henker erzählten's weiter! – So erfuhr auch ich es, wie ich vom Jazygenkriege zurückkam.« – »Ist schlimm, ist leidig, daß sie's wissen, die Hunnen. Denn sie glauben blind und zäh an den Wahn, der daran hängt.« Da hob der Alte das Haupt aus den beiden hageren, knochigen Händen, und fest den Blick auf den Herrscher gerichtet, sprach er: »Das ist kein Wahn. Ist irgend etwas wahr, so ist es dies.« Attila zuckte die Achseln. »Zweifle nicht daran!« fuhr der Alte warnend fort, den Zeigefinger erhebend. »Und rüttle nicht daran beim Volke! Du selbst – längst merk' ich es mit Weh! – hältst wenig mehr auf den alten Glauben der Väter.« – »Das ist zu viel gesagt. Ich glaube an den Gott des Krieges, den Rachegott, der mir sein eigen Schwert in die Hände gespielt hat. Ich glaube an die Weissagung unserer Priester aus dem dampfenden Blut der Kriegsgefangenen Zumal,« lächelte er vor sich hin, »wenn sie mir Glück und Sieg weissagen.« »Das will sagen,« erwiderte der Alte, unzufrieden, »du glaubst aus allem, was wir von den Vätern überkommen haben, gerade so viel als dir jedesmal taugt. Hüte dich! Die Götter lassen sich nicht spotten. Hüte dich, Herr!« Ohne die Ruhe der Haltung zu verlieren, nur leise das mächtige Haupt erhebend, sprach der Herrscher: »Du drohst. Zwar nur mit den Göttern. Aber du drohst. Du weißt nicht, zu wem du redest, Alter.«

»Doch: zu Attila: vor dem der Erdball zittert, aber nicht die Götter. Und nicht – Chelchal. Chelchal hat dich zuerst auf das kleine Pferdlein gehoben, dir die Fingerlein durch die Mähne gesteckt, dich dann das Fäustlein schließen gelehrt, ist um die Wette neben Pferdlein gelaufen, – weißes Pferdlein war es! – hat Knäblein aufgefangen in diesen Armen, als Knäblein zum ersten mal von Pferdlein fiel. Chelchal wird dir die Wahrheit sagen, solang er lebt.« – »Du weißt, ich kann sie vertragen.« – »Oft. Meist. Nicht immer. Dein Sinn ist doch nur der schlecht gezähmte Wolf der Steppe. Ein locker gefügter Maulkorb ist deine Großmut. Plötzlich wirft ihn das Raubtier ab und ...« »Ja, ja,« bestätigte Attila, leise vor sich hinsprechend. »Die Wildheit des Blutes ist doch wohl zu altvererbt für alle Mühe kluger Zucht. Aber sei gerecht, Alter; sieh: tausend Völker beugen sich unter meiner Geißel: unzählbar sind die Götter, die sie glauben: unserer Väter Götter – Christus – Jahve – Wodan – Jupiter – Zrnbog. – Und Hunne, Christ und Jude, Germane, Römer, Wende – jeder schwört, sein Gott sei der wahre: in Stücke läßt der Christ sich hauen, eh' er einem der andern Götter opfert. Was soll nun ich tun, all' dieser Völker Haupt? Soll ich an all' ihre Götter glauben, von denen einer den andern ausschließt? Oder an gar keinen Gott?«

Chelchal machte eine Bewegung des Entsetzens.

»Oder soll ich mir auswählen, was mir am besten zusagt, was ich glauben kann, ohne Heuchelei, ohne Selbstbetrug? Das ist es, was ich tue. Vor allem glaub' ich an mich selbst und meinen Stern. Aber gewiß auch an den, der mich ausgesendet hat unter die Völker: den Rachegott des Krieges.«

Siebentes Kapitel.

Der Alte war schon wieder befriedigt: mit einem begeisterten Blick auf seinen Herrn rief er: »Und an dich glauben – mehr als du selbst – deine Hunnen und Chelchal. Mehr, ach! mehr als an die frommen Lehren der Väter! – Gerade das, wovon wir sprachen, weist es dar.« – »Wie meinst du das?« »Nun, du weißt ja –« hier dämpfte der Alte die Stimme, wiewohl kein Lauscher um die Wege sein konnte, »Unheil und Verderben strömen aus schon von der Leiche des vom Weibe getöteten Mannes auf alle in der Nähe: wie die Pest flieht der Hunne einen so Erschlagenen. Und du weißt auch, welcher Fluch nach unsres Volkes uraltem, felsenfestem Glauben trifft nicht nur den Mann selbst, der da stirbt von der Hand eines Weibes, – auch seine Söhne! Und doch glauben sie an dich und dein unwandelbares Glück.«

Leise zusammenschauernd, wie fröstelnd, und den weiten Mantel fester um die Schultern ziehend, sprach der Herrscher: »Den einen Sohn traf es schon! – Muß es denn auch den andern treffen? – Nein doch! – Damit ist der Fluch erfüllt, gesättigt. Die Hälfte der Erfüllung, mein' ich, ist übergenug für solch dummen Aberglauben.« – Er versuchte zu lächeln; aber es mißlang. »Hüte dich, Attila! Reize die Götter nicht! Daß sie nicht auch die zweite Hälfte erfüllen – an dir.« – »Bah! Sollte wirklich solcher Glaube gelten, so glaub' ich lieber der Weissagung, die mir erst neulich ward, als wir die gefangenen Boranenfürsten opferten. Aus ihren zuckenden Lebern las mir der Zauberpriester: »Dich, Attila, wird nicht wunden Erz, noch Stein, noch Holz: nicht Messer, nicht Speer, nicht Pfeil, nicht Axt, nicht Keule: in deinem Schlafhaus, auf deinem Lager wirst du sterben in schönen Weibes weißen, weichen, bräutlichen Armen.‹« Behaglich die kleinen Augen schließend, die Vorstellung in sich schlürfend, sprach er die Worte langsam vor sich hin,

»Oh du kluges Haupt! Und du merkst nicht, der Zauberer – es war ja kein Hunne, ein durch die Lande fahrender Thessaler! – spendet nur solche Weissagung, die, wie er richtig rät, dir wie eitel Honig mundet? Denn immer noch unersättlich bist du der Weiber.« – »'s ist nicht bloß Lust, Chelchal. Hat tieferen Sinn. Und – verderblichere Ursach. – Nun aber vernimm von Bledas Ende. – Als wir des Vaters Reich und Schätze brüderlich geteilt hatten, das heißt ganz gleich ...« – »Das war edel von Bleda. Er war der Ältere. Er hatte das Recht auf das Ganze. Er gönnte dir die Hälfte. Das war edel.« »Aber dumm,« grollte der Chan und zog die finstren Brauen zusammen. »Es kostete ihm das Leben. – Also: wir herrschten ein paar Jahre in Eintracht...« – »Denn Bleda war sehr gerecht.« »Hör' auf, ihn zu loben,« unterbrach Attila rauh, »Er ist lange verfault, – er kann dir's nicht lohnen. Wir hielten die Nachbarn in Frieden, wehrten einzelne Angriffe ab. Jedoch der Hunnen Macht schmolz dahin.« – »Nein. Sie wuchs nur nicht.« »Das ist mir schon zerschmolzen. – Umsonst drängte ich ihn zum Kampfe gegen Byzanz, Ravenna, die Goten. Die günstigsten Gelegenheiten, Thronkriege, Bruderkriege, Empörungen in den Nachbarreichen, – er verpaßte sie. ›Zeig' mir ein Unrecht, Bruder,‹ sprach er, ›das uns zugefügt wird, und ich werd's nicht dulden. Unrecht üben aber werd' ich

nicht.‹« – »Ein weiser Fürst!« – »Ein Schwächling! – Ich allein, mit der Hälfte nur der Hunnen, war nicht stark genug für meine Pläne.« – »Die Unterjochung der Welt!« – »Nur Kleinigkeiten konnt' ich unternehmen. Und oft genug fiel mir auch hierbei der Bruder, von den Bedrohten um Schutz angerufen, hemmend in den schon erhobenen Arm, wenn er mich im Unrecht wähnte. Lange trug ich's, knirschend, bis der Gott mich sein entledigte. – Wieder einmal hatte ich ihn aufgesucht, ihn fortzureißen zum Angriff auf Byzanz, wo drei Parteien sich zerfleischten: der Sieg war zweifellos. Er wies mich ab, kühl zuerst, dann, als ich heißer drängte, unwillig. ›Nun gut,‹ rief ich zornig, ›so schlag' ich allein los.‹ – ›Du bist zu schwach,‹ entgegnete er. – ›Das wollen wir sehen,‹ sprach ich und wandte mich, zu gehen. Da drohte er – und das ward sein Verderben! – ›Hüte dich, halt Ruhe!‹ gebot er. ›Längst schon reut mich, seit ich deine wilde Gier erkannt, daß ich dir das halbe Erbe gab. – Halte Friede! Sonst werd' ich deine Hunnen fragen, ob nicht noch jetzt das Recht des Erstgeborenen in Geltung treten soll. Laß doch sehen, ob nicht auch deine Völker lieber unter meiner milden Hand in Frieden leben, als unter deiner Geißel gegen alle Nachbarn gehetzt werden wollen.‹ Und er ließ mich stehen und schritt stolz davon.

Zuerst erstarrte ich vor stummem Grimm.

Dann stieß ich einen gellenden Schrei aus und jagte davon aus seinem Lager in dem Donauwald. Sobald ich mein Zelt erreicht hatte an der Theiß, warf mich ein hitzig Fieber danieder. In der folgenden Nacht hatte ich ein Traumgesicht ...« er hielt inne, holte tief Atem und sprach dann feierlich: »das entschied sein Geschick. Und das meine! Und das Geschick von tausend Völkern. –«

Achtes Kapitel

»Denn mir war: urplötzlich ward ich entrückt von meinem Bett, aus meinem Gezelt, in die Lüfte emporgeführt wie von wirbelndem Winde, hoch, immer höher, bis nah an die Sterne, und dann niedergelassen auf den Gipfel des höchsten Berges der Erde. Und war es bisher Nacht gewesen um mich, – nun ward es heller Tag. Und ich sah unter mir im blutroten Scheine der Morgensonne hingebreitet alle Länder, von ihren Strömen wie von silbernen Bändern durchschlängelt: aber auch auf ihnen lag ein blutroter Schein: und sah alle Meere mit ihren Buchten und Inseln: aber auch auf den tiefblauen Meeren und auf den grünen Eilanden lag ein blutroter Schein.

Und ich sah vom Aufgang bis zum Niedergang! Von der uralten Heimat unseres Volkes in den salzigen Steppen jenseits des kleinen Meeres im Lande Asia bis zu den Säulen jenes Herkules, der auch die Welt bezwungen haben soll. Und ich sah von Mitternacht, wo eine geronnene See das leuchtende Meergold an eisige Gestade spült, bis zum Mittag, wo der gelbhaarige Vandalenkönig von gelbhaarigen geblendeten Mähnenträgern sich auf goldnem Wagen ziehen läßt durch das zitternde Karthago. Und ich sah vor mir das Treiben der Völker und ihrer Fürsten in all' diesen Landen: einem durcheinander wimmelnden Haufen von Ameisen däuchte es mir ähnlich.

Urplötzlich aber erschrak ich.

Denn die Sonne verfinsterte ihren Schein: zwischen ihr und mir stand eine gewaltige, eine furchtbare Gestalt: ein Riese! Dessen eherne Füße reichten vom Gürtel ab – durch den hohen Berg – hindurch bis auf das Tal der Erde und sein Haupt ragte hoch hinein in die verhüllenden Wolken des Himmels. So schaute ich nur seine gepanzerte Brust und den Hals. Manchmal aber blitzte es hernieder aus dem ziehenden Gewölk: das war ein Blick seines stammenden Auges: dann mußte ich geblendet das meine schließen. Oder auch sein Antlitz zwar blieb verhüllt, aber hoch jenseits der wehenden Wolken ragte hervor seine Helmspitze: die loderte in eitel flüssigem Feuer. Und ich kannte den Riesen: oder ich erriet ihn: Puru war es, der Hunnen oberster Gott, der schreckliche Kriegsgott.«

Chelchal erschauerte: er kreuzte die Arme über der Brust: »Sei uns gnädig, Puru, schrecklicher Gott!« flüsterte er.

»Mir war, mir ist er gnädig! Denn aus den Wolken drang zu mir herab seine Stimme, die scholl wie gedämpfter, dumpf grollender Donner. Und die Stimme sprach: »Du siehst vor dir die Völker der Erde. Aber nur von außen sahst du sie bis jetzt: Hab' acht: nun zeig' ich sie dir von innen.« Und siehe da: plötzlich drang mein Blick durch alle Marmordächer und alles Erzgetäfel der Tempel und Kirchen und Paläste und Steinhäuser im Süden und Osten und durch die ledergedeckten Zelte der Wanderhirten und durch das Moosdach oder die schneebedeckten Bretterdächer der Fischer und Renntierjäger im Westen und Norden: und ich sah Zank und Gewalt und Raub und Diebstahl und Mord und Ehebruch.

Und – oh grauenhafte Klarheit! – jedem Menschen, auf den mein Auge traf, sah ich in das Hirn und in das Herz: und ich sah seine geheimsten Gedanken und sein verborgenstes Begehren: und sah List und Lüge und mörderischen Haß unter dem Schein der Freundschaft und lechzende Rachgier oder lechzend Lustverlangen, und sah Heuchelei der Priester wie der Opfernden; in allen, allen aber sah ich elende, feige Furcht vor dem Tode. Und mich überkam ungeheurer Ekel an der ganzen Menschheit. Ich schloß die Augen; ich wollte nicht noch mehr sehen. Der Gott aber sprach: ›Hast du Furcht, Hunne?‹

›Ich weiß nicht, was das ist,‹ erwiderte ich. ›Aber mir ward wie beim Riechen stinkenden Fleisches. Es ist greulich. Und es sollte lieber nichts sein als das, was ist.‹ – ›Du sprichst, was wahr ist. Und du – du sollst es wahr machen! Attila, Mundzucks Sohn: schau dort im Mittag die Römer in Byzanz, in Ravenna: sie sind siech, unheilbar siechend an innerer Fäule: das Zepter der Welt, es entgleitet ihren Händen. Und nun schau dorthin, gen Mitternacht! Siehst du die blonden Riesen mit den blauen, den leuchtenden Augen? Du wähnst – du hast es besorgt! – sie nehmen es auf, jenes goldene Zepter? Besorge das nicht! Sie sind wie die Bären ihrer Wälder: stark, todesmutig, aber dumpf, wie das reißende Tier. Sie zerreißen sich selbst, wo irgend sie aufeinander treffen, aus dummer Lust am Kampf. Sie berauschen sich im Kampf an Blut, nach dem Sieg in Bier und Met, viehischer als die Tiere, die du nur einmal berauschen kannst in demselben Getränk. Und sie lernen nie gehorchen. Darum lernen sie auch nie herrschen. Wer sie durcheinander, aufeinander hetzt, der wird sie leicht verderben durch ihren Wahnsinn, den sie Ehre nennen oder Treue oder Heldentrotz: und durch ihren viehischen Sauftrunk: in Blut und Bier und Wahnsinn des Stolzes, dadurch sind sie sicher zu verderben. Und hinter den blonden Säufern: die andern, welche noch Nebelgewölk des Ostens verschleiert: die können besser gehorchen, aber noch weniger herrschen und zumal noch weniger Vorsorgen für das Kommende als die blauäugigen Riesen mit den Kinderherzen: und sie saufen nicht minder und sind nicht so todeskühn: Wer Bären bändigt, lacht der Wölfe. Deine Hunnen aber sind zwar kleiner, schwächer als Römer, Asgardhsöhne und Sarmaten: jedoch ihre Zahl ist wie der Sand der Steppe. Und: sie können gehorchen, wahllos, unzaudernd, wie Hunde dem Jäger. Dir werden sie gehorchen wie der Pfeil, den du vom Bogen schnellst. Die Ernte ist reif: willst du mein Schnitter sein? Auf, Attila! Die ungeheuren Frevel Roms, von einem Jahrtausend gehäuft, schreien zu mir empor um Rache. Ich bin der Rachegott: willst du das Schwert des Rachegottes sein? Willst du? So wirf von dir in dieser Stunde, was menschlich ist an dir. Das heißt: was schwach. Und werde gefühllos wie das Schwert in meiner Faust, nur meinem Willen dienend, mitleidlos die Halme mähend, die Hunderttausende würgend, auch Kinder, Weiber, Greise. Und ich will deinen Namen groß machen vor allen Königen. Und will unter deine Füße werfen alle Länder vom Aufgang bis zum Niedergang. Und Korn soll nicht mehr wachsen noch Gras noch Kraut auf der Scholle, darauf dein Roß den Huf gesetzt. Und dein Name soll, solange Menschen reden, das fürchterlichste Wort im Mund der Menschen werden, ein Ruhm und ein Fluch, ein Stolz und ein Schrecken ohnegleichen. Denn des Rachegottes Geißel sollst du heißen, das Größte und das Fürchterlichste sein. Willst du blindlings alles vollziehen, was ich dir eingebe? Attila, willst du?‹

Ich schauderte. Mir graute. Ich schwieg. Mein Herzblut fror. Ich dachte: auch Unschuldige sollst du würgen? Ich dachte: wie ich – mit Bleda – auf den Knien der lieben Mutter gesessen. Mich erbarmte der Mutter, der Kinder ... –

Er sah durch mein Haupt hindurch meine Gedanken. Und lachend – aber es war furchtbar, wie wenn der Donner widerhallt am Felsen – rief er: ›Du zögerst? Du willst nicht? Wohlan! Im Donauwalde, nahe Bledas Zelten, da liegt unter Moos mein altes Siegesschwert vergraben. Der Fürst, der es ergreift, der wird von Stund an – ob er will, ob nicht – wie dieses Schwert, wird selbst mein gefühllos unbesieglich Schwert. So werde Bleda denn der Herr der Welt!‹

Und unter Blitz und Donner war der Gott verschwunden. Nacht ward's um mich her. Der Berg, auf dessen Gipfel ich gestanden, tat sich auf unter meinen Füßen. Ich stürzte, stürzte, schwer wie ein fallender Stein, endlos tief hinab. Das Blut brach mir aus Mund und Nase.

Ich schlug endlich auf der Erde auf – alles schmeckte nach Blut ... Da erwachte ich: wirklich schmeckte ich Blut: Blut war mir aus Mund und Nase gebrochen: ich lag vor meinem Lager, auf der Erde: das Fieber hatte mich herausgeworfen: mir war wie zum Sterben.

Es war Nacht; matt glomm die Ampel; aber über mich beugte sich ein Bote Bledas, der sprach:

›Dein Bruder – als der ältere – gebietet dir, morgen vor Sonnensinken vor ihm zu stehen. Kommst du nicht und gibst du nicht den Angriff auf, den du ihm mitge-

teilt, wird dein Bruder Bleda deine Völker dir nehmen, wie er sie dir gegeben hat.‹ Und er verschwand.«

Neuntes Kapitel.

»Am andern Tage ritt ich zu Bleda durch den Donauwald. Die Sonne traf schon seitlings durch die dunkeln Zweige der Tannen. Blutrot war alles – ganz wie ich's im Traum gesehen: die Äste und die Stämme und was man durch Baum und Busch hindurch vom Himmel sehen konnte. Und tief blutrot das weiche, dichte Moos des Waldbodens, das die Sonnenstrahlen gierig sog.

Ich ritt meinen Begleitern weit voraus, allein.

Mich fröstelte. Der Traum der Nacht – mit offenen, wachen Augen mußt' ich ihn immer wieder träumen. Da hörte ich Vieh brüllen tiefer im Walde, rechts von der Straße. Das störte mich auf aus meinem wachen Traum. Ein Hirte kam aus dem Dickicht, er trug einen langen Mantel aus Kuhfell: ich kannte ihn; er gehörte zu Bledas Rinderknechten; wir waren nun nah an des Bruders Zelten. ›Du lässest die Herde, Rual?‹ fragte ich. ›Weshalb? Und was trägst du da unter dem Mantel?‹

›Herr,‹ antwortete der Hirte, ›ein uralt seltsam Eisen. Ich ließ die Herde, es meinem Herrn zu bringen. Eine junge Färse hinkte auf einmal, wie sie von der Tränke am Moosquell zurückkam. Sie blutete aus dem linken Vorderfuß. Ich folgte der Spur, und siehe, nahe dem Quell ragte aus dem feuchten Moos eine scharfe Erzspitze: ich grub das Ganze hervor mit meinem Hirtenstab: es war eine alte, eingerostete Klinge. Seltsame Zeichen sind darauf eingeritzt. Und schau‹ – er schlug den Mantel zurück und hielt mir das Erz vor die Augen – ›hier oben am Griff, an der Eisenzunge, die in der Hülse stak – das Holz ist längst vermodert! – da glühen runde, rote Steine: wie Tropfen Blutes –.‹

Heiß durchschoß es mich wie feuriger Blitz. Fort war das Frösteln. ›Mir! Mir das Schwert!‹ schrie ich und griff vom Gaul herab danach. Aber behende sprang der Hirte zur Seite, ›Wo denkt Ihr hin?‹ rief er. ›Auf Bledas Boden von Bledas Knecht gefunden! Sein ist das Schwert.‹ Und er eilte mir hastig voraus zu den nahen Wachen des Lagers, Bald stand ich im Zelte meines Bruders.

Der Mann – er hatte die Waffe noch in der Hand! – kniete vor ihm und erzählte. Schon streckte Bleda die Hand aus, sie zu ergreifen: da trat ich ein. Er winkte dem Knecht, hinauszugehen; der stand auf, legte das Schwert auf den Schenktisch, beugte sich tief und schritt hinaus. Der Bruder, strenger und stolzer, als ich ihn je gesehen, richtete sich hoch auf – er war viel größer als ich – und sprach, zu mir herabblickend:

›Wähle, Attila. Mir träumte heute Nacht, du seist der Riesenwolf, von dem die Germanen sagen, er werde zuletzt alle Götter und alle Menschen verschlingen. Das sollst du nicht! Der Name Hunne soll nicht ein Fluch werden unter den Völkern. Schwöre, keinen Krieg mehr zu führen ohne meine Erlaubnis. Oder ich rufe deine Völker von dir ab. Sie werden mir gehorchen. Dich fürchten sie, dich hassen sie, mich lieben sie. Und stärker als der Haß ist die Liebe.‹ – ›Meinst du? Es ist dir nicht Ernst ...‹ Mehr brachte ich vor Ingrimm nicht hervor. ›Du zweifelst?‹ sprach er. ›So werd' ich schwören! Den schwersten Schwur, den Schwur aufs Schwert! Wo ist ...?‹ Er griff in sein Wehrgehänge: aber er hatte sein Schwert in dem Schlafraum des Zeltes gelassen. Er sah sich rings in dem Trinkzelt um: kein Schwert hing an dessen Pfosten. Da fiel sein Auge – ich sah es und erschrak ins tiefste Mark hinein! – auf das, das Schwert! ›Gerade recht,‹ sprach er. ›Rual, der Hirte, meinte, nach uralter Sage unseres Volks sei das Schwert des Kriegsgottes in dem Donautann vergraben. Vielleicht‹ – er lächelte – ›ist's dies. Ich schwöre auf dies Schwert ... –‹

Er schritt langsam darauf zu: nur zwei Schritt. Beim dritten lag er vor meinen Füßen: ich sah den roten Strahl aus seinem Halse spritzen: – über und über ward ich rot von seinem Blut, mein Gesicht, meine Hand und zumal das Schwert, das ich in der geballten Faust hielt: – ich wußte nicht, wie es in meine Hand gekommen. Kein Wort von ihm mehr, nur ein Blick traf mich. Aber er traf mich nicht! Gefühllos war ich geworden: ohne Reue, hart wie das Eisen in meiner Faust.

Frohlockend schrie ich: ›Ja! Es ist das Zauberschwert. Denn ich fühle nichts mehr.‹ Da brach sein Auge.«

Er hielt inne und holte tief Atem.

Zehntes Kapitel.

Nach langem Schweigen begann Chelchal mit einem ruhigen Blick auf den Mörder: »Den Hunnen sagtest du, aus dem Zelte tretend, der Bruder, Weines voll, sei unvorsichtig in das Schwert getaumelt. Nicht alle glaubten es. Manche wollten murren ...« – »Aber ich ließ ihnen nicht die Zeit dazu. Krieg gegen Byzanz, Krieg gegen die Ostgoten, Krieg gegen die Markomannen, Krieg gegen die Sarmaten begann ich noch am selben Tag.« Chelchal nickte: »Bleda war noch kinderlos. Seine schwangere Witwe ward eingebannt, streng bewacht. Was sie gebar, – niemand hat's je erfahren.« Unwillig über die Unterbrechung sprach Attila mit kurzem Kopfschütteln: »Der Knabe ... starb. Ich aber! Jeder der vier Kriege ward ein Sieg. Und seither folgen sie mir blindlings, wann ich, jenes Schwert schwingend, ihnen vorausjage. Sie wissen es, daß ich es von Bleda ... geerbt. Und es ist das Siegesschwert! Es ist's! So hat es sich erwahrt in meiner Faust –! Nie ward ich noch geschlagen. Nein!« rief er plötzlich mit weithin dröhnender Stimme, den Fuß aufstampfend, »nein! Auch nicht dort in Gallien von dem unsinnigen Bund zwischen Römern und Westgoten. Du zuckst die Achseln, Alter? Nein! sag' ich dir. Wurden wir verfolgt, als wir von hinnen zogen? Und hätte ich am vierten Tag zum vierten mal angegriffen – noch hatte ich Hunnen genug! – wäre mir nicht in der Nacht – Blut war mir aus dem Schlund gebrochen, dem Ersticken war ich nah! – der Kriegsgott zum zweiten mal erschienen, sprechend: ›Kehre jetzt um, unbesiegt. In drei Jahren kehre wieder, dreifach so stark, und siege!‹ Ich werde nächstes Frühjahr wiederkehren und werde siegen.

Dann wähnten meine Neider, mein Schwert habe doch Einen Feind nicht treffen können: den Papst zu Rom, – Die Toren! Sie wähnen, ich sei damals umgekehrt aus Furcht vor dem Zorn des Christengottes, welchen mir der weißbärtige Priester angedroht habe auf der Straße bei Mantua. Warum sollte ich aber Christus oder Sankt Petrus mehr fürchten als die andern Götter, an die ich auch nicht glaube? Doch unter unsrem Volke wie unter den Germanen geht der Spruch: ›Wer Rom betritt, wird römisch oder stirbt.‹ Ich kannte lange diese Rede: ich schlug sie in den Wind. Allein es war mir nicht wohl dabei, als ich den Befehl gab zu Mantua: nach Rom! Am Abend dieses Tages stieß ich auf den Bischof von Rom und seine Priester, die mich um Schonung anflehten, kniend Geschenke darreichten. Nicht dieser Abend und Leo schreckten mich zur Umkehr, die darauf folgende Nacht und ein Traum. Und eine Wahrheit. Noch immer tönten mir nachts in meinem Zelt die Bitten, die Warnungen des wehrlosen alten Mannes in dem Ohr: ich fand keinen Schlaf. Endlich – gegen Morgen – entschlummerte ich und sah alsbald im Traum – du weißt; Morgentraum ist halbe Wahrheit! – vor meinen Augen aufsteigen wie aus hohen Stromgewächsen eines schilfigen Flusses ein königliches Haupt, welchem noch die Jugendlocken, die germanenfarbnen, auf die Schultern rollten: das schüttelte aus den feuchten Haaren Schilf und Muscheln, und die gepanzerte Gestalt, die Rechte warnend erhebend, sprach: ›Alarich hieß ich, Rom erstürmt' ich, gleich darauf starb ich, die Welle verbietet, mehr zu sagen. Hüte dich, Attila!‹ Und versank wieder in den flutenden Strom.

Ich aber fuhr empor, erschreckt und geweckt durch einen sehr lauten, surrenden Ton über meinem Haupt: es war heller Tag: ich sah an meinem Bogen, der über meinem Pfühl hing, die starke Sehne zersprungen: sie hing herab und schwang noch auf und nieder.«

»Das ist ein arges Zeichen,« murmelte Chelchal ganz erschrocken. »So sagte auch ich mir und befahl die Umkehr. Besiegt aber hat mich der Papst von Rom so wenig wie Aëtius oder der Westgote.«

Elftes Kapitel.

Nach kurzem Schweigen begann der Herrscher aufs neue: »Jedoch stärker noch als durch meine Unbesiegbarkeit hat jenes Schwert sich als echt erprobt – ich sagt' es schon – durch meine Unrührbarkeit. Mein Herz ward Erz, seit ich die Waffe zuerst ergriff, den Bruder damit zu erschlagen. Furcht, Mitleid, ja selbst Zorn rühren nicht mehr an mich.«

»Es ist wahr, tot, wie der Todesgott selbst, wandelst du unter den Menschen. Aber was ist Beherrschung an dir, was Fühllosigkeit? Man sieht dich nie lächeln. Ich glaube, selbst die Weiber nicht, welche du küssest – unablässig. Es scheint, auch die Lust der Liebe, – sie ergreift dich nicht.«

Der Herrscher warf die dicke Unterlippe auf: »Nein. – Aber doch! – Irgend einen Rausch, so scheint es, muß der Mann haben. Wein zu trinken oder Ael oder Met – alles außer Wasser (»oder etwa,« grinste er, »Blut, damals in Gallien, als die Marne mehr Blut als Wasser wälzte!«) – alles, was berauscht, hab' ich schon als Knabe verschworen, als ich den Bruder einmal im Rausch ausplaudern hörte, was er gern verschwiegen hätte. Sieg, Ruhm, Macht, Gold, sie berauschen mich nicht mehr: ich muß sie freilich haben, wie ich Luft haben muß, um zu leben; aber sie berauschen mich nicht mehr. – Mein Rausch ist: das Weib; die Qual des Weibes in diesen Armen.« – »Und doch auch des Weibes Schönheit, will es scheinen. Denn die allerschönsten nur suchst du dir aus! Und seit Jahren – seit Jahr-

zehnten! – beinahe stets Germaninnen. Weshalb?« »Das will ich dir sagen, Chelchal,« sprach der Herrscher und blinzelte mit den häßlichen Augen wie ein sehr böses Tier. »Es ist nicht bloß Lust: auch anderer Völker Weiber sind oft schön: es ist,« – er lächelte grimmig – »es ist auch Staatsweisheit dabei oder Arglist, was dasselbe. – Denn die Germanen ...« – Er stockte; dann fuhr er fort: »Trotz der Tröstung des Kriegsgottes, – viele Sorge machten sie und machen sie mir doch! Ja, meine einzige! Hei, dort in Gallien, zerstampft hatte ich auf jenen catalaunischen Feldern des klugen Aëtius Schlachtenlenkerschaft in seinem klugen Gehirn unter den vielen hunderttausend Hufen meiner Rosse, hätten diese verhaßten Goten neben ihm nicht gekämpft wie ...« »Nicht wie Menschen,« sprach Chelchal, leise bebend, »wie ihre eignen Götter von Asgardh!« – »Und gleichwohl! Die Männer der Germanen fürcht' ich kaum. Puru sprach wahr: sie lernen nie gehorchen, sie lernen nie zusammenstehen: der Suff und der Wahn der Ehre bringt sie um. Und gar nichts halte ich auf die einfältige Tugend, die diese sechs Fuß hochaufgeschossenen Recken, diese Knaben mit den Riesenleibern, Heldenschaft nennen. Eine Dummheit ist sie, diese blinde, ja jauchzende Lust, sich in die Speere zu werfen und in den Tod.

Der wilde Wisent des Urwalds ist danach der größte Held und verdiente, König aller Germanen zu sein: denn furchtloser und stärker ist nichts, was da atmet. Aber ein roter Lappen reizt ihn zu selbstmörderischer Wut, ein kleiner Giftpfeil erlegt ihn aus weiter Ferne, in jede klug gegrabene Grube fällt der hilflose Riese. Das aber ist mein Königtum: rote Lappen, Giftpfeile, schlaue Fallgruben. Manchmal freilich ist es nötig, diesen Buben von vierzig Jahren zu zeigen, daß ich auch in ihrer gepriesenen Tugend der Armmuskeln ihren flachsbärtigen Königen nicht nachstehe. Ganz gern daher erfüllte ich den Wunsch Ezendruls: wie staunten die Gesandten der Gepiden und die andern Germanen, sahst du's wohl? – Also: mit dieser plumpen Tölpelei der Heldenschaft ist noch fertig zu werden. Aber Eines ist auf Erden, – nur Eines! – was ich nicht fürchte zwar, aber scheue. Scheue, wie ein göttergeweihtes, götterumhegtes Geheimnis: das ist das germanische Weib. Da liegt's! Das ist's! Da droht etwas, das nicht meine Staatslist, nicht das Saufen und die eigne wilde Kraft selbstmörderisch zerstört. Schau' sie nur an, diese hochgewachsenen Jungfrauen, diese stolzbusigen Weiber! Wie lichte Göttinnen schreiten sie im Schmuck des leuchtenden Haares über die Erde hin schwebenden Schritts. Und wie blitzt aus ihren graublauen Augen ein keuscher Stolz, der mich schon oft – zurückgehemmt hat; freilich nicht auf lange,« fügte er höhnend bei. »Und wie erziehen sie, Mütter ohnegleichen, ihre Kinder immer wieder zu dem gleichen edlen Trotz! In ihren Weibern muß man sie vernichten, die Germanen. Da sprudeln die tiefsten, die geheimsten, die verjüngenden Quellen ihrer Kraft. Da man sie nun doch nicht alle in die Donau jagen kann – es sind zu viele und« – hier strich er sich über die wulstigen Lippen – »es wäre auch schade um die weißen Leiber – sind neben den Griechinnen die schönsten Frauen der Erde! – muß man, statt sie zu morden, sie zerstören bei lebendigem Leibe. Mischlinge, nicht mehr Germanen sollen sie gebären; ein Mischvolk, hunnische Germanen, soll an Stelle treten der germanischen, der« – lächelte er grimmig – »Asgardh entstammten Germanen. So viele ich auftreiben konnte seit Jahrzehnten ihrer weißbusigen Mädchen, warf ich meinen gelben Hunnen in die Arme: viele, viele Tausende schon. Es kann uns nicht schaden, Alter,« blinzelte er, »wird unser Nachwuchs etwas schöner. Denn – mit ihren Schlitzaugen und spitzen Backenknochen – scheußlich sind sie, meine lieben Hunnen.«

»Flink, fromm, blind folgsam: – das sollte dir genügen, Herr,« grollte Chelchal.

»Es genügt auch – wenigstens zur Bezwingung, wenn nicht zur Verschönung der Welt. – Die Allerschönsten aber, die Allerstolzesten, die Allertrotzigsten dieser blonden Halbgöttinnen zu Hunninnen zu machen, – das behalt' ich diesen Armen vor.« Und er wiegte mit Wohlbehagen, im Vollgefühl strotzender Kraft, die beiden gar kurzen, aber gewaltigen, die Vorderarme aufwärts biegend, die mächtigen Muskeln der Oberarme anspannend. »Die Lust wird mir erhöht durch die Qual der Widerstrebenden, schärfer noch gewürzt durch den geheimen Zweck, durch den Sieg meines Hasses gegen all' Germanentum. Wie viele Hunderte der Allerherrlichsten hab' ich nicht schon zerbrochen für immerdar. Und wenn sie – anfangs – gar zu ungebärdig toben, in Fesseln werden sie doch bald müde! Und haben sie mir erst das erste oder einem meiner Günstlinge das zweite Hunnenkind geboren, dann sind sie zahm. »Freilich,« fuhr er nach einer Weile kopfschüttelnd fort, »nicht immer. Und meine Mischzucht will nicht recht gedeihen. Die Häßlichkeit, so scheint's, vererbt sich leichter als die Schönheit! Schon manche Germanin hat, sah sie nun das Kind, das der Hunne ihr gezeugt, vor sich liegen, gelb, krummbeinig, scheuslich, es nicht an die Brust gelegt, sondern an die Wand geschleudert. Es mischt sich übel! Der Hunnenessig macht die Germanenmilch gerinnen. Auch meine eignen Söhne von Germaninnen, –

ich hab' nicht Freude dran.« Er schwieg und sah finster vor sich nieder.

»Ellak ist ein edler Geist.«

»Ein Schwärmer ist er,« fuhr der Vater unwillig auf. »Ein Träumer! Ein Weichling! Von seiner Mutter, der Amalungentochter, hat er das törichte Träumen geerbt, das ziellose Sehnen und Sinnen ins Blaue hinaus. Und das weibische Erbarmen! Möchte alle Feinde durch Edelmut entwaffnen! Edelmut! Gegen Byzanz! Gegen jene elenden Kaiser! Der Gotin Sohn liebt die Goten mehr als die Hunnen! Ich glaube wirklich,« schloß er grimmig, »er haßt mich dafür, daß ich als Hunne mir die Freiheit nahm, sein Vater zu werden! Mit gotischen Heldenliedern sang ihn Amalahild in Schlaf, gotische Heldensagen in gotischer Zunge raunte sie ihm unablässig zu, bis ... bis mir's einmal zu viel ward und sie plötzlich – starb.« Sein Mund zuckte ein wenig.

»Ich stand dabei,« sprach Chelchal ruhig. »Ich und der Knabe. Du verbotest ihr, ihm weiter vorzusingen auf gotisch. ›Nur noch den Schluß,‹ bat sie, ›von König Ermanrichs, meines Ahnherrn, stolzem Ende. Ehe er sich, mein Sohn, den Hunnen beugte, stieß er sich ...‹« »Sie konnte nicht vollenden!« schrie Attila. »Denn ich stieß zornig nach ihr mit dem Fuß.« – »Sie war schwanger; sie starb sogleich. Und Ellak stand dabei. Soll er dich lieben?« – »Fürchten soll er mich! Und nicht hoffen, daß er je mein Erbe wird, der Krüppel, Er kann ja nicht einmal mehr fechten.« – »Mit der Rechten. Mit der Linken ficht er vortrefflich, wie du sehr wohl weißt: oft hat er mit der Linken für dich gesiegt, seit er sich – dich zu retten – die Rechte hat zerschmettern lassen. Vor Orléans war's. Er hielt die Rechte zwischen dein Haupt und den gewaltigen Felsblock, den vom Wall herab der römische Katapult geschleudert hatte: er war scharf gezielt.« »Bah, er hätte mich nicht getötet: so wenig wie die Wolken von Pfeilen und Speeren auf dem catalaunischen Feld. Du weißt ja jetzt, – ich habe dir's ja gesagt – wie ich sterben werde. – Aber,« fuhr er mürrisch fort, »auch meiner andern Söhne wimmelnder Troß – einhundertzweiundachtzig sind es gestern gewesen, heute ward die Geburt von zwei weiteren gemeldet, die Töchter zähl' ich längst nicht mehr – es ist nicht viel damit. Auch nicht, zärtlich wie ich ihn liebe, mit Ernak, meinem schönen Knaben.« – »Ernak hast du verderbt durch deine blinde Liebe. Bessere Zucht ward für Ellak des Vaters – Haß. – Und Dzengisitz?« – »Ei freilich, Dzengisitz. Der ist so recht nach deinem Herzen, Alter. Der echte Hunne!« – »Ja! Der beste Reiter unseres ganzen Volkes. Und der beste Pfeilschütze« – »Nun ja! Er ist nicht übel. Ich mag ihn ganz gut leiden, den frechen Jungen,« sprach Attila wohlgefällig. »Aber seine Mutter – uih, sie war nicht schön.« Und er verzerrte das Gesicht, als habe er in eine bittere Wurzel gebissen. »Sie entstammte,« entgegnete Chelchal, »unserem ältesten Herrschergeschlecht, – älter als das deine.« – »Deshalb befahl Vater Mundzuck mir die Gemahlin. Sie ward dadurch nicht anmutiger. Ein greulich Brautbett! Und unser Sohn, Dzengisitz – nun, er gedieh danach! Er ist noch häßlicher als Vater und Mutter zusammen. Und obwohl er das rechte Gegengift wäre wider Ellaks Weichheit, – zum Herrscher der Welt taugt auch er nicht. Mit Reiten und Schwalbenschießen führt man mein Reich nicht fort. Da lob' ich mir Ernak, den schönen!«

»Herr,« rief Chelchal, »soll der Knabe von fünfzehn Jahren, der maßlos verhätschelte, die Welt beherrschen?« Aber der zärtliche Vater hatte gar nicht auf die Frage geachtet. Mit sich selber raunend fuhr er fort: »Seine Mutter! Sie war doch mein süßestes Abenteuer. Sonst graut den Weibern stark vor mir, und ohne Gewalt haben mich nur Hunninnen umarmt. Aber sie! Aber Libussa!« Und nun sprach er, nicht für den Hörer, nur zu sich selber, in Erinnerung versunken, leise weiter: »Wird da auf einmal im Lager als Gast die Tochter eines Sklabenenfürsten gemeldet. Sie verlangt, mich in meinem Zelt – allein – zu sprechen. Ich bin auf einen Dolchstoß vorbereitet: sie aber wirft sich mir zu Füßen. Wie war sie schön! Blauschwarz die dicken Zöpfe, kirschrot die üppigen Lippen, Pfirsichflaum auf den Wangen! Und sie flüstert zärtlich zu mir auf: ›Bis zu meinem Volk im fernsten Ostland drang der Ruhm deines Namens, wie du der Gewaltigste seist aller Männer und keiner deinesgleichen lebe auf Erden Da entbrannte heiß für dich mein Blut und ich sprach zu mir auf schlummerlosem Pfühl: von dem gewaltigsten Mann auf Erden will ich einen Sohn empfangen. Oder sterben. So brach ich auf und reiste zu dir, Tag und Nacht – mondenlang! Nun schau' ich dich. Schön bist du nicht, aber sehr gewaltig. Nun küsse mich! Oder töte mich!' – Ob ich sie küßte! Dies Weib allein hat mich geliebt. Libussa, du starbst, sowie du mir ihn geboren, den Knaben, den schönen ...« – »Herr, du wirst nicht diesem Kind ...« »Nein,« – er fuhr nun auf aus seinem erinnernden Brüten. »Denn es ist mir geweissagt, Ernak lebt nur einen Tag länger als ich.« »Wie, o Herr?« rief Chelchal erschrocken. »Sei getrost. Diese Weissagung zwar ist hart, sehr hart. Aber auch ein anderes, ein Höheres ist mir verkündet. Horch auf!« – »Ich höre.«

»Der thessalische Zauberer –« – »Der dir den Tod in Frauenarmen geweissagt?« – »Derselbe. Ich traue ihm ganz. Denn er durchschaute meine eigenen geheimsten Gedanken. Ich fragte ihn: ›was hab' ich schlaflos diese Nacht durchdacht?‹ ›Die Wahl deines Erben,‹ sprach er sofort. ›Mühe ist nicht damit, großer König. Dein Erbe ist gewählt.‹ Ich staunte. Er aber fuhr fort: ›es lebt eine blondgezopfte Jungfrau. Deren Anblick wird dich entzünden wie niemals Weibes Reiz zuvor. Erzucken wirst du bis ins Mark, erschaust du sie. Die allein kann dir den Sohn gebären, der deine ganze Größe erben wird. Er wird sich unterwerfen alle Völker des Erdballs.‹ – Seither wart' ich gierig dieser Jungfrau.« – »Und du glaubst dem schmeichelnden Zauberer?« – »Ich glaubte ihm aufs Wort.« – »Du glaubst ihm nicht mehr?« – »Man glaubt nur Lebenden.« – »So ist er gestorben?«

»Nachdem er geweissagt, ließ ich ihn töten.« – »Warum? Du glaubtest, er betrog?« – »O nein! Du weißt: nach unserer Hunnenpriester uralter, stets bestätigter Erfahrung spricht nur derjenige Seher wahr ...« – »Auf dessen Leber ein kleiner Stern von weißen Streifen ruht. Deshalb wird, sobald ein Weissager gestorben, ihm die Leber ausgeschnitten und daraufhin beschaut.« – »Es eilte mir aber damit, dieser Weissagung Wahrhaftigkeit zu prüfen. Ich ließ ihn schlachten. Man fand den weißen Stern. Jeder Zweifel ist ausgeschlossen. – Nun, Alter, geh' ich. Es ward spät. Ich will schlafen. Und träumen. Der Traum soll mir die Jungfrau zeigen, die mir den Herrn der Welt gebären wird.«

Zwölftes Kapitel.

An dem andern Morgen wurde den beiden Gesandtschaften angekündigt, der Herrscher sei bereit, sie um die sechste Tagesstunde zu empfangen. Chelchal, Ediko und andere Vornehme begaben sich zu ihnen und führten sie in die große Gasthalle des hölzernen Palastes.

Der ganze weite halbkreisförmige Raum war von der Decke bis zu dem Boden und an allen Wänden mit glänzendweißen Linnenvorhängen, stets wechselnd mit einem buntfarbigen Wollteppich, ausgeschlagen und verkleidet, ähnlich wie Griechen und Römer den Talamos von Neuvermählten zu schmücken pflegten. Der Estrich aus gestampftem rotgefärbtem Lehm war fast über das ganze Gemach hin mit Teppichen belegt.

Vier Schritte von den Wänden standen in gleichgemessenen Zwischenräumen zierlich geschnitzte und reich, nicht ohne naiven Geschmack, bemalte viereckige Holzpfeiler, die den Boden einer Art Galerie stützten. Pfeiler und Wände waren überall bedeckt und geschmückt mit Waffen: Beutestücke oder Geschenke von allen Nachbarvölkern.

Die Halle war bereits angefüllt von hunnischen Großen und Kriegern, Fürsten und Gesandten fremder Stämme, deren Gefolgen und der Hausdienerschaft des Herrschers: es war ein buntes, reich bewegtes, malerisches Bild: da stand neben den Römern und Griechen in ihrer bei aller Pracht des Schmuckes einfachen plastischen Tracht der Finne in der Haut des Rentiers, der Suione im Bärenfell, aus Britannien der Kelte, halb nackt, mit Waid blau bemalt, der Wende im Schafvlies, der Germane in Wollmantel und Erzbrünne: aber sie bildeten doch alle nur Inseln in dem alles umflutenden Gewoge der zahllosen Hunnen.

Attila saß auf einer Erhöhung im Mittelgrund der Halle; mehrere mit kostbaren, goldgestickten Teppichen bedeckte Stufen führten zu diesem Holzbau, in dessen Mitte ein einfacher, schmuckloser Holzstuhl mit zwei Armlehnen den Thron des mächtigsten Herrschers des Jahrhunderts darstellte; nicht ein Schmuckstück hatte er der Tracht beigefügt, in welcher er gestern eingeritten war.

Die Gesandten machten, den Weisungen Edikos folgend, an der Türe der Halle Halt und verneigten sich tief. Darauf wollte Maximinus die Stufen zu dem Hochsitz hinanschreiten und einen Brief des Kaisers Attila selbst überreichen. Allein sofort sprang ein hunnischer Fürst – es war Ezendrul – dazwischen, nahm ihm den Purpur-Papyros aus der Hand, schob den Patricius von der untersten Stufe hinab, sprang selbst hinan, kniete vor dem Herrscher nieder und legte den Brief auf den Schoß des Herrschers, der unbeweglich sitzen blieb, ohne ihn aufzunehmen. »Ein eigenhändig Schreiben des Imperators Theodosios,« rief Maximin von unten hinauf: laut, denn er war zornig.

Attila rührte sich nicht.

»Der Imperator wünscht dir Heil und langes Leben.«

Da sprach der Chan langsam, Wort für Wort wägend, die Lippen möglichst wenig öffnend: »Ich wünsche dem Imperator dasselbe – ganz genau dasselbe – was, wie ich weiß, er mir wünscht. – Die fällige Jahresschatzung, die beide Kaiserreiche schulden, sie ist endlich eingetroffen, Ediko?« – »Ja, Herr, diese Ge-

sandtschaften haben sie gebracht.« – »Du hast nachgezählt?« – »Nicht ein Solidus fehlt.« – »Wohl, aber wo sind die Geschenke beider Kaiser?« fuhr er nach einem bedeutsamen Schweigen nun lauter und rauher fort. »Ich höre nur Gesandte, die Geschenke bringen. Chelchal, hast du sie geprüft? Sind sie meiner würdig?«

»Deiner Herrlichkeit, o Herr, ist keine Gabe würdig. Aber in Erwägung der geringen Herrlichkeit der beiden Geber mögen sie genügen.« »Verteile sie unter meine Fürsten, zumal Ardarich und Valamer bedenke. Aber auch Wisigast! Und vergiß auch nicht den feuerblütigen Königssohn der Skiren, den harfenkundigen jungen Helden. – Allen nach Verdienst ihrer Treue! – Aber wie?« – hier verfinsterte sich, wie bei bitterer Überraschung, sein Gesicht. – »Ich meine, ich sehe unter den Gesandten von Byzanz eine bekannte Gestalt – der Kleine, der dort abseits steht den andern.« Er blickte drohend auf Vigilius, – gleich zu allererst hatte ihn sein Auge gesucht – die Namen der Gesandten waren ihm ja längst gemeldet – und gefunden. »Ich genoß schon einmal der Wonne,« begann der Erschrockene, »als Dolmetscher ...« – »Wie heißt sie doch, Ediko, diese Kröte?« – »Vigilius, Herr.«

»Ah ja, Vigilius!« und in unwilliger Bewegung, mit einem jähen Stoße des rechten Knies, schleuderte er den unberührten Brief des Kaisers von sich – er flog zu Boden. »Wie kannst du es wagen, freches Aas, vor mein Angesicht zu treten, bevor, wie ich dir damals zu dolmetschen befahl, alle Überläufer ausgeliefert sind? Meint ihr, ich werde dulden, daß unter euren Feldzeichen meine eignen, mir entlaufenen Sklaven die Waffen wider mich heben? Alle Untertanen meines Reiches sollen es merken, daß es keine Flucht gibt vor Attila, keine Rettung vor seinem Zorn. Keine Burg, keine ummauerte Hauptstadt gewährt Schutz vor mir: aus dem goldnen Hause zu Byzantion selbst greif' ich meine Feinde heraus: mit dieser Hand!« Er streckte die Rechte gerade vor sich hin.

»Wir kommen, dir zu sagen,« begann Vigilius furchtsam, »daß nur noch siebzehn Flüchtlinge – Überläufer, wie du sie nennst – aus deinem Reiche bei uns weilen. Diese sind bereits Äginteus, dem Führer der Grenztruppen in Illyricum, überwiesen, sie dir in Ketten zu schicken. Demnächst werden sie eintreffen.« – »Siebzehn! – Du wirst nachher die richtige Zahl erfahren. – Ihr andern aber, ihr Gesandten des Kaisers von Ravenna, vernehmt: ich verzichte auf die Auslieferung jenes Hehlers meiner mir unterschlagenen Kriegsbeute von Viminacium – ihr werdet hören, unter welcher Bedingung. – Wer ist Maximinus, der vertrauenswürdigste Senator des Kaisers von Byzanz?«

»Ich heiße Magnus Aurelius Maximinus.« Mit Ernst, mit Wohlgefallen ruhte des Chans Auge auf dem würdevollen Antlitz.

»Erlaube, o Beherrscher der Hunnen ...,« begann Priscus – »Herr, redet man mich an.« – »Erlaube denn, o Herr der Hunnen ...« Attila zuckte, aber er lachte im stillen über die Ausweichung und ließ den gewandten Rhetor fortfahren: »daß dir im Auftrage des Kaisers und im Namen meiner Mitgesandten die Dinge – der Reihe nach – klar lege, wie sie wirklich sind, nicht wie deine wechselnden, – ach sehr häufigen! – Gesandten sie sehen und dir schildern. Du verlangst, Kaiser Theodosios solle dir ausliefern alle, welche – Überläufer nennst du sie! – aus irgend einem Grunde sich durch Auswanderung der Milde deines Zepters zu entziehen vorzogen. Vielleicht deshalb, weil deine hunnischen Rechtsgelehrten und Geißelschwinger doch wohl nicht in allen Fällen so gerecht und weise urteilen, wie du es – ohne Zweifel! – willst und – leider! – auch als geschehend voraussetzest. Nun ist es doch hart, daß der Kaiser dir ausliefern soll alle die, die seinen Schutz dem deinigen ... aber ich sehe an deinem Stirnrunzeln, daß ich im Unrecht sein muß – also gut, sie werden ausgeliefert werden! – Weiter verlangst du außer dem rückständigen und dem fälligen Tribut – wollte sagen: der jährlichen Ehrengabe! – die des kommenden Jahres vorausbezahlt – unter Drohung sofortigen Angriffs! – Wir schleppten sechstausend Pfund Gold herbei. Du verlangst sogleich weitere zwölfhundert Pfund Gold. Ja, du hast bereits – weil unsere Antwort auf deinen schlechten Straßen nicht rasch genug eintreffen konnte, – mitten im Frieden unsere Städte belagert, Viminacium, Ratiaria und viele andere weggenommen, ausgeplündert und verbrannt. Für jeden – nach deiner Angabe – vorenthaltenen Überläufer verlangst du zwölf Goldsolidi! Wohlan, wir haben – leider! – Vollmacht, im äußersten Notfall alles zu bewilligen. Aber wir flehen dich an: bestehe nicht darauf! Du ahnst nicht, wie traurig es aussieht in allen unsern Provinzen. Welches Elend verhängen über die Unglücklichen zumal in den Donaustädten deine Reitergeschwader, die das flache Land ringsum verwüsten und, wie Wölfe in dichten Rudeln die einsame Bauernhütte, die Stadt umschwärmen, niemanden heraus, keinen Bissen Brot herein lassen! Und um die Wette mit deinen Hunnen draußen peinigen die unglücklichen Städter – fast noch unentrinnbarer! – drinnen die kaiserlichen Steuerbeamten, die, um die zu entrichtende Schätzung aufzubringen, den Bürgern das letzte Gewand vom Leibe und das Bett unter dem Rücken wegreißen, so daß gar manche der Gequälten ihrem Leben und Leiden zugleich ein Ende schürzten mit dem Strick. Auch deine Gesandten aber sind gewohnt – man sagt: angewiesen! – solche Ehrengeschenke zu – erwarten, in Byzanz, daß diese Freudengaben allein genügen würden, uns zu Grunde zu richten. Man sagt, schon deshalb beehrst du uns so oft mit Gesandtschaften.«

Die Keckheit des Rhetors belustigte den Gewaltigen: nicht unfreundlich warf er dazwischen: »Beschenken mögen sie sich lassen, nur nicht dadurch bestechen.«

»Der Kaiser,« begann jetzt Maximinus schmerzlich, »mußte, dich zu befriedigen, die senatorischen Geschlechter anhalten, den Schmuck ihrer Gemahlinnen, von den Ahnen vererbt, auf offenem Markt zu versteigern, ja das unentbehrlichste Gold- und Silbergeschirr der Tafel und ihre erlesensten Edelweine ...«

»Ich trinke nur Wasser aus diesem Holzbecher, o Patricius,« sprach Attila, hob den Becher und trank. »Ihr klagt,« fuhr er dann fort, die dicken Lippen mit dem ganzen Vorderarm und dem Handrücken wischend, »der Schatz sei leer. – Warum ist er leer? Weil eure Kaiser ihre Gelder auf unsinnige Schauspiele, Wagenrennen, eitles Gepränge, unmäßige Lüste oder – aus jämmerlicher Furcht vor der Hölle, die sie freilich reichlich verdient haben! – auf unsinnige Kirchenbauten vergeudet haben seit unvordenklicher Zeit. Habt ihr noch nicht genug geweihte Räume, darin eure Heiligen anzuwinseln und – anzulügen? Mir ist's gleich. Aber ein Volk, das nicht mehr Eisen genug hat, den Nachbar abzuwehren, muß sein Gold hübsch hausväterlich zusammenhalten für den Nachbar: denn diesem gehört es von Rechtswegen. Wie könnt ihr so verschwenderisch umgehen mit meinem Gold in euren Truhen? – Aber, was bin ich doch für ein barbarischer Wirrkopf, kluger Rhetor Priscus, nicht? Vergib, edler Patricius, wir Hunnen lernen nur reiten, nie in richt'ger Folgestrenge schlußbündig denken. – Nicht einmal die Geschäfte vermag ich in gehöriger Reihenfolge abzuwickeln. – Ich habe mir ja noch gar nicht – und schon verhandle ich mit euch – von meinem Gesandten, von jenem Ediko dort, berichten lassen, wie seine Sendung verlief und was er alles erlebt hat in dem herrlichen Byzantion.«

Die kaiserlichen Gesandten tauschten erstaunte Blicke. »Sollte er ihn wirklich noch nicht ausgefragt haben?« zweifelte Primutus flüsternd. »Doch unzweifelhaft!« erwiderte Priscus ebenso leise. »Gib acht, o Maximums! Jetzt kommt Edikos Geheimnis.«

Dreizehntes Kapitel.

»Sprich nur offen,« gebot der Chan, »ganz offen vor diesen Byzantinern. Sage alles. Auch das Verborgenste. Sind ja unsre Freunde. Vor Freunden hat der Hunne kein Geheimnis.« Ediko trat vor, neigte sich tief und begann sehr ruhig und gelassen: »In Byzantion, dem unvergleichlichen, sah, hörte, erlebte ich Unglaubliches. Die Wahrheit sprach jener Gotenkönig, der, nachdem er ein paar Tage dort geweilt, ausrief: ›in dieser Stadt gibt es eine Menge aller möglichen und aller – unmöglichen Dinge.‹«

Nicht ohne Befriedigung tauschten die Gesandten Blicke. »Eindruck hat sie ihm doch gemacht, diesem Barbaren, die römische Herrlichkeit,« sagte Priscus leise; und Maximinus nickte.

Attila aber fragte gedehnt: »Auch der unmöglichen?« »Urteile selbst, o Herr, ob, was ich erlebte, möglich oder unmöglich ist, nach allem, was Gesandte je erlebt haben. Unmöglich wirst du's nennen. – Dann werd' ich dir die Beweise auf deine Knie legen.« Mit lebhaftester Spannung lauschten nun alle Anwesenden dem Germanen, der – in lateinischer Sprache – fortfuhr: »Ich ward von Vigilius abgeholt von dem Hause, das nah am Hafen gelegen, mir zur Bewohnung angewiesen worden. Er führte mich zu Chrysaphios, dem mächtigsten Mann im Reiche der Byzantiner. Der Weg ging entlang der stolzen Reihe von Palästen, die – sie bilden eine kleine Stadt für sich – des Kaisers Hofhalt und seiner ersten Würdenträger Amtsräume und Wohnungen enthalten. Laut bewunderte ich die Pracht dieser kaiserlichen Gebäude, nichts Arges wahrlich dachte ich dabei. Der seltsam lauernde Blick meines Begleiters – seht hin, ungefähr, wie er jetzt blickt, nur daß er nun zugleich Schrecken ausdrückt – fiel mir auf: ich wußte mir ihn nicht zu deuten. Aber kaum stand ich vor dem allgebietenden Verschnittenen, als Vigilius unterbrach und – sehr unschicklich, wie mir deuchte – jenem meine Bewunderung der Kaiserpracht schilderte, mit arger Übertreibung.« Vigilius folgte jedem Wort Edikos mit atemloser Erwartung. »Der Unsinnige,« knirschte er. »Was wandelt ihn an? Aber vielleicht ist es das Schlaueste, als mein Feind, mein Widersacher hier aufzutreten.« »Er fügte bei« – fuhr der Germane fort – »und das war frei gelogen! – ich hätte die Bewohner von Byzanz glücklich gepriesen um ihres reichen, üppigen Lebens Willen.« »Wo will das hinaus?« zweifelte Vigilius, immer banger erregt. »Da sprach Chrysaphios: ›Du kannst, o Ediko, ein solches Haus wie dieses, mit goldnen Ziegeln bedacht, gewinnen und in Golde plätschern, sobald du nur willst.‹« »Wann wird er nun aufhören, was wirklich geschehen zu erzählen? Wann fängt er an, zu verhüllen? Welch tolldreistes Wagnis!« klagte Vigilius still für sich hin. »Ich staunte. ›Du brauchst nur,‹ fuhr Chrysaphios fort, ›Hunnenland aufzugeben und zu uns zu ziehen.‹ »Ich atme auf: – die erste Verschweigung!« dachte Vigilius. »Ich fand keine Worte vor Verwunderung. Da« – und nun wandte sich Ediko plötzlich gegen Vigilius, und mit ausgestrecktem Zeigefinger der Rechten auf ihn weisend, rief er zornig – »da mischte sich dieser Vigilius da in das Gespräch.« »Er hat den Verstand verloren!« stieß Vigilius in höchstem Entsetzen hervor; schon die vorletzten Sätze hatte er mit weit aufgerissenen Augen, offenen Mundes, angehört: jetzt trat ihm der Angstschweiß auf die Stirn: er drehte sich zweimal im Kreise, dann wandte er Ediko den Rücken, verhüllte das Haupt mit dem Mantel und wollte in höchster Eile zur Türe der Halle hinaus. Aber eisern legten sich die Fäuste von vier Hunnen, die sich unvermerkt ganz dicht an ihn, von den übrigen Gesandten ihn trennend, herangeschoben hatten, auf seine Schultern, um seine Arme: sie drehten ihn um mit unwiderstehlicher Gewalt. Und sie allein hielten ihn auch ab vom Fallen: denn die Knie brachen ihm: schlotternd vor Todesangst mußte er bleiben! Mußte Wort für Wort – im Angesicht den fürchterlichen Attila – anhören, wie Ediko seinen Bericht zu Ende brachte, jetzt wieder ganz verhalten, kühl, erst gegen den Schluß hin abermals in Zorn ausbrechend. »›Hast du leicht Zutritt,‹ fragte mich Vigilius, ›zu Attila selbst, in sein Zelt, auf Jagden und Reisen, in sein Schlafhaus in dem Standlager?‹ Ich erwiderte, wann mich nicht meine Statthalterschaft in Päonien an der Save festhalte oder besonderer Auftrag meines Herrn in Krieg oder Frieden als Feldherr oder Gesandten verschicke, weile ich stets bei dem Herrscher und teile abwechselnd mit andern seiner Vornehmen die Ehre, in seinem Zelt oder in seinem Schlafhaus vor seinem Pfühl die Waffenwache zu halten, seinen Schlummer zu behüten, ihm den Abend- und den Morgentrunk klaren Wassers zu reichen. Da zischelte der Eunuch in seiner hellen, widerlich hohen Stimme: ›O du glücklicher Mann! Welches Heil kann dir werden, wenn du nur schweigen kannst und ein ganz klein wenig Mut hast. Ich – ich selbst will dir zu höchstem Reichtum und Glanz verhelfen! Allein das bedarf der Verhandlung in breiterer Muße. Ich eile jetzt in den Kaiserpalast. Heut' Abend komm zum Nachtmahl hierher zu mir – du allein – ohne deine Gefolgen und Begleiter.‹

Noch immer ahnte, erriet ich nicht des Elenden Gedanken. Ich wähnte, er wolle mich gewinnen, solch vertrauten, unbelauschten Verkehr mit meinem Herrn dazu zu verwerten, ihn für den Frieden, für Byzanz günstig zu stimmen. Ich versprach, zu kommen. Er winkte mit der Hand: Vigilius ergriff mich am Arm und schob mich hinaus. Vigilius blieb bei ihm. Abends stellte ich mich ein zur Stunde des Nachtmahls: – ich fand bei dem Verschnittenen nur noch einen Gast: – Vigilius.«

Der brach bei diesem Wort zusammen trotz der haltenden Hände der Hunnen: sie rissen ihn unsanft vom Boden auf und schoben ihm einen Schemel unter: denn er konnte nicht mehr stehen, er lehnte nun den Rücken an einen der Pfeiler: aber die acht Fäuste ließen nicht von ihm ab.

Vierzehntes Kapitel.

Mit äußerster Bestürzung hörten die übrigen Gesandten dem Bericht Edikos zu; dieser fuhr fort: »Nachdem die Sklaven die Gerichte abgetragen und den Speisesaal geräumt – Vigilius schloß hinter ihnen die Türe, nachdem er sich überzeugt hatte, daß sie auch den Vorsaal verlassen hatten – nahmen mir beide einen Eid ab, über den Vorschlag, den sie mir nun machen würden, und der mir nie schaden, aber unermeßlich viel nützen werde, unverbrüchlich zu schweigen, auch falls ich den Antrag ablehne. Ich beschwor es: denn nun allerdings wollte ich ihr Geheimnis erfahren.« »Und so, elender Germane,« schrie Vigilius in der Wut der höchsten Verzweiflung, »so hältst du deinen Eid?« »Ich breche ihn nicht –« sprach Ediko, ohne den Scheltenden eines Blickes zu würdigen, und ruhig fortfahrend, »denn ich schwor, zu schweigen, so wahr ich hoffe, selig zu werden unter den Heiligen im Himmelreich. Ich hoffe das aber mitnichten: ich hoffe, nach Walhall zu fahren zu Wodan. Da sagte mir des Kaisers erster Rat kühl ins Angesicht: ›ermorde Attila‹« –

Ein Schrei der Wut, des Entsetzens, ein Stöhnen der Bestürzung ging durch die weite Halle.

»›Ermorde Attila, flieh nach Byzanz und sei der Erste nach mir an Macht, Reichtum und Glanz.‹ Da war es nun gut, daß ich, nach der Sitte der Paläste in Byzanz, meine Waffen an der Schwelle hatte ablegen müssen: sonst, fürcht' ich, hätt' ich im Heißzorn die beiden Mordbuben erschlagen, wo sie standen. So fuhr ich nur auf von den weichen Polsterkissen, wie von einer Natter gebissen: – ich wollte fort – hinaus! Da – ich weiß nicht, wie es kam! – stand plötzlich vor meinen Augen, meiner Seele ein blutiger Schatten ...« er hielt tieferschüttert inne. »Meines Vaters Schatten,« fuhr er, sich ermannend, kräftig fort. »Und ich gedachte eines schweren Schwures, den ich einst geschworen ... Du weißt, o Herr?« Attila nickte verständnisvoll. »Und mahnend sprach mein Vater zu mir: ›nie kannst du deinen Eid furchtbarer erfüllen, als wenn du jetzt die Schande des Kaisers – diesen Mordanschlag – aufdeckst vor aller Welt!‹«

Sprachlos vor Schrecken starrten die vier römischen Freunde einander an. »Es – ist – unmöglich,« stammelte der greise Maximinus. »Du wirst es greifen mit deinen Händen,« fuhr Ediko ruhig fort. »Was ist unmöglich bei – Chrysaphios?« flüsterte Priscus grimmig dem Senator zu. »Den Vertrauenswürdigsten aller Großen der Kaiserstadt – dich! –« hob der Germane aufs neue an, »wollte ich zum Begleiter erhalten, weil dieser Begleiter Zeuge der Enthüllung werden sollte. – Ich bezwang den Zorn meiner gekränkten Ehre und ging ein auf den scheußlichen Antrag. Um sie sicher zu machen und um handgreiflichen Beweis zu gewinnen, fügte ich bei: ›es bedarf des Geldes dazu: nicht gar viel: etwa fünfzig Pfund Gold, die Krieger zu – belohnen, mit welchen ich die Wache beziehe vor des Hunnen Zelt.‹ ›Hier sind sie,‹ rief der Eunuch eifrig, sprang auf, griff in einen kleinen in die Marmorwand eingelassenen Kasten, zählte die Goldstücke eigenhändig in einen Beutel von schwarzem Leder –«

Da stöhnte Vigilius und wand sich in den Händen seiner Wächter.

»Und reichte mir ihn dar: ich sah, er trug in Purpurfäden eingestickt die Aufschrift: ›des Chrysaphios Eigentum‹. ›Nein –‹ sprach ich und schob ihn zurück mit der Hand: ›nicht jetzt schon nehme ich das noch unverdiente Geld: erst die Tat, dann der Lohn. Geht nicht mit mir eine Gesandtschaft des Kaisers an den Hunnen?‹

›Gewiß!‹ rief Vigilius. ›Ich bin schon dazu bestimmt. Gib mir den Beutel, Chrysaphios, hoher Gönner; ich werde ihn einstweilen verwahren.‹ Und der Eunuch hing ihm an der durchgezogenen Schnur den zusammengeschnürten Beutel um den Hals; er trug ihn seither auf der Brust, unter dem Gewand.«

»Und er trägt ihn noch!« rief Attila. »Auf! Schlagt ihm die Chlamys zurück, greift in die Tunika! Rasch, Chelchal!«

Vigilius ward von den Fäusten der Hunnen wie in einem Schraubstock festgehalten: Chelchal griff ihm unter das Gewand: mit einem Ruck riß er die Schnur ab, zog den schweren schwarzen Beutel hervor, trug ihn hinauf und legte ihn vor die Füße seines Herrn.

Ein Gemurre der Wut ging durch die Reihen der Hunnen.

»Des Chry–saphi–os Eigen–tum,« las Attila, buchstabierend, mit vorgebeugtem Haupt Er schob den Beutel mit der Fußspitze von sich ab: »nehmt die Stücke heraus und wägt das Gold, ob es fünfzig Pfund sind, wie Ediko angibt«

»Das mögen sie wohl wiegen,« schrie Vigilius, sich nun zur Verteidigung aufraffend. »Aber es ist doch alles Lüge.« »So?« fragte Attila, »Wozu denn führst du so große Summen – heimlich – bei dir?« – »Herr, ... um ... Einkäufe zu machen im Hunnenland ... für mich und die Reisegenossen – Speise ... auch für die Rosse, die Maultiere Futter ... andere Lasttiere zu kaufen für die auf dem langen Weg unbrauchbar ...« – »Schweig, Lügner! Ediko hat dir schon in Byzanz gesagt, daß ihr von der Grenze meines Reiches an meine Gäste seid, alles, dessen ihr bedürft, von mir geschenkt erhaltet. Ja, es ward euch verboten, Einkäufe zu machen. Denn gewerbmäßig betreiben die Gesandten des Kaisers von jeher unter diesem Anschein die Bestechung, das Auskundschaften.« – »Und doch ist alles nur ein elender Streich des Germanen, alles ist Täuschung.« »Auch diese Urkunde des Kaisers?« fragte Ediko, ohne ihm einen Blick zu gönnen. Er holte eine Papyrusrolle aus der Gürteltasche des Wehrgehänges »Man sieht sich vor bei Männern von Byzanz! Ich verlangte schriftlichen Ausweis vom Kaiser, daß solches sein Wille, auf daß ich nicht nach der ungeheuren Tat von ihm, statt belohnt zu werden, verleugnet würde. Beide fanden das nur billig. Der Eifer, dich, Herr, zu morden, machte die Schlauen töricht. Sofort, noch in der Nacht, führten sie mich in die Gemächer des Imperators, weckten Martialis, den Magister officiorum, der bereits schlief, und gingen mit ihm und mit mir zum Kaiser, den sie noch wachend wußten: denn er wartete gierig auf Nachricht über den Ausgang der Verhandlung mit mir. Zwar ich ward zu so später Stunde des Anblicks des Herrschers nicht gewürdigt: sie ließen mich im Vorsaal warten – ich glaubte dort in meiner Einsamkeit, ich träume. – Aber bald kamen sie zurück und brachten mir die vom Magister officiorum – ›denn

solches ist meines Amtes‹ erklärte mir der Mann mit Stolz – geschriebene, vom Kaiser mit der kaiserlichen Purpurtinte, deren nur er sich bedienen darf, unterschriebene Urkunde. Und wirklich! Der Magister officiorum hat, wie er alle Staatsverträge des Reiches aufsetzt und mitunterzeichnet, auch diesen Mordvertrag, gar zierlich und formgerecht, in Paragraphen gefaßt. ›Denn das ist,‹ wiederholte er mir, als er mein Staunen merkte, ›meines Amtes Vorrecht.‹«

»Lies!« gebot Attila.

»›Im Namen des Herrn Jesus Christus, unseres Gottes! Imperator Cäsar Flavius Theodosios, der Sieger über Hunnen und Goten, Anten und Sklabenen, Vandalen und Alanen, Perser und Parther, fromm, glücklich, ruhmvoll, sieghaft, nie besiegt, Triumphator, anzubeten in aller Zeit, Augustus, billigt und befiehlt, daß Ediko vollführe die rettende Tötung Attilas, unseres ärgsten Feindes, die Chrysaphios und Vigilius ihm aufgetragen haben. Fünfzig Pfund Gold sind ihm hierfür bereits ausbezahlt: fünfzig weitere wird er für die Wächter nach der Tat erhalten. Er selbst aber soll, sobald er nach Byzanz zurückgeflüchtet sein wird, die Würde eines Patricius, das Haus mit den goldenen Ziegeln und einen Jahresgehalt von 20.000 Solidi empfangen.‹ – Hier des Kaisers Unterschrift und des Magister officiorum.«

»Willst du nun noch leugnen, Hund?« »Erbarmen! Gnade!« schrie Vigilius. »Schone mein Leben!« – »Was liegt mir an deinem Leben! – Zwar: ein kaiserlicher Gesandter, wegen Mordversuchs an dem besendeten Herrscher, auf kaiserlicher Legionenstraße aufgehängt an dürrem Baum, mit einer Tafel auf der Brust, die sein Verbrechen angibt, – es wäre kein schlechter Schmuck des Hunnenlandes! Aber besser doch gefällt mir, daß ein andrer Gesandter des Kaisers, ein voll glaubhafter, ehrenhafter Mann, – ich danke Ediko, daß er dies erdacht und dich, o Maximinus, hierzu ausgesucht hat! – was er selbst hier in meiner Halle erlebt hat, bezeuge gegen den Kaiser zu Byzanz vor versammeltem Senat. Das, Maximinus, verlange ich von dir, um der Wahrheit willen!«

Fünfzehntes Kapitel.

Der alte Mann war in sich zusammengesunken, wie geknickt; er war auf eine Bank geglitten und hielt das Antlitz verhüllt in den Falten seines Mantels; vergebens bemühten sich Priscus und die weströmischen

Freunde, ihn aufzurichten. Nun sprang er plötzlich, emporschnellend, auf vom Sitz. »Ich werde das bezeugen, verlaß dich darauf, Herrscher der Barbaren. Solche Gesinnung, solcher Frevel einzelner Schurken muß abgeschüttelt werden vom Römernamen. Ich tu's! Ich tu's! Und tötet mich der Kaiser um der Wahrheit willen ... – er soll die Wahrheit hören. Er und der versammelte Senat.« – »Gut! Du gefällst mir, Alter. Und wann ihr dann den Mörder vor den Kaiser und vor den Senat stellt, dann bindet ihr ihm die Hände auf den Rücken, – diesen Beutel soll er auf der Brust tragen, und ihr fragt dann Chrysaphios, ob er den Beutel kenne? Zu Theodosios aber sagt: so spricht Attila, der Sohn Mundzucks, des Abendlandes Herr:

›Du, Theodosios, und ich, wir haben Eines gemein: von edlen Vätern sind beide wir entstammt. Attila aber hat den Glanz des Vaters gewahrt und noch erhöht, du dagegen, Theodosios, hast den ererbten Glanz geschändet. Nicht nur ein schatzungspflichtiger Knecht Attilas bist du geworden, – nach der allerniederträchtigsten Sklaven Weise zum Morde Attilas, deines Herrn, hast du dich mit anderen Knechten desselben verschwören wollen.‹

Wie ist doch der Römer Stolz so tief gesunken! Ich weiß es noch, in meiner Knabenzeit: wie schlug gleich fernher grollendem Donnerrollen an erschrockener Völker Ohr der Name: Roma! Und Cäsar, Imperator! Als ich meinen Vater fragte: ›sage, wer ist das, der Cäsar? der Imperator?‹ antwortete er rasch: ›Husch, husch, nenne ihn nicht. Der erste Cäsar war ein Gott auf Erden und alle seine Nachfolger haben von seiner Schrecklichkeit und Herrlichkeit geerbt. Und Imperator? Das heißt Herrscher sein über alle Macht und Pracht der Erde.‹

Und nun? Und heute?

Zwei Cäsaren bitten in des Hunnen Holzzelt um Frieden, jeder will mich heimlich auf den andern hetzen. Sie erkaufen den Frieden mit vielem Gold, mit schimpflicher Schatzung. Und dann erfrechen sich diese Römer immer noch, Bilder malen zu lassen, als ob sie die Herren, wir Hunnen die Knechte seien! In dem rauchenden Mailand ritt ich über die Haufen der Erschlagenen hin – neun Kohorten waren's gewesen – in den Palast der Cäsaren; in dem Speisesaal stand ein Bild ganz aus kleinen bunten Steinen zusammengesetzt: kunstvoll, das muß ich sagen. Was stellte es dar? Kaiser Valentinian, wie er auf dem Throne zu Ravenna sitzt in stolzer Siegesherrlichkeit, und neun Barbarenkönige knien vor ihm im Staube und schütten ganze Schilde voll Goldes als Schatzung aus vor seine Füße.

Die beiden vordersten aber, auf deren Hacken er trat, tragen hunnische Tracht, und als ich die Züge näher anschaue, – Bruder Bleda und mich stellte das Lügenbild dar. Schon hatte ich die Streitaxt erhoben, den frechen Betrug zu zerschmettern: – da kam mir ein weiserer Gedanke! Schaut her, ihr Römer: die Wahrheit seht ihr hier!«

Auf seinen Wink schlugen die Diener an der breiten Hauptwand hinter seinem Stuhl die Teppiche zurück: ein umfangreiches Mosaikbild ward sichtbar: es stellte die geschilderte Huldigung dar, alles andere war unverändert geblieben: nur saß statt des Kaisers Attila auf dem Thron und die beiden vordersten, auf die Erde gestreckten Männer in dem ganz treu wiedergegebenen Gewand der Imperatoren – trugen die Züge von Theodosios und Valentinian.

Die Röte des Zorns und der Scham überflog die Stirnen der Gesandten. Attila bemerkte es mit ruhiger Befriedigung: »Zieht die Hüllen wieder vor,« gebot er, »die Wahrheit ist von ihnen schwerer zu ertragen als von mir zu Mailand die verlogene Prahlerei. Aber noch ist das Ärgste, die ärgste Wahrheit nicht gesagt. Einen der Cäsaren hab' ich vor aller Welt als elenden Mörder hingestellt, – nein, er ist zu feige, selbst den Dolch zu führen. Als Anstifter zum Meuchelmord. Und wen will er dingen? Meinen nächsten Diener. Aber der Germane ist zu treu, zu stolz – und ist klüger als die Klügsten zu Byzanz. Nicht mich, die Verräter verrät er. Und wer war willig, morden zu helfen? Ein Gesandter des Kaisers! Das uralte, das heilige Recht der Völker, das selbst die wilden Skythen zu verletzen sich scheuen, mißbraucht der Kaiser zum Morde. Hört es, meine Hunnen, hört es, Germanen und Sklabenen, und alle Völker des Erdballs: ehrlos ist Rom, niederträchtig ist der Römer Kaiser, ein Schandwort ward der Name der Cäsaren, und wie ich hier ausspeie, so speie ich aus meinen Gedanken jede Achtung vor Rom, speie dem Kaisertum ins Angesicht.

Nun aber vernehmt, ihr Gesandten, die Bedingungen, unter denen ich beide Kaiserreiche mit Krieg, das will sagen: mit unabwendbarer Vernichtung! – verschonen will. Ich fordere zu meinen zweihundert Frauen noch eine: Honoria, des Kaisers Schwester. Du rufst, sie ist schon vermählt, Maximinus. Ist das ein Grund? Höchstens für mich könnte es ein Grund sein, sie zu verschmähen. Und gelüstete mich nach des Kaisers eigenem Weib, – er würde es mir geben aus eitel Furcht, die zottigen Hunnengäule wiehern zu hören vor dem goldschlüsseligen Tore seines Palastes. Aber« grinste er – »es gelüstet mich nicht nach ihr: sie soll sehr häßlich sein, die Basilissa. Dagegen Honoria, die schöne, die üppige ...! Schon vor Jahren schickte sie mir heimlich ihr Bild und einen Verlobungsring, Reich und Bruder verratend, den Kaiser anklagend, daß er sie unvermählt verblühen lasse, mich auffordernd, sie zum Weibe zu machen. Ich weiß, daß ich nicht besonders hübsch und kußlich anzusehen bin – und sie weiß es auch! Aber eine Römerin, der das Blut einmal siedend geworden, – den Satan der Christenhölle nähme sie zum Mann. Wohlan, vermählt oder unvermählt, – ich will sie haben. Doch verlange ich eine meiner würdige Mitgift. Ihr habt mir abzutreten alles Land an der Donau der Länge nach von meiner päonischen Grenze an bis nach Novae in Thrakien und fünf hunnische Tagesritte in der Breite: an dem Strome dürft ihr nicht mehr Markt halten – unter solchem Anschein kundschaftet ihr meine Grenzen aus: erst in Naissus.«

Da antwortete ihm unwillig Romulus: »Auch wenn du Honorias Hand erhalten könntest, – auf das Reich würdest du dadurch keinerlei Ansprüche gewinnen. Nach Römer Recht ist das Reich der Männer, nicht der Weiber.« – »Aber nach Hunnenrecht, nach dem ich lebe, erben auch Weiber. Was schert mich Euer Recht? Doch ich bin noch nicht zu Ende. Alle Überläufer gebt ihr heraus: viertausendneunhundertdreizehn sind's, nach meiner Liste. Ihr zahlt die schon früher verlangten fünftausend Pfund Gold, ihr stellt hundert Geißeln senatorischen Standes, ihr schleift die Mauern von Byzanz, Rom und Ravenna, und ihr haltet Ruhe, während ich, wann der Schnee dieses Winters geschmolzen sein wird in den Wäldern der Germanen, alles Land nehme vom Pontus bis zum britischen Meer und von den Säulen des Herkules bis vor die Tore von Adrianopel! Wenn ihr nicht all' das tut, nach jedem Wort, das ich jetzt sprach, dann wehe euch, Byzanz und Rom! Ihr steht allein! Hofft nicht, wie vor drei Jahren, auf die Westgoten. Drei Brüder bedrohen sich dort mit Schwert und Dolch und hadern um den blutbespritzten Thron. Und wagt es der, welcher Sieger bleibt, mir zu trotzen: mein tapferer Freund Geiserich, der Vandale, landet mit tausend Trieren an den Mündungen des Rhodanus: Sueben und Alanen, damals gegen mich, sind jetzt für mich: für mich durch Gold gewonnen die damals gespaltenen Franken, das letzte Häuflein der Burgunden wird zerstampft von den Hufen meiner Rosse – ihre besten Scharen liegen schon seit fünfzehn Jahren erschlagen mit ihrem kühnen König Gundicar auf dem Blutfeld bei Worms! – die Alamannen wagen nicht, meinem Machtgebot zu trotzen, die Thüringe öffnen mir – wie damals – zitternd die Verhacke, die ihre grünen Hage

sperren – Markomannen und Quaden werf' ich als meine Vorhut voraus, Ostgoten, Gepiden, Langobarden, Heruler, Rügen, Skiren, meiner Hunnen westliche Hälfte – all' das walz' ich gegen Niedergang, gegen den Rhein: Gallien und Italien werden mein, Spanien und Britannien werden Geiserichs. Und zu gleicher Zeit fluten gen Aufgang meiner Hunnen östliche Horden mit Anten und Sklabenen, Avaren, Sarmaten, Skythen – mit Völkern, deren Namen ihr noch nie gehört, deren Schrecklichkeit ihr nie erfahren: gar mancher Mann unter ihnen achtet einen Menschenschenkel leckerere Speise denn Rind oder Schaf! – Sie alle schleudere ich am gleichen Tage – meine Söhne führen sie: denn ich will Geiserich die Hand drücken auf den Trümmern von Toulouse! – die Donau abwärts auf Theodosios. Hab' ich doch im fernsten Ost und Süd auch Parther, Perser und Isaurier, Saracenen und Äthiopen gegen euch zur Rache gespornt. Wehe euch an dem Tage, da Parther und Hunne einander lustig entgegentraben im Hippodrome zu Byzanz!«

Er hielt inne, sich weidend an dem Entsetzen der Gesandten. Er schien auf eine Erwiderung zu harren, so erwartend heftete er die Augen auf sie. Ein langes, banges Schweigen entstand. Endlich vermochte der reizbare Rhetor die Spannung nicht mehr zu ertragen: der Drang, zu widersprechen, riß ihn fort, löste ihm die Zunge: ganz tonlos, mit beinahe versagender Stimme, kam die Erwiderung heraus: aber sie ward zur Frage: »Und was ... wenn du all' das nahmst, – was willst du uns gnädig – lassen?« »Die Seelen!« antwortete Attila sofort. »Ja, noch mehr! Dem Großpriester dort in dem entmauerten Rom das Grab jenes jüdischen Fischers, das ihm so teuer ist. Und euch allen – eure Mütter für immer. Eure Weiber, Töchter und Schwestern aber nur so lange, – bis mich einer von ihnen gelüstet. – Still, du da, tapferer Primutus! – Kein Wort! Keinen Seufzer auch! Alles müßt ihr gewähren, alles, was ich will, und fordere ich eure Eingeweide aus euren lebenden Leibern! So hilflos, so rettungslos liegt ihr zu meinen Füßen! Ihr könnt gar nicht widerstehen, selbst falls ihr den Mut dazu fändet. – Geht! Ihr seid entlassen! – Das war der Tag und dies war die Stunde, da Attila, des Kriegsgottes Schwert, Rache nahm an Rom für alle Völker, die es getreten hat viele Jahrhunderte lang.«

Sechzehntes Kapitel.

Ediko führte den gefesselten Vigilius in einen der zahlreichen als Gefängnisse dienenden Holztürme, die, mit starken Türen und fest verschließbaren Läden versehen, an den Ecken der Lagergassen hochragend sich erhoben; ihre flachen Dächer standen von den nächsten Wohnhäusern so weit ab, daß ein Sprung von Dach zu Dach unmöglich schien. Er folgte hierauf den übrigen Gesandten, die, tief gebeugt, langsam schleichenden Schrittes, ihre Wohnung aufsuchten. Bald hatte er sie – auf der Straße noch – eingeholt. Maximinus blieb stehen, wie er ihn erkannte, und sprach zu ihm vorwurfsvollen Blickes: »Du, Germane, hast heute das Römerreich in den Staub der Schande getreten!«

»Das tat nicht ich, nicht Attila, das tat euer Kaiser selbst,« erwiderte der Gescholtene, hoch sich aufrichtend. »Ich hab's nur aufgedeckt.« »Ja,« rief Priscus, unwillig einfallend, »aber – ich sah es scharf! – mit innigstem Behagen.« »Weshalb?« fragte Primutus. »Bist du doch kein Hunne!« grollte Romulus. »Warum dieser Eifer, des Hunnen wahnwitzige Überhebung noch zu steigern?« fragte Maximinus. »Sie stößt ja schon mit dem Scheitel an die Sterne.« »Und woher,« forschte Priscus, »dieser kaltwütige Haß gegen uns? Ich sollte meinen, einem Manne, wie du, – einem Germanen – sollte Rom doch lieber sein – ...« – »Als die Hunnen, meinst du, kluger Rhetor? So dachte einst auch ich, so dachte auch mein Vater. Aber ihr Römer selbst habt mich geheilt von diesem Wahn: schon lange und für immerdar! Sie sind rauh, wild, roh: ihr seid gelehrt, gebildet, fein: aber ihr seid falsch bis in das tiefste Mark der Seele! – Jawohl! Ich hab's erfahren.«

»Rede, daß wir dich widerlegen!« rief Priscus.

»Vor zwanzig Jahren war's. Das schmale Land der Skiren, östlich von Rugiland, reichte nicht mehr aus, die stets wachsende, die unerschöpflich quellende Volkszahl zu ernähren. Denn seit wir, fest seßhaft geworden, die braune Ackerscholle brachen guten Donaulandes, – da mehrten Wodan und Frigg und Frô und Donar unablässig unsere Zahl. König Dagomuth berief das Ding, und das Volk beschloß: ein heil'ger Lenz, der dritte Teil der Männer, Jünglinge und Knaben, durch das Los bestimmt, solle auswandern, in neuem Land ein neues Schicksal suchend. Unsere Sippe, die edelste nach der königlichen, traf auch das Los: auf die Wanderung wies uns Wodan: mein Vater hatte fünf waffenfähige Söhne: ich, der jüngste, hatte eben von König Dagomuth die Schwertleite empfangen. Unsere ganze Sippe, unsere Gefolgen und Freigelassene, wir zogen

die Donau hinunter. Mundzuck, Attilas Vater, forderte uns auf, gegen reichsten Sold in seinen Dienst zu treten: denn der Skiren feurige Kraft und Edigers, meines Vaters, Heldentum war weithin wohl bekannt. Aber mein Vater antwortete: ›der Kaiser von Byzanz hat um unsere Schwerter geworben, zwar um geringeren Sold: aber lieber dien' ich den Römern nur um die Ehre, als den Hunnen um reiches Gold.‹ Der Kaiser siedelte uns an in Thrakien. Wir kämpften hier viele Jahre für Byzanz – gegen die Hunnen, gegen Mundzuck.«

»Ich weiß,« nickte Maximin bestätigend, »mit steter Treue und mit lautem Ruhm.«

»Weißt du auch, Patricius, mit welchem Dank? – – Nach Jahren kamen außer den Hunnen noch andere feindliche Barbaren aus Osten herangezogen: Roxalanen waren's. Wir kämpften unverzagt und dienstgetreu weiter gegen beide Feinde. Der Kaiser aber? Der Kluge erwog, der Roxalanen wären sehr viel mehr als wir: er verriet und verkaufte uns an sie. Plötzlich, zur Nachtzeit, fielen kaiserliche Feldherren, Römer und Roxalanen befehligend, über uns her, mordeten die Wehrlosen im Schlaf, verkauften die Gefangenen auf dem Markt zu Byzanz als Sklaven, schenkten das von uns gepflügte Land und unsere Fahrhabe den Roxalanen. In jener Mordnacht fielen zwei meiner Brüder, zwei andere wurden gefangen fortgeschleppt. Verwundet entkam der Vater mit mir und wenigen Gefolgen in den Grenzwald, in das Gebirge Rhodope. Dort wurden wir aufgegriffen von – Hunnen, Hunnen derselben Horde, die wir jahrelang auf das blutigste bekämpft hatten im Dienste von Byzanz. Man führte uns vor Mundzuck. Wir sahen unsere letzte Stunde gekommen. Der Hunne aber sprach: »Tapfrer Männer Unglück ist uns heilig. Des Römers Treue habt ihr nun erfahren – jetzt erfahrt des Hunnen Wildheit.« Und er löste unsere Bande, er labte uns mit Wein und Speise, und mit eigener Hand pflegte er die Wunde meines Vaters, der ihm gar manchen seiner besten Reiter vom Gaul gestochen hatte. Seitdem dienten wir und diene ich den Hunnen. Wir haben's nie bereut. Mein Vater aber, als er zu sterben kam – von einem Römerpfeil! – hieß mich schwören auf das Schwert bei Eru dem Kriegsgott – laut schwören, was ich mir selbst schon lang im stillen gelobt! – so lang' ich atme, Byzanz und Rom zu hassen und nach besten Kräften zu verderben und solchen Schwur zu vererben von Geschlecht zu Geschlecht, meine Söhne in gleichem Schwur zu vereidigen und die Söhne zu verpflichten, den Enkeln denselben Racheschwur abzunehmen. Ich hab's versprochen und ich hab's gehalten.«

Nach großem Schweigen sprach Maximinus, das würdige Haupt ernst schüttelnd: »Wirklich? Auch die Vererbung! Hast du einen Sohn?« – »Ja!« – »Und den erziehst du im Hasse und zur Rache gegen Rom! Und hast ihn schwören lassen?« »Jawohl, Römer,« rief da eine helle Stimme, »und ich werd's treulich halten.« Ein schlanker schöner Knabe von etwa fünfzehn Jahren, der bis dahin, leise schreitend, unvermerkt dicht hinter Ediko gegangen war und jedes Wort vernommen hatte, sprang nun herzu, umarmte Ediko und huschte wieder fort. »Das war ...?« – »Mein Sohn. Sobald er eidmündig geworden, ließ ich ihn schwören. Und er wird's wahr machen, – mein Odovakar!«

Siebzehntes Kapitel.

An dem späten Abend dieses Tages – die Vorbereitungen für die auf den folgenden Morgen festgesetzte Abreise der Gesandten waren vollendet – saßen die vier Freunde vor den Türen ihres Wohnhauses, nach dem Nachtmahl noch die frische Luft zu genießen; die Sklaven hatten ihnen hier Bänke und Schemel aufgestellt und mit Decken belegt. Ihre Stimmung war so düster wie die schwüle, mond- und sternenlose Nacht, welche sie umgab. In ihrer Nähe, an der Ecke der breiten Lagergasse, brannte ein Wachtfeuer, an welchem ein paar hunnische Krieger rasteten, bereit, in der nächsten Stunde die Bewacher des Westtores der Lagerstadt abzulösen.

Teilnehmend griff Priscus nach der Hand des greisen Senators, welcher, das Haupt auf die Brust gesenkt, manchmal leise seufzte. »Mein edler Freund, leidest du so schwer?« fragte der Rhetor. »Ich bin zerschmettert! Die Schmach! Die Schmach ist das Ärgste. Ich weiß nicht, wie ich leben soll, nachdem ich das von dem Hunnen anhören mußte, ohne es widerlegen zu können.« »Rom und der Erdkreis, sie sind verloren!« fuhr Primutus düster fort. »Wer soll sie retten vor den Hunnen?« seufzte Romulus.

»Germanen! Goten! Franken!« scholl es da plötzlich aus dem Dunkel der Nacht, laut, dröhnend.

»Wer naht?« riefen die hunnischen Krieger, aufspringend von ihrem Feuer und die Speere fällend in der Richtung der im rechten Winkel nach dem Westtor abbiegenden nächsten Lagergasse.

»Wir! Hie Goten! Hie Franken! Hie Thüringe! Hie Alamannen! Hie Friesen! Hie Sachsen! Gebt Raum! Sonst hagelt's Hiebe!« »Wer seid ihr?« fragte der Füh-

rer der Wache. »Gesandte der Völkerschaften, die wir nannten. Am Tore wiesen uns eure Wachen an, sobald wir auf euch stießen, unserer Völker Namen laut auszurufen: dann würde man uns durchlassen. Wir müssen den Herrscher der Hunnen sprechen.« »Und was bringt ihr ihm, wenn's kein Geheimnis ist?« fragte Priscus. »Wir sind auch Gesandte – von Rom und von Byzanz.« »Wird nicht lange mehr Geheimnis bleiben,« lachte der rotlockige Franke. »Er wähnt, alles auf der Männererde muß nach seinen Winken fliegen. Er wird sich wundern, hört er unsre Botschaft.« »Du bist Ostgote,« sprach der hunnische Befehlshaber zu dem ihm nächst Stehenden – »ich kenne dich, Vitigis. Dein König Valamer, der Amalung, – sehnlich wird er von dem Herrn erwartet, – kommt er?« »Die Zeit wird's deinen Herrn lehren. Kommt, Genossen!« antwortete trotzig der Gefragte.

Und waffenklirrend schritten sie nun an dem Feuer vorbei: zwölf Männer, hohe mächtige Gestalten, vom Rücken her phantastisch beleuchtet von der unstet brennenden Glut: von ihren Helmen und Sturmhauben hoben sich Adlerflügel, Wisenthörner, klaffende Bärenrachen und das breitschaufelige hohe Geweih des Elchs: die langen Mäntel, die Felle riesiger Ungetüme des Urwalds, fluteten von ihren breiten Schultern und bis in die Nachtwolken schienen zu ragen die Spitzen ihrer Speere, wann gerade der dunkelrote Glast der aufflackernden Flamme sie traf. – Schweigend, staunend sahen ihnen die Römer nach.

»Die sind nicht zerschmettert!« sprach Maximinus. »Kommt. Laßt uns nun die Kissen aufsuchen: die Kissen, – der Schlaf wird sich nicht finden lassen.«

Achtzehntes Kapitel.

Als die Gesandten am andern Morgen aufbrachen, staunten sie, außer den von ihnen bereit gestellten eigenen Wagen, Sänften und Zugtieren noch mehrere Wagen und edle Rosse vor ihrer Wohnung anzutreffen. »Geschenke Attilas für euch,« sprach Ediko zu den Verwunderten, und den Deckel eines der Wagen aufschlagend, wies er auf hoch gehäufte Pelze hin: »schaut, die kostbaren Felle, wie nur die vornehmsten unsrer Fürsten sie tragen. Aber Geduld! Es ist euch noch ein anders Geschenk zugedacht. Ich erhielt den Auftrag, es zu besorgen. Und ich hab' euch auch sicher bis an die Grenze zu geleiten.« – »Wo ist Vigilius?« »Schon vorausgeschickt!« erwiderte hinzutretend Chelchal, der den Abreisenden ebenfalls, wenn auch nur auf eine kurze Strecke, das Ehrengeleit zu geben hatte. »Der Herr meinte, es könne euch nicht angenehm sein, mit dem in Fesseln gelegten Verräter zusammen zu reisen,« »Er ist doch ganz unberechenbar,« sprach Maximinus leise zu Priscus, »ein lebendiger Widerspruch, dieser Barbar. Goldgierig – ärger als ein byzantinischer Fiskal! – man meint zuweilen, all seine Staatskunst und Weltmacht ziele nur darauf, möglichst viel Gold überallher an sich zu raffen ...–« »Gold ist Macht, o Patricius,« erwiderte der Rhetor, »nicht nur zu Byzanz. Auch diese ungezählten Horden von Skythen belohnt, besticht, gewinnt er nur durch Gold und was er für Gold anschafft –« »Wenn er's nicht nimmt!« grollte Primutus. »Dann aber überrascht er,« fuhr der Senator fort, »plötzlich durch eine Freigebigkeit, die selbstischen Zwecken gar nicht dienen kann. So mir gegenüber. Daß er mich bestechen, meiner Pflicht abspenstig machen könne, stellt er sich wohl nicht vor: auch kann er ja gar nichts nützen, er weiß, daß ich beim Kaiser keinen Einfluß habe ... –« – »Jawohl, denn er weiß, du bist ehrlich.« – »Und doch! Sowie ich mich erbot, die Witwe eines Freundes, des Präfekten Sylla, die mit ihren Kindern in der eroberten Stadt Ratiaria gefangen wurde, loszukaufen, – fünfhundert Goldstücke bot ich dafür – da sah er mich ernsthaft an und sprach: ›Ich gebe dir diese Gefangenen frei – ohne Lösegeld.‹ Weshalb tut er das, der Geldgierige?«

»Du hast ihm gefallen, Greis,« antwortete Ediko, der die letzten Worte vernommen hatte. »Und er wollte dir an Großsinnigkeit nicht nachstehen. Er ist nicht ohne Fehler, aber klein und kleinlich ist er nicht! Und auch in seinen Fehlern ist er groß!« –

Als unter solchen Gesprächen die Gesandten, von Chelchal und Ediko geführt, das Südtor des Lagers durchritten hatten, stießen sie draußen plötzlich auf eine große Schar von Männern, Weibern und Kindern, die mit lautem Freudengeschrei in lateinischen und griechischen Worten die Fremden begrüßten. »Was sind das für Leute?« forschte Maximin überrascht. »Römer, scheint es, nach Gewand und Sprache.« »Ja, Römer sind's,« antwortete Chelchal. »Dreihundertfünfzig Köpfe ... –« »Kriegsgefangene,« fuhr Ediko fort, »die auf des Herrschers Anteil gefallen. Er gibt sie frei – dir zu Ehren, Maximinus. Du sollst sie selbst zurückführen in Vaterland und Freiheit. Er meinte, das sei dir das liebste Gastgeschenk.«

»Heil Attila, dem Großmütigen! Heil Attila! Heil ihm und Dank!« riefen die Befreiten. Und widerwillig, widerstrebend stimmten die Gesandten ein in den begeisterten Ruf. »Seltsam,« sprach nach langem Schweigen Priscus zu Maximin. »Mit einem Fluche gegen das Scheusal schritten wir über seine Grenze, und mit Verachtung ... –«

»Und er zwingt uns, mit einem Wort des Dankes zu scheiden.« – »Und nicht ohne Bewunderung.« – »Ein dämonischer Mann! Es lebt – zur Zeit – auf Erden kein gewaltigerer.« – »Ach leider! Wo ist der Retter, der uns von ihm befreit und seiner fürchterlichen Größe? Ich weiß und ahne keinen!«

Fünftes Buch.

Erstes Kapitel.

Als Chelchal in das Lager und in seine Wohnung zurückgekehrt war, fand er hier einen Boten Attilas, der ihn sofort in das Haus des Herrschers zu holen Auftrag hatte. »Es eilt sehr,« drängte der Mann: »der Herr hat mit mehreren Gesandten verhandelt. Er zürnt. Die Fremden ritten stracks davon.« –

Unbeweglich, wie aus gelbem Holz geschnitzt ein böser Götze, stand Attila in dem Schreibgemache seines Hofpalastes an einem mit Briefschaften und mit römischen Straßenkarten des Abendlandes, zumal Galliens, Germaniens, Rätiens, Vindeliciens, Noricums und Pannoniens, dicht bedeckten Erztisch.

Gespannt, besorgt blickte der Alte auf seinen Herrn: gewaltig mußte der Sturm gewesen sein der Gedanken und der Leidenschaften, der ihn durchbraust hatte: sein Leib war mächtig durchschüttert: die Zornader an seiner Stirn trat, stark geschwollen, hervor. Er schien schwer zu schlucken, zu würgen: er rang nach Luft, nach einem Wort: aber bevor er den Mund zum Sprechen öffnen konnte, verzog es ihm die Lippen wie im Krampf und er spuckte auf den glänzend weißen Teppich, der den Estrich von gestampftem Lehm bedeckte: da ward das Weiß ganz rot.

»Das ist Blut!« rief Chelchal erschrocken, heranspringend.

»Ja,« brachte nun Attila heiseren Tones hervor. »Mein Blut – es stieg mir wie erstickend aus dem Herzen in den Schlund. Bald aber fließt – in Strömen! – andrer Blut.« – Er stockte; nach einer Weile begann er aufs neue: »Chelchal – denk' es – sie haben's gewagt – diese Thüringe – mir – in das Angesicht – zu trotzen! Und weißt du – warum?« – »Ich ahn' es.« – »Nun?« –

»Wegen der Schatzung an Jungfrauen. – Ich warnte!«
– »Gut, daß ich's dennoch forderte! Nun haben sie die
Gesinnung verraten, die sie verderben soll. ›Alles,‹ –
sprach Irminsried, der kecke Thüring, zu mir: – ›was
sonst du begehrst: nimm – wir wissen, wir können deiner Übergewalt nicht widerstehen – nimm all' unsere
Knechte, unsere Rosse, unsere Rinderherden, nimm allen Schmuck der Frauen, – nur dies Eine nicht.‹ ›Gerade das Eine will ich,‹ antwortete ich. ›Was tu' ich mit
eurer bettelhaften Habe!‹ – ›Lieber soll unser Volk ver-
gehn und der Thüringe Name nicht mehr gehört werden auf der Männer Erde.‹ Der Gesandte schwieg, die
Stirne finster senkend. Doch einer zu seiner Rechten
trat vor, faßte seine Hand und rief: ›Getrost, Thüring!
Wir Alamannen stehen an eurer Schildseite. Unsere
Wiesen und Halden hat des Hunnen Strom damals
kaum gestreift: wir lagen abseits seiner fürchterlichen
Straße: wenn ihr aber kämpfen müßt für der Gürtel eurer blondgezopften Mädchen – bei Ziu und Frau Ber-
achta! – dann kämpfen wir neben euch. Unsere sechs
Könige sind darin einig: und als ihr gemeinsamer Bote
sag' ich dir das vor seinen zornigen Augen.‹ Und kaum
war er zu Ende – ich stand sprachlos vor Staunen, vor
Zorn – da trat schnell ein andrer vor und sprach: ›Und
wir Chatten von der Logana und die Ufermänner vom
Mittelrhein und selbst die fernen Salier von des Stromes Mündungen werden euch nicht fehlen. Vor drei
Jahren noch fochten Franken wider Franken: die im
Osten hatte der Überwältigt da fortgerissen gegen die
eignen Stammesgenossen im Westen: und schon hätte
sein gleißend Gold beinahe jetzt auch die Könige im
Westen gewonnen: als aber die Kunde dieses Greuels
zu ihnen drang, – dieser Schatzung! – da beschlossen
sie, ihm seine Geschenke zurückzuschicken – sie sind
schon unterwegs! – Gar manche alte Sage der Thüringe weiß zu melden von eurer und unsrer Ahnen blutigen Kämpfen an dem Grenzhag. Aber als dieses
Scheußliche ruchbar ward in unsern Walddörfern, da
haben unsere Fürsten geeidet, – und geeidet haben alle
zehn Könige der Franken – zu vergessen den alten
Groll. Des Chatten Speer und des Franken Streitbeil
werden euch nicht versagen, gilt es die Befleckung abzuwehren, daß nicht die lichten Götter Solches schau-
en. Bei Wodan und Frau Holde: baut auf uns! Und das
Herrn Attila ins Angesicht zu sagen, dazu entsandten
mich alle die Richter der Chatten und diesen Childi-
bert da die Könige der Franken. Zuletzt aber trat hervor ein eisgrauer Recke, – riesengroß! – mehr einem
ihrer aus Eichenbäumen gehauenen Götter sah er ähnlich als einem Sterblichen! – der zog ein langes Stein-
messer aus dem Wehrgurt – drei meiner Fürsten spran-

gen sorglich vor – er hatte es zu verbergen gewußt bei
der Abnahme der Waffen – aber er legte nur die Finger
der Schwerthand daran und sprach: Ich eide auf den
Sachs bei Sachsnot! Mich, Horsawalt, senden die
Sachsen von der Mündung der Wisurgis. Und also
sprechen sie: schickt, ihr Thüringe und alle Thüringe-
genossen in diesem heiligen Krieg, eure Weiber und
Kinder zu uns: viel tausend Schiffe liegen an den Kü-
sten von Sachsland und Friesenland: denn auch die
Friesen haben's geschworen, – Ratbod hier, der Asege,
der wird's bestätigen, – weichet kämpfend bis an unser
Gestade: dort schlagen wir alle zusammen die letzte
Schlacht: sie soll dem letzten Kampf der Asen gleichen! – Erliegen wir, so nehmen die treuen Kiele zu
den Weibern und Kindern an Bord auf, was noch atmet
von Männern, und tragen sie durchs freie Meer nach
sichern Eilanden. Laß doch sehen, ob die Hunnengäule
uns nachschwimmen werden durch die Wogen der
Brandung. Vorher aber reißen wir ein die uralten Dei-
che, die göttergeheiligten Landwehren, und ersäufen
Roß und Reiter. So wird das Land Meer, doch bleibt es
frei.' Und nun faßten sie sich an den Händen, der Alamanne, der Thüring, der Hesse, der Franke, der Sach-
se, der Friese, und trotzig schritten sie hinaus, – einig –
sie! – die sich immer zerfleischt.« Erschöpft hielt er
inne, tief Atem holend ...

»Ich warnte,« wiederholte Chelchal. »Jetzt ist es zu
spät. Ich warne nicht mehr. Nachgeben darfst du nicht.
Biete nun rasch die Gepiden auf und die Ostgoten.«
Aber grimmig nickend lachte Attila: »Sie weigern sich,
zu kommen! Der Amaler läßt mir sagen: ein Wunsch-
gelübde, ein Opfer halte ihn zurück in seinem Land,
im heiligen Walde der beiden Götterjünglinge. Hui,
bin sein Gott, und mir hat er zu opfern! Ich ahne den
Wunsch dieses Gelübdes! Er gilt meinem Leben, daß
es noch recht lange währe! Meinen Söhnen hat er nicht
geschworen, denkt er wohl, wie der Gepide. Als ich
Valamers Boten erwiderte, ihres Königs Brüder, die
Unterfürsten Theodimer und Widimer, würden auf
mich mehr als auf ihren Oberkönig hören, sprach der
Freche: ›Die Goten haben gelernt, ihrem König und
nur ihrem König zu gehorchen.‹ Da erzählte ich – statt
der Antwort – dem Trotzigen das Geschick Karidads,
des Häuptlings der Atatziren. Der schlaue Sarmate
weigerte sich ebenfalls, der Einladung vor mein Angesicht zu folgern: ›Kann kein Sterblicher,‹ ließ er mir
sagen, ›in die Sonne Angesicht schauen, wie könnte
ich in das Angesicht des größten aller Götter schauen?‹
›Er wähnte, auf die steilen Felsklippen seiner Berge
könnten unsre Rosse nicht gelangen; aber sind schwin-
delfrei, unsere Pferdchen, kletterten hinauf wie die

Ziegen.‹ ›Und du bringst,‹ gebot ich dem Gesandten, ›König Valamer als mein Geschenk dort jenen Ledersack, der vor meinem Schlafhaus an dem Pfosten hängt. Der Kopf des schlauen Fürsten steckt darin. Mein Sohn Ellak hat ihn mir geholt. Nun sind seine offenen Augen doch auf Attila gerichtet worden, aber starr, tot.‹« »Und der Gepide?« forschte Chelchal. »Ardarich ist treu.« – »Aber klug. Er will nicht kommen, will nicht auch meinen Söhnen schwören müssen. Er läßt mir sagen, er habe sein ganzes Heer aufgeboten, einen drohenden Angriff der Uturguren abzuwehren. Er hat nichts abzuwehren! Ich selber schütze meine Knechte.« Wieder hielt er inne; diesmal durchmaß er mit langen Schritten aufgeregt das Gemach.

»Wenn es wahr wäre!« begann er aufs neue. »Wahr würde! Wenn sie wirklich lernten, ihren Königen gehorchen und sich verbünden! Es wäre das Ende! Sie dürfen es nicht lernen! Ich lasse ihnen keine Lernzeit dazu. Schnell, Chelchal! Wir warten nicht, wie ich wollte, das nächste Frühjahr ab. Sofort brechen wir auf. Ich zerstampfe sie zuerst, diese tollkühnen Germanen im Westen, diese meuterischen Knechte von der Moldava bis zum Rhein. Ihre Saaten, die Zäune ihrer Gehöfte, ihre Gehöfte und ihre harten Schädel – Alles unter die Hufe meiner Rosse oder unter die sengende Flamme! Diese Thüringe! Wie? Dreihundert ihrer Jungfrauen wollen sie nicht preisgeben? Wohlan! So soll, bevor die Blätter von den Bäumen fallen, in ihrem Lande weder Jungfrau noch Weib mehr ihres Namens atmen. Erst in die Schande mit ihnen, dann in die Flüsse! Und die Männer? Angenagelt an die Bäume! Reihenweise. Seltsame Eckern sollen sie tragen, die Eichen und Buchen ihrer waldgrünen Hage! Wo diese jetzt die hohen Wipfel rauschen lassen, soll Ödland liegen, unsern Steppen gleich. Dann werden ihre treuen Nachbarn sich besinnen, ob sie die Ausbrennung, die Ausmordung teilen oder mir die Geißel küssen wollen. Den Amaler aber soll mir sein Freund, der Gepide, beischaffen: oder beider Köpfe wandern in denselben Ledersack.«

»Und wann, Herr, brichst du auf gegen die ... Thüringe nennt man sie jetzt: als ich ein Knabe war, hießen sie noch Hermunduren. Wann?« – »Morgen!« – »Du vergissest: übermorgen beginnt das Fest Dzriwills, der großen Rossegöttin, an dem alle Waffen ruhen und Blutvergießen, auch in todeswerter Verbrechen Bestrafung, schwerster – unerhörter! – Frevel wäre. Und du hast zu diesem Fest – vielmehr schon vorher! – beschieden den Rugenkönig, der die Tochter eigenmächtig verlobt hat und zu dem Fest – schon früher – alle seine – ...« »Treuegenossen und

Schicksalsgenossen!« rief der Herrscher, das Haupt auf dem kurzen breiten Stiernacken aus den hohen häßlich gekrümmten Schultern reckend, und wilde Freude funkelte aus den vorstehenden starr blickenden Augen. »Ei ja: die laufen mir gerade recht in die Hände! Bin in der richtigen Stimmung für sie! Den Feuerkopf von Bräutigam! – Und die Braut, – wie sagte doch der Knecht, den die Raben gefunden auf jenem Donauwerder? – schlank, aber üppig, und weiß! – Ich erwarte sie: – alle! –«

Zweites Kapitel.

An dem folgenden Tage meldeten hunnische Spähreiter das bevorstehende Eintreffen des Rugenkönigs und der Seinen; Ellak geleite sie.

»Sind mir sehr willkommen,« sprach Attila, behaglich mit dem mächtigen Haupt nickend und über die wulstigen Lippen streichend. »Ellak? Ah ja, er hat die Königstochter ihrer Hochzeit zugeführt! Das paßt für ihn! Chelchal, du bereitest alles vor! Du empfängst diese treuen Germanen von der Donauinsel. Du führst sie in die schönsten Gastwohnungen. Du lädst sie zum Morgenimbiß auf den folgenden Tag – auf die dritte Stunde genau – in dein Haus. Und auf den Abend lädst du sie alle, den treuen Königsgreis, den harfenkund'gen Königssohn, die schlanke Braut, – in meine Gasthalle zum Nachtschmaus. – Wo sind Wisand der Heruler, Rothari der Langobarde, Vangio der Markomanne und die Sklabenenfürsten Drosuch, Mclituch und Sventoslav?« – »Alle geladen, Herr, und alle unterwegs! Sie können noch nicht hier sein. In den nächsten Tagen müssen sie, wie die Späh-Reiter meldeten, eintreffen.« – »Es ist gut. Wachsam wachen sie, meine Späh-Hündlein! Muß ihnen doch wieder mal eine Römerstadt zur Plünderung und Vergnügung schenken. – Aber schicke den Anrückenden starke Geschwader entgegen: – sie könnten vernehmen, was morgen hier geschieht: – sie müssen weder umkehren noch ausweichen können – hierher müssen sie alle.«

Gegen Abend trafen Wisigast und die Seinigen ein. Die Ankömmlinge wurden durch Chelchal in mehreren Häusern untergebracht, die Gefolgen getrennt von den Herren, der Rugenkönig, Ildicho und deren Magd in einem Haus, Daghar – allein – anderwärts. Gleich bei ihrem ersten Gang durch das Lager ritt durch das Westtor ein und ihnen entgegen ein stattlicher Krieger, der sie anrief in der Mundart der Suaden. »Gerwalt – du?« sprach Wisigast erstaunt. »Was führt dich her,

Mann der klugen Vorsicht?« fragte Daghar, noch immer grollend. »Unkluge Unvorsicht! Wir nennen's – Treue!« rief der Graf und sprang vom schaumbespritzten Hengst, den er einigen Gefolgen übergab. »Es litt mich nicht zu Hause, – während ihr die Köpfe in das Lager der Wölfe tragt. Merket wohl: auch jetzt nicht teil' ich eure Anschläge. Noch einmal warn' ich! Steht ab!« »Ich hab's geschworen,« rief Daghar, »bei Ildichos goldbraunem Haar. Nicht eher wird sie mein.« – »So seid ihr denn verloren. Ich aber will versuchen – bis zum letzten Augenblick – euch zu retten: wo nicht, teil' ich euren Fall. Oft, wann ich im Lager war, hat er mir Gefangene zur Bewachung anvertraut, vielleicht auch euch überweist er mir. Ein Freund, nicht in eure Schuld verstrickt, nicht beargwöhnt, aber entschlossen, euch zu retten, kann viel tun.« »Du wagst dein Leben,« sprach Wisigast. »König der Rügen, kennst du dieses Schwert?« – »Es war das meine. Du hast es heldenhaft geführt. Ich gab es dir bei deiner Schwertleite – mit Ardarich – der gab dir den Speer: – das sind nun zwanzig Jahre.« »Das eben kann ich nie vergessen. Ich rette dich oder ich sterbe.

– Lebe wohl für jetzt. Schon achten die hunnischen Reiter dort auf unser Geflüster. – Heda, ihr Hunnen,« rief er, »führt mich zu eurem Herrscher! Wißt ihr vielleicht, wo in der Nahe die Gepiden stehen? Ihr Heer brach auf.« Er verschwand mit seinen wenigen Gefolgen unter einem ganzen Schwarm von Hunnenreitern.

»Ich tat ihm Unrecht! Ein treuer Mann!« rief Daghar. »Treu wie ein Alamanne,« sprach der König, ihm lange nachblickend.

Drittes Kapitel.

Am folgenden Morgen ganz früh berichtete Chelchal, alles habe er ausgeführt und vorbereitet, was ihm – offen oder geheim – befohlen sei. Attila nickte; dann fragte er mit finsterer Miene: »Wo bleibt Ellak? Weshalb meldet er sich nicht bei seinem Herrn? Steckt er noch immer bei der Braut – eines andern?« – »Nein, Herr! Dein Sohn ist gar nicht mit eingeritten in das Lager. Vor dem Tore stieß er auf Dzengisitz. Dieser teilte ihm deinen Befehl mit, daß beide Brüder gemeinschaftlich die Geiseln Volibuts, des besiegten Sklabenenfürsten, an der Furt der Theiß in Empfang nehmen und hierher führen sollten. Sofort gehorchte er, – ›sichtlich sehr ungern,‹ meinte der Rugenkönig, der mir das berichtete.«

»Ja, ja,« grollte der Vater. »Er wollte sich wohl abermals bei mir verwenden für diese drei. Und sie lieben sich nicht, die beiden Brüder. Gerade deshalb zwing' ich sie so oft zusammen. Sie müssen's lernen, sich ertragen, sich vertragen. – Nun geh! – Die dritte Stunde naht. – Geh; ich folge, allein.« – »Herr, du sagtest hiervon nichts: willst du in meinem Hause den Morgenimbiß teilen?« – »Nein. Schweig' und geh. Du holst deine Gäste selbst ab in ihrer Wohnung und führst sie an dein Haus durch die große Hauptstraße des Lagers. – Rasch! – Ich bin ungeduldig.«

Als Chelchal die drei Fremden an sein Haus geleitete, stand in dem schmalen hier einbiegenden Quergäßlein auf der erhöhten Schwelle des Eckhauses, in den bergenden Vorsprung der Türe gedrückt, ein Mann in rotbraunem Mantel, dessen Kapuze er über Kopf und Stirn bis an die Augen gezogen hatte. Den unteren Teil des Gesichts bedeckte er mit dem Mantelsaum: ganz unbeweglich stand er. Nun ward Ildicho voll sichtbar: da fuhr er zusammen, sein starker Leib erzuckte wie vom Blitze durchschüttelt.

Die Pforte von Chelchals Hause schloß sich hinter den Gästen.

Da schlug der im Mantel die Hüllen zurück: sein gelbes Antlitz erglühte in roter Lohe: seine Augen funkelten wie des Wolfes Lichter: »Ah,« stieß er hervor. »Nie sah ich so viel Reiz. Nie, niemals im Leben verspürte ich solches Entbrennen! Sie ist's! Sie wird mir den wahren Erben bringen: – den Herrn der Welt.«

Viertes Kapitel.

Die Stunde des Mittagsmahles war gekommen.

Die hunnischen und die übrigen für heute geladenen Gäste – es waren etwa dreihundert, nahezu ausschließlich Männer – hatten die ihnen angewiesenen Sitze in der großen Empfangshalle, die zugleich als Speisehalle diente, eingenommen. Jetzt führte Chelchal Wisigast, Ildicho, Daghar und deren acht Gefolgen herein. Gerwalt der Alamanne fehlte: vergebens sahen sich die beiden Germanen nach ihm um: auf ihre Frage erwiderte man, Attila habe befohlen, den Suaben nicht heute, erst morgen zum Mahle zu laden.

Gleich sowie sie die Schwelle des Eingangs überschritten hatten, wurden sie von Mundschenken begrüßt – schönen Knaben, die von Gold glitzerten und von bunter Seide: sie reichten den Gästen silberne Schalen dar: diese mußten, so bedeutete sie Chelchal, nippen und einen Heilwunsch für Attila ausrufen. Den Herrscher sahen sie in weiter Ferne, durch den ganzen Raum der großen Halle von ihnen getrennt, gerade gegenüber dem Eingang in der Mitte des Halbrundes sitzen auf einer galerieähnlichen Erhöhung, die von reichgeschnitzter Brüstung umhegt war. Vor den hohen schmucklosen Holzschemel, auf dem der Herrscher kauerte, war ein länglicher Tisch gestellt, ganz aus gediegenem Gold mit vier kurzen Füßen in Drachengestalt: rot funkelten deren Augen: es waren Rubine. Hinter dem Schemel führten mehrere Stufen zu einer Türe, der Türe des Schlafsaals. Zwischen den Holzpfeilern an den Seitenwänden waren heute Tische, Bänke und Schemel aufgestellt in großer Zahl: verschwenderische, rohe, sinnlos überladene Pracht war hier entfaltet: die Tische, die Sitze waren von Silber oder von den kostbarsten Marmor- oder Holzarten; die Decken, Polster und Kissen von chinesischer Seide, die Schüsseln, Teller, Becher, Schalen, Humpen, die römischen Mischkrüge, die germanischen Trinkhörner blendeten durch den Glanz ihres Edelmetalls, durch die funkelnden Perlen und Steine, die sie schmückten: aus drei Erdteilen waren diese Schätze als Beute, als Loskaufspreis, als erpreßte Geschenke hierher zusammengeströmt seit Jahrzehnten. Die Tische und Sitze zogen sich auf den beiden Längsseiten des Halbrunds von dem Eingang gegen den Hochsitz des Hausherrn hin.

Als Ehrenplätze galten die Sitze, welche in der Reihe zur Rechten Attilas, den Stufen zu dessen Hochsitz zunächst, angebracht waren: zu diesen Sitzen geleitete nun Chelchal die drei Gäste: doch wurden sie nicht nebeneinander gesetzt: Wisigast und Daghar waren links und rechts von je zwei hunnischen Fürsten umgeben; weiter nach der Türe zu saß Ildicho zwischen der gefangenen Gattin eines römischen Magister militum und der vergeiselten Tochter eines Häuptlings der Anten: beide waren sehr reich gekleidet und geschmückt; aber sie schienen keine Freude an ihrem Putz zu haben; die junge, hübsche, mädchenhafte Geisel blickte stier, wie dem Leben abgestorben, nur den Tod erhoffend, herab auf ihren Schoß; die Römerin, eine prachtvolle Matrone von junonischer Fülle, warf einen Blick tiefen Mitleids auf Ildichos herrliche jungfräuliche Gestalt; sie seufzte und reichte ihr schweigend die Hand. Es waren die einzigen Frauen, die Ildichos suchendes Auge fand. Die Gefolgen des Rugen und des Skiren waren auf der andern, der linken, Seite der Halle verteilt, weit voneinander getrennt, untergebracht worden.

Als die drei Gäste vor ihren Ehrenplätzen standen, gebot ihnen Chelchal, sich vor Attila, dessen Augen scharf auf sie herunterblitzten, zu verneigen. Daghar beugte dabei das stolze Haupt nicht so tief, als es der Herrscher zu sehen gewohnt sein mochte: ein drohender Blick traf ihn: dem König nickte er nicht ungnädig zu: als sein Auge das Mädchen – scheinbar – zuerst erreichte, (– er hatte gleich bei ihrem Eintreten die Gestalt mit brennendem Blick in sich gesogen –) da schloß er es halb – wie wohl das Krokodil pflegt – und blinzelte nur unter den Wimpern hervor: – er schien ihrer gar nicht zu achten.

Ildicho sah den Schrecklichen zum ersten mal: aber sie erschrak nicht, entsetzte sich auch nicht ob seiner Häßlichkeit: hoch sich aufrichtend sah sie ihm fest, trotzig, drohend in das Gesicht: solch kalten, abgrundtiefen, tödlichen Haß erkannte er in diesem Blick, daß er unwillkürlich die Augen nun wirklich ganz schloß: ein leises Frösteln lief ihm über den Rücken; als er das Auge wieder öffnete, mied er das ihrige, das, – er fühlte es – noch immer auf ihn gerichtet war: er sah auf ihren reizvollen Mund, auf die herrlichen weißen Arme: aber nicht mehr in dies Auge! –

Nun erst, nach langer Musterung der drei Gäste, sprach er zu ihnen: »Gut, daß ihr endlich kamt. Erst den Gastwillkomm. Von Geschäften nachher. Ich denke, wir feiern dann heute noch die Verlobung. – Und die Hochzeit,« schloß er, langsam. Ganz erstaunt über so viel Gnade blickten die Hunnen und die andern Gäste auf die so huldvoll Begrüßten, die, nicht minder überrascht, nun sich niederließen.

Fünftes Kapitel.

Als jetzt auch diese zuletzt eingeführten Gäste Platz genommen hatten, bot ein reich gekleideter Mundschenk kniend Attila eine schwere, durch Kunst der Arbeit und durch Gewicht kostbare Schale Weines; dieser führte sie an die Lippen, trank aber keinen Tropfen, sondern reichte sie dem Mundschenken zurück, mit dem Blicke nach Chelchal deutend. Diesem brachte nun der Schenk die Schale. Chelchal stand auf, verbeugte sich tief vor dem Herrscher, trank und gab die Schale zurück. Der Schenk schritt nun, in gleicher Weise kredenzend, zuerst die rechte, dann die linke Seite der Sitze ab. Aber ein besonderer Schenk stand hinter jedem Gast, der unablässig dessen Becher füllte. Für drei oder vier Gäste war je ein langer schmaler Tisch zurechtgestellt, so daß jeder von seinem Platz aus bequem zu jeder der vielen Schüsseln gelangen konnte, welche die mannigfaltigen Gerichte – hunnischer, römischer, germanischer, slavischer Küche – trugen. Andere erlesene Speisen aber wurden besonders aufgetragen. Zuerst erschien ein Diener mit einer Marmorschüssel, gefüllt mit allerlei gebratenem Wildgeflügel, dem Schopf, Schwungfedern und Schweif belassen waren. Er reichte sie zuerst Attila. Dieser aß – aus hölzerner Schüssel – nur Fleisch, mächtige Stücke, blutige, halb rohe; weder Brot noch irgend welche Zukost genoß er. Und während das Tafelgeschirr der Gäste von eitel Gold und Silber leuchtete und die edelsten Weine sie labten, trank Attila Quellwasser aus hölzernem Becher. Als diese erste Sendung von Schüsseln wieder abgetragen war, erhoben sich auf einen Wink Chelchals alle Gäste, leerten die aufs neue gefüllten Becher mit abermaligem Heilwunsch für Attila und setzten sich wieder, die zweite Reihe von Schüsseln, andern Inhalts, in Empfang zu nehmen und nach deren Erledigung Heiltrunk und Heilwunsch zu wiederholen.

Obwohl es noch nicht dunkelte, wurden doch, um das Tageslicht, das nur von oben durch die offenen Dachluken fiel, auszuschließen, quer an der Decke Vorhänge vorgezogen und die an den Pfeilern der Halle – in feuersicherem Abstand – in eisernen Haken angebrachten Pechfackeln angezündet. Da staunten die Gäste: denn wechselnd brannten die Fackeln in andrem, dunkelrotem, blauem, grünem, gelbem, hellrotem, weißem Licht, das gar seltsam auf den Helmen und Brünnen der Krieger glitzerte.

Plötzlich aber belebten sich Attilas todesstarre Züge: ein fürstlich gekleideter schöner Knabe von etwa fünfzehn Jahren hüpfte über die Schwelle der Eingangstüre, und durch alle Pfeiler, Bänke, Tische und Reihen der Diener rasch und geschickt sich windend, flog er zuletzt die Stufen des erhöhten Sitzes hinan, kniete neben Attila nieder und schmiegte das Köpflein, von langgeringeltem, reichem, blauschwarzem Gelock umflattert, an dessen Knie, die schönen, großen, dunkelbraunen Rehaugen – sie schwammen in bläulich angehauchtem Weiß – zu ihm aufschlagend. Da zog es fast wie ein Lächeln um des Fürchterlichen starre Züge hin; mit Rührung, mit Wohlgefallen ruhten seine Augen auf dem Knaben. Er strich ihm über die pfirsichflaumige Wange und hob ihn auf ein Knie.

Dann wählte er einen leckeren Bissen Fleisches aus der vor ihm stehenden Goldschüssel und schob ihn zwischen die kirschroten, vollen Lippen, in die glänzend weißen, gleichgerichteten Zähne, die herzhaft zubissen.

»Wer ist der Knabe, der solchen Zauber übt?« fragte Daghar Chelchal. »Ernak, sein Lieblingssohn! Von ei-

ner Königstochter, die unsres Herrn Liebe aufgesucht hat.« »Die Arme war also blind?« erwiderte Daghar sofort. »Nicht so blind wie du;« finster, drohend war der Ton der Antwort.

»Väterlein,« schmeichelte der Verhätschelte und strich dem Schrecklichen den borstengleichen Bart. »Das Fleisch – Elchfleisch – ist gut. Aber Menschenfleisch schmeckt besser.« Betroffen sah ihn der Vater an: »Was redest du da?« – »Die Wahrheit, Väterchen. Meine alte Amme, Zdanza, weißt du? – sie darf mich immer noch besuchen, und sie bringt mir immer etwas mit! – brachte mir gestern, in ein Tüchlein geschlagen, ein großes Stück Fleisch, das war gar knusprig gebraten. Ich aß es auf, ganz auf und schrie dann nach mehr. ›Ja, mein Augapfel,‹ erwiderte die Alte, ›mehr? Ein andermal denn! Ein Mann hat nur ein Herz – und damit wurden deine lieben scharfen Zähnlein rasch fertig.‹ ›Was?‹ fragte ich, ›war das ein Menschenherz?‹ Und fast wollte mir ein wenig grausen: – aber ich gedachte, wie lecker es geschmeckt, und leckte mir die Lippe noch nach. ›Ja, mein trautestes Herzblümchen! Ich erbat mir die Leiche des jungen Goten, den sie heute gerädert haben, weil er dein großes Väterchen einen Werwolf gescholten hatte, schnitt ihm das noch zuckende Herz heraus und briet es meinem schönen Goldpüppchen. Nun bist du gegen Gift gefeit und wirst nie mehr mit Menschenherzen töricht Mitleid hegen.‹ Wie dumm, Väterchen! Als ob ich schon bisher jemals Erbarmen verspürt hätte! Meine größte Freude ist es ja, den Hinrichtungen zuzuschauen. Hab' ich meine Reitübung gut gemacht, nach meines Lehrers Ausspruch, erbitte ich mir stets zur Belohnung einen Kuchen aus Byzanz oder – mit schießen zu dürfen, werden Gefangene erschossen. Gib mir zu trinken, Väterlein! Wein, nicht dein dünnes Wasser – Wein! Gleich gibst du mir Wein! Nein, nicht gelben; roten, Pannonier will ich, oder ich weine. Und das verdirbt meine schönen Augen, sagt die Amme. So! Das war ein Schluck, – und rot wie Blut ist der Wein. – Aber, Väterlein, wann ich erst auf deinem Throne sitze ... –« »Eilt es?« fragte Attila; er warf einen Blick auf Ildicho. »Dann trink' ich nur Wein, nicht Wasser! Und nun ich weiß, wie lecker ihre Herzen schmecken, lass' ich mir alle Tage einen jungen Goten schlachten.« – »Wenn aber gerade keiner zum Tode verurteilt ist, mein Söhnchen?« – »Dann verurteil' ich eben einen.« – »Und warum? Was ist sein Verbrechen?« »Daß er nichts dazu getan hat, seinem Herrn einen guten Braten zu liefern,« lachte der Junge aus vollem Halse, die weißen Zähne zeigend und vor Vergnügen über seinen Witz die schwarzen Locken schüttelnd. Und Attila küßte ihn zärtlich auf die Stirn und auf beide Augen.

Daghar blickte stumm zu Wisigast hinüber. Ein Hunne – es war Fürst Czendrul – hatte den Blick aufgefangen: »Das gefällt dir nicht, Skire?« höhnte er. »Ja, ja! Der Junge ist prächtig. Ist noch schärfer fast als Fürst Dzengisitz. Freut euch, falls ihr auf seinen Erbteil kommt.« Und er stieg wieder einmal zu dem Knaben hinauf. Denn manche Fürsten der Hunnen zwar kamen nun im Laufe des Gelages zu dem verhätschelten Liebling des Vaters, streichelten ihn, küßten ihn, brachten ihm leckere Bissen in ihren schmutzigen Fingern, ließen ihn, was er gierig annahm, aus ihren Bechern trinken. Keiner aber trieb es darin so auffallend wie Czendrul, der den Knaben gar nicht mehr aus seinen Armen ließ. Unwillig sah es Attila mit an; als Chelchal einmal mit einer geheimen Meldung zu ihm herantrat, flüsterte er ihm, auf des Fürsten Schmeicheldienste deutend, zu: »wenn der wüßte, wer meines Reiches Erbe wird, – wie würde er jetzt schon Schön Ildicho schmeicheln.«

Sechstes Kapitel.

Zornmütig, hitzig hatte der junge Königssohn erwidern wollen. Aber das Wort ward ihm überdröhnt von lautem Lärm, der hart vor der Eingangstüre sich erhob: verworrene, scheltende, zankende Stimmen. Attila beugte nur ein klein wenig das Haupt vor und hob den Knaben von seinem Knie: – der Geschmeidige kauerte nun zu seinen Füßen und wußte unbemerkt, sowie der Vater anderswohin schaute, von den neben ihm stehenden niedrigen Kredenztischen einen Becher Weines nach dem andern zu erhaschen und leer zu trinken, so daß er allmählich anfing, hin und her zu schwanken mit schwerem, rotglühendem Kopfe.

Schon waren die Torwächter hinausgeeilt, die Lärmenden zu schweigen und zu strafen: aber unsanft wurden sie auf der Schwelle zur Seite gestoßen von einem ungestüm Hereindringenden. Dzengisitz war es, grimmig, grell lachend vor Wut. Hinter ihm schritt Ellak; noch bleicher als sonst war sein trauriges, edles Gesicht.

Dzengisitz, ein paar Jahre jünger als dieser, trug einen kostbaren, mit seltenstem Rauchwerk bunt besetzten und verbrämten hellroten Seidenmantel, der nicht bis an die Knie reichte, darunter ein Wams ebenfalls von reich mit Gold besticktem edlem Pelz, die Haare

auf der linken Seite des Leibes nach innen, auf der rechten nach außen gekehrt, so daß er halb schmutzig gelbweiß, halb tief dunkelbraun aussah. Auf dem Rücken hing ihm oberhalb des Mantels an breitem dunkelrotem Purpurband ein mit Perlen und Edelsteinen dicht besetzter Köcher, am unteren Ende gekrümmt und vollgepfropft mit kleinen spitzigen Bolzen von Rohr; in der Rechten schüttelte er ungebärdig die entzweigebrochenen Hälften eines langen hunnischen Hornbogens. Seine Züge waren denen Attilas sehr ähnlich und zeigten alle Merkmale echtester hunnischer Eigenart: nur fehlte ihm alle Größe und jene majestätische Ruhe, die für den Vater auch dem Widerstrebenden zuweilen Bewunderung abzwang. Unstet fuhren die häßlich vorstehenden Augen hin und her, unaufhörlich zuckten in wilder Leidenschaft die wulstigen Lippen.

»Pfoten weg, du Hund!« schrie er den letzten Torwächter an und hieb ihm mit den spitzen Bogensplittern über die Hand, daß das Blut heraussprang, »Wer hemmt des Herren Sohn auf seinem Wege zum Vater, den Kläger – oder« – lachte er grimmig – »vollends den Angeklagten!– auf dem Wege zu seinem Richter?« Schon stand er – mit einem Satz hatte er die Stufen übersprungen – dicht vor Attila. »Ja, Väterchen, da der Halbgote klatschen will, ist es schlauer, ich sage dir alles selbst und statt mich anschwärzen zu lassen, verklage ich ihn!«

»Streit unter meinen Söhnen? Im Unrecht beide!« sprach der Vater; aber sein strafender Blick traf nur Ellak allein, der nun langsam, gemessenen Schrittes, die Stufen heraufstieg.

»Es ist gar der Rede, nicht eines Wortes ist es wert,« begann Dzengisitz wieder. »Auf der staubigen Straße reiten wir hinter den Geiseln. Es ist sehr langweilig, sehr öde. Ich wette – aus eitel Langweile! – mit meinem Bogenträger: ich treffe jedesmal zwischen dem aufgespreizten dritten und vierten Finger eines Menschen. ›Du hast leicht wetten, Herr,‹ lächelte der ungläubig. ›Du findest keinen, der dir still hält zu der Probe.‹ ›Doch!‹ rief ich und befahl dem nächsten der Vergeiselten, der vor meinem Gaul dahinkeuchte in der heißen Sonne, – es war ein zwölfjähriger Junge, der Sohn des besiegten Sarmatenfürsten – die linke Hand aufgespreizt an den nächsten Baum zu legen und nicht umzuschauen. Der gehorchte. Ich nahm meinem Knecht den Bogen ab, spannte, legte den Bolzen auf und zielte. Da dreht der unfolgsame Knirps den Kopf um. Er merkt, was ich vorhabe! Der Feigling schreit auf vor Entsetzen, dreht sich ganz um und, statt an den

Baum, drückt er die beiden aufgespreizten Hände in Todesangst vor das Gesicht. Ich ziele sehr scharf und – wie ich gewettet! – zwischen dem dritten und dem vierten schmalen Finger des Knäbleins schoß ich mitten durch.«

»In sein linkes Auge!« schloß Ellak, bebend vor Entrüstung. »Und da der aufschrie und ihm fluchte, drohte dein Sohn Dzengisitz, falls er nicht schweige, ihm auch das andere Auge auszuschießen. Er spannte schon wieder. Da sprang ich zu, entriß ihm den Bogen ...« »Und zerbrach ihn mir am Knie!« schrie Dzengisitz wütend. »Da! Da liegen – zum Beweise – die Trümmer!« Er warf beide Stücke Attila zu Füßen. »Meinen besten Bogen! Wegen eines Kindes! Eines Vergeiselten! Strafe den Sohn der Gotin, Vater, oder bei der Rossegöttin: – bevor ihr Fest beginnt – blutig straf' ich ihn selbst.«

Unbewegter Miene sprach Attila: »Wo ist der Knabe?« »Er blieb am Wege liegen,« antwortete Dzengisitz kurz, achselzuckend. »Tot ist er,« rief Ellak. »Er starb in meinen Armen.« »Hört meinen Spruch, ihr ungeratenen Söhne,« sprach Attila. »Du, Dzengisitz, wiegst dem Vater den Toten dessen Gewicht in Gold auf – aus deinem Schatzhaus, nicht aus dem meinen. Du, Ellak, aber tatst schwer Unrecht, deines Bruders Bogen zu zerbrechen. Seines Bruders Waffe soll niemand brechen: – er bricht sie sich selbst. Sechs ebensogute leistest du ihm, das ist deine leichte Strafe. Deine schwere aber – meine Unzufriedenheit. Aus meinen Augen! Fort aus der Halle! Hinaus! – Du, Dzengisitz, setzest dich da unten neben den Königssohn der Skiren zu seiner Rechten – links sitzt Fürst Czendrul – der soll nur bleiben! – Und sorge, mein lieber Junge, daß dem jungen Helden alles richtig werde, was ihm gebührt.«

Ellak warf einen Blick auf seinen Vater: vergeblich suchte er nach dessen Auge. Dann beugte er tief das Haupt und schritt feierlich die Stufen hinab. Sein Weg führte an Ildicho vorbei: er verlangsamte seinen Schritt, aber er wollte nicht stehen bleiben: da stand die Jungfrau auf von ihrem Sitz und reichte ihm vor allem Volk mit einer schwungvollen Bewegung die schöne Hand: er ergriff sie, neigte sich schweigend und schritt rasch aus der Halle. Attila hatte den Vorgang genau beachtet: leicht nickte er dazu mit dem mächtigen Stierhaupt nach vorwärts und blinzelte wieder sehr böse.

Siebentes Kapitel.

Schon während der Erzählung des Dzengisitz war, von den Torwächtern ehrerbietig begrüßt, ein vornehmer Hunne in reicher Tracht eingetreten: doch von Staub bedeckt waren seine glitzernden Gewande; um die Schaffellmütze trug er einen grünen Laubkranz gewunden. Geduldig hatte er an der Türe gewartet, bis der Vater über den Streit der Söhne gerichtet. Jetzt durchmaß er eiligen Ganges die weite Halle, sprang die Stufen hinan, die zu dem Hochsitz führten, und warf sich, oben angelangt, vor dem Herrscher auf beide Knie »Steh auf, Fürst Dzenzil! Du bringst den Sieg; dein grüner Kranz erzählt's in stummer Sprache.«

»Jawohl,« rief der Hunne, ein noch jugendfrischer Mann, aufschnellend vom Boden, stolz, mit lauter Stimme, »deinen Sieg und deiner Feinde Untergang. Die Lugionen sind nicht mehr.« Ein wildes Jauchzen der Hunnen – wie Geheul aasfroher Wölfe – stieg empor: die Germanen in der Halle tauschten Blicke des Schreckens und der Trauer. Auf Attilas Wink begann der Fürst seinen Bericht: »Hinter den Sümpfen ihres Danaster wähnten sie sich sicher und geborgen, sie wagten, dir die fällige Schatzung zu weigern. Mir gönntest du die Ehre, sie zu züchtigen. Das Maß der Züchtigung überließest du mir. Ich kenne deinen Geschmack, o großer Herr, und liebe auch selber ganze Arbeit. Ich beschloß Vernichtung. Es schien nicht leicht, durch die Sümpfe zu dringen: denn sie hatten alle Furten überflutet und sich mit Weib und Kind und Herden und Habe in der Mitte ihres wasserumgürteten Landes zusammengedrängt in ein Verhack. Aber« – er lachte, strich den spärlichen Bart und fletschte die Zähne – »ich baute mir einen trefflichen Steg. Wir trieben ein paar tausend Anten und Sklabenen zusammen. Hatten freilich nichts verschuldet. Vielmehr uns Hilfe gegen ihre germanischen Nachbarn, die Lugionen, geleistet, die Wege gewiesen, Zugtiere und Lebensmittel geliefert. Wir erschlugen sie und legten die Leichen, paarweise, je zwei hintereinander, quer durch die schmälsten Strecken der Sümpfe. Anfangs freilich scheuten unsere Pferdlein: wollten nicht gern treten auf die noch warmen Menschenleiber. Aber Hunnengaul ist klüger als Griechenphilosoph: Gaul lernt noch, Philosoph weiß schon alles und lernt nichts über sein Buch hinaus, das er einmal geschrieben hat. Wir legten die Toten auf die Gesichter, bestreuten die Rücken mit bestem Hafer, und siehe da, die braven Rößlein gewöhnten sich, darauf zu treten, um zu naschen. Dann half Sporn und Geißel nach und bald waren wir drüben. Nacht war's als wir das große Verhack der Feinde überfielen. Groß war ihr Entsetzen. Die Weiber und Kinder schrien vor Todesangst! Es klang gar lustig. Sie wähnten uns aus dem Abgrund der Erde aufgetaucht. Flammen und Speere und Geißeln und zerstampfende Hufe, wohin sie sich wandten! Als die Sonne aufstieg, fand sie keine Lugionen mehr zu beleuchten. Sechstausend Männer waren es gewesen und ebensoviel oder mehr Wehrunfähiger, Weiber, Kinder, Greise. – Groß bist du, Attila, Sohn des Sieges.«

»Groß bist du, Attila, Sohn des Sieges!« wiederholten die Hunnen, schreiend, johlend, brüllend, daß die Holzhalle erzitterte.

Unbeweglich, ohne eine Miene zu verziehen, hatte der Herrscher den Bericht und das Zujauchzen angehört. »Es ist gut,« sagte er jetzt ruhig, »sehr gut. Warte, Dzenzilchen, Söhnchen. Attila teilt den Bissen mit dir. Da! Nimm!«

Er langte mit den kurzen dicken Fingern in die Goldschüssel, die, mit noch ziemlich blutigem Pferdefleisch gefüllt, vor ihm stand, ergriff ein mächtig Stück, riß es auseinander, daß der rote Saft umherspritzte, steckte dem Fürsten einen großen Fetzen in den Mund und verzehrte selbst das übrige. Des Fürsten Augen aber leuchteten vor Stolz: er legte die Hand vor Wohlgefühl auf die Brust, wie er schmatzend kaute und schlang. »Auch sollst du heute an meiner Seite sitzen, auf dem Ehrenstuhl,« begann Attila und winkte den Dienern: diese trugen einen mit Purpurdecken überzogenen Stuhl mit sechs silbernen Füßen und silberner Lehne herbei und stellten ihn zur Linken des Herrschers.

Da fiel etwas dicht neben Attila mit dumpfem Schlag. »Es ist das Ernaklein,« grinste der Vater, »er umklammert noch den Becher. Der kleine Dieb! Er hat viel mehr gestohlen, als er tragen kann. Schafft ihn fort in sein Schlafhaus. Von morgen ab trinkt er nur noch Wasser: – der wird gekreuzigt, der ihm Wein, Met oder Ael gewährt –.«

Achtes Kapitel.

Nachdem bei dem Blick auf den Liebling sich sein Antlitz aufgehellt hatte, nahm es nun wieder einen finstereren, ja drohenderen Ausdruck an, als zuvor: er lehnte sich zurück, furchte die starken, borstigen Brauen und sprach, lauter als sonst: »Habt ihr's gehört, ihr Skiren und Rugen und Goten da unten? Sind auch Germanen, diese Lugionen. Oder waren es, vielmehr!

Schon gar manchen Splitter eures treulosen Volkes hab' ich so zerspellt. Geht das so fort mit euren Treubrüchen, wird man bald nicht mehr bloß fragen: ›wo sind die Lugionen?‹ sondern: ›wo sind die Germanen geblieben?‹ ›Zerschmolzen sind sie,‹ wird man dann singen in den Zelten der Hunnen, in den Hütten der Sklabenen, ›zerschmolzen, wie der Schnee im Sommer. Nicht Vetter, nicht Erbe von ihnen ist übrig geblieben. Untergegangen ist es ohne Spur, das hochfärtigste Geschlecht der Erde, das allen Völkern verhaßte, die stolzherzigen Germanen!‹« Und er griff wieder nach einem Stücke noch halbrohen Fleisches.

Da richtete unten an der Tafel der greise König Wisigast das ehrwürdige Haupt empor, sah ihm in die Augen und sprach mit fester Stimme: »Unsere Völker mögen leiden: – sie leiden schon lange schwer! – nie werden sie untergehen.« – »Und weshalb, du Zuversichtlicher?« »Die Götter, unsre Ahnen in Asgardh, schützen uns!« rief jung Daghar. »Und wer schützt eure Götter?« höhnte der Hunne. »Sollen doch auch sie einst untergehen!« »Am Ende aller Dinge,« erwiderte Wisigast. »Dann aber,« fiel Daghar ein, »in jenen letzten Kampfestagen der Welt, werden neben den dumpfen Riesen die Nachtvölker stehen: Finnen, Sklabenen und Sarmaten und vor allem – du: an des Fenriswolfes Seite, Herr Attila, seh' ich schon deinen Schatten die Geißel schwingen! Doch an unsrer Ahnen, der Asen, Schildseite werden, dicht neben den Einheriar, die aus Walhall niederschweben, wir Germanen die letzten Speere werfen und mit und neben unsern Göttern fallen.« »Ich möchte dann wohl,« entgegnete Attila, »jener schwarze Rauchriese sein, der, nach eurem Glauben, euch alle in Feuerqualm verzehrt.« »Und selbst mit untergeht,« fiel Daghar ein, »auf daß ein neuer Himmel glanzvoll sich wölbe über eine neue Welt: – ohne Hunnen und andere Nachtvölker! Dieser Welt wird abermals Wodan walten, der Schuld entsühnt, und Frigga, die blonde Herrin, und Baldur und Donar der Getreue. Und wie sollte Siegvater unser entraten können? Mir ist, Wodan bedarf unser so notwendig wie wir sein! Neue Germanen schafft er sich wieder, zu seines Herzens Stolz und freudiger Liebe. Aus der Esche den Mann, aus der Erle das Weib.« Er schwieg: Begeisterung leuchtete aus seinem hellen Auge, verklärte die stolzen Züge: er war sehr schön in diesem Augenblick, der junge Königssohn; die Weihe der Dichtung glänzte auf seiner hohen Stirn: er suchte Ildichos Auge: ihre Blicke fanden sich: voll warmer Liebe, bewundernd, sah sie in sein edles Antlitz.

Attila nahm ihn scharf wahr, diesen Austausch von Blicken und von Liebe. »Das Weib!« wiederholte er heiseren Tones: »Ja freilich, das darf nicht fehlen. – Und gewiß hat diese Germanin der zukünftigen Welt wieder so schönes, starkes, goldenes Haar, wie deine Braut dort, nicht?« – »Gewiß. Unsere Frauen sind unsres Volkes höchstes Heiligtum. Heilig und weissagend und den Göttern näher als wir Derben, sind die Zarten. Und ihre Schöne, ihre Reine ist das letzte Geheimnis, ist der holde Runenzauber unsrer Kraft.«

Flammenden Blickes sah er auf Ildicho: diese erglühte: aber sie senkte die langen Wimpern nicht in falscher Scham: fest und selig sah sie ihm tief in die Augen. Attila nickte Chelchal zu, bedeutungsvoll. Dann spottete er weiter: »Nicht gerade viel Mannesstolz lag in der Rede. Wir Hunnen können unsre Weiber missen: – wir nehmen uns dann – andre. Wie reich ist doch deiner Tochter goldnes Haar, alter König! Gehört das auch zu jenem geheimen Zauber?«

»Das reiche, goldne, todesmutige Herz,« antwortete Wisigast.

»Ja und –« fiel Daghar ein: er ward immer hitziger, der kalte Spott des Hunnen stachelte ihn bis zur Wut – »da du doch so neugierig danach forschest, so höre die Antwort: ja, auch dies Haar!« Und zärtlich strich er leicht über die prachtvollen Zöpfe der Geliebten hin. Denn heißerregt war er nun aufgesprungen und hatte sich, in zwei langen Schritten, neben Ildichos Stuhl gestellt.

»Ei, wie das?« meinte Attila, kopfschüttelnd. »Das will ich dir erzählen,« begann Daghar, tief atmend, nach Beherrschung ringend, »Nicht nur dadurch haben gar oft schon unsere Frauen uns den Sieg erringen helfen, daß sie im Speerkampf dicht hinter unserer Schlachtreihe standen, mit heiligen Gefangen uns anfeuernd, – jüngst haben markomannische Weiber ihre Männer und sich selbst gerettet und den Feinden den schon sichern Sieg entrissen – durch ihre Haare.« »Jawohl,« bestätigte Wisigast. »Es ist ein schönes Geschehnis.« Aufmerksam lauschte Ildicho: »Davon hört' ich nie,« flüsterte sie zu dem Bräutigam hinauf. »Wie war's?« – »Vor ein paar Wintern waren wendische Räuber – Czechen nennt man die stumpfnasige Horde! – in wimmelnder Übermacht von Aufgang her eingefallen in Bojohemum, der Markomannen bergumhegtes Land. Die Männer des überfluteten Ostgaus hatten sich mit Weib und Kind und Knecht und Magd und Herden und Habe geflüchtet in einen festen Verhau auf ragendem Waldberg an dem Albisstrom. Bald waren sie hier von den zahllosen Wenden eingeschlossen. Das Stürmen hob an. Lange hielten sie aus, die bärentapfern Markomannen: – Feuerzeichen bei Nacht,

Rauchzeichen bei klimmender Sonne auf dem höchsten Gipfel des Berges sollten die Aufgebote der nächsten Gaue zum Entsatz herbeiwinken. Aber ach! immer seltener, immer spärlicher flogen von dem Verhack und dem Rasenwall herab die Pfeile der Verteidiger zu Tal. Und doch hatten sie die Räuber durch nichts wirksamer abgewehrt als durch ihre gefürchteten, niemals fehlenden Pfeile.«

»Jawohl,« bekräftigte Wisigast. »Vor uns andern allen gelten als beste Schützen die Markomannen. Das lehrte sie Ullr, der Wodan des Winters, der kundige Jäger mit Bogen und Pfeil.«

»An Pfeilen und Bogen fehlte es nicht den pfeilfrohen Schützen, aber es fehlte nachgerade an Sehnen für die Bogen. Die aufgezogen mitgebrachten rissen eine nach der andern bei dem unaufhörlichen Abschnellen der Geschosse. Die Czechen, die unablässig – wie die Wölfe um den Schafpferch rennen, – den Verhack umkreisten, aber, nachdem sie viermal blutig abgeschlagen worden, nur in klug bemessener Entfernung, merkten es nun schnell, daß die Bedrängten fast gar nicht mehr schossen, nur Steine schleuderten und Äste. Mit wildem Geheul sprangen sie immer kecker, immer höher den Waldhang hinauf. Da riß auch Garizo, dem Gaugrafen, der Bogenstrang; seufzend warf er den nutzlosen Bogen zur Erde. Aber Milta, sein jung und schön Gemahl, das hart hinter ihm stand, die Pfeile ihm reichend, gab ihm gar bald den Bogen wieder in die Hand: sie hatte sich mit scharfem Sachs das prachtvolle starke Haar vom Wirbel geschnitten, zu unzerreißbarer Schnur zusammengedreht und den Eibenbogen damit besträngt: der Tapfere jauchzte laut auf, küßte sein Weib, ergriff die geliebte Waffe, zielte, schoß und durchbohrte dem Häuptling der Feinde, der schon an dem Verhau heraufkletterte, Pelzhelm und Kopf. Sofort folgten alle Frauen und Mädchen dem Beispiel Frau Miltas und wieder schwirrten nun in sausenden Schauern die tödlichen, die niemals fehlfliegenden Pfeile in die dichten Haufen der halbnackten Stürmer, die sich, siegesgewiß, tolldreist schon ganz nahe heran gewagt hatten. Sie fielen, Mann wie Mann, wie Ähren, drein der Hagel schlägt. Bedeckt mit Toten waren alsbald auf allen vier Seiten die Waldblößen um den Verhack herum: fluchend eilten die Fliehenden den Berghang hinab. Auch dieser Sturm war abgeschlagen, und bevor sich die Entscharten zu neuem Angriff gesammelt, tönte vom Niedergang von der großen, heiligen Irminstraße her, die den Gabretawald durchschneidet, das markomannische Stierhorn! König Hariogais selbst führte den Heerbann des West- und des Nordgaus zum Entsatz heran. Die Räuber flohen gen Osten, scharf verfolgt von den rächenden Reitern des Königs. Miltas Haar jedoch hat keinen Pfeil mehr entsendet: der Gemahl spannte es von dem Eibenbogen ab, küßte es zärtlich und hing es auf, ein herrlich Opfer, in dem Weihtum Friggas. Dies Weib, dies Haar, hat sie alle gerettet.«

»Das tat ein Weib,« sprach Ildicho still für sich hin, »tat eines Weibes Haar.« Sie griff nach des Geliebten Hand und drückte sie. Dieser hatte seinen Grimm im Laufe der langen Erzählung gebändigt: er trat wieder von ihr hinweg und nahm seinen Sitz, an seine Harfe lehnend, wieder ein.

Neuntes Kapitel.

Nun drängte sich aus dem dichten Troß der Diener und Häuslinge hervor ein Mann von etwa fünfzig Jahren, ein echter Hunne. Reich war sein Gewand, von Gold strotzte sein kurzer Flattermantel aus grellgrüner Seide; eine Kette von runden, handbreiten, flachen, goldnen Scheiben und viereckigen Platten zog sich ihm dreifach um Hals und Nacken; fast jede Scheibe trug in der Mitte in einer hierfür angebrachten Öffnung einen lichten Stein, der funkelte und glitzerte in dem bunten Scheine der Pechfackeln an den Pfeilern. Er trat in den leeren Mittelraum zwischen den beiden Reihen von Tischen: – bei jeder Bewegung klapperten und klirrten die Scheiben und Platten – jede hing für sich an einem kurzen Kettlein senkrecht nieder – laut, mißtönig aneinander: was ihm selbst und seinen hunnischen Freunden unsägliches Vergnügen zu bereiten schien: denn er legte es auf das Klappern an, und die Hunnen begrüßten ihn mit lautem Zuruf. Dzengisitz schickte ihm durch einen Knecht ein großes Stück triefenden Schweineschmalzes, mit den Fingern herausschöpfend aus einer vor ihm stehenden herrlichen korinthischen Vase, und Fürst Dzenzil stand auf von seinem Sitze neben Daghar, ging auf den Ankömmling zu, küßte ihn schmatzend auf beide Wangen und gab ihm zu trinken aus seinem eignen Schildpattbecher. Der so Geehrte kaute mit vollen Backen, trank in gierigen Zügen und neigte dabei vor Attila das Haupt fast bis auf den Boden.

»Ah, Drulxal,« nickte dieser sehr huldvoll, »mein wackerer Sänger! Willkommen! Aber wie ich sehe: noch nicht jede der Goldplatten an der Kette meiner Gnaden schmückt ein Stein.« – »Für jeden deiner Siege, o Großherr, den ich besang, schenktest du mir einen Edelstein.«

»Wohl! Bald, hoff' ich, machen wir beide die noch leeren Scheiben voll – wir beide: ich durch Siegen, du durch Singen. Wofür gab ich dir doch jenen schönen Smaragd?« – »Für meinen Sang auf den Tag von Viminacium.« – »Und jenen flammenden Rubin?« – »Ja, Flammen bedeutet er. Ich erbat ihn mir für das Lied auf Aquilejas Fall.« – »Hei, gut gewählt. Aquileja! Sie mögen dereinst lange suchen, die römischen Altertumsdurchschnüffler, bis sie die Stelle finden, wo diese stolze Kaiserburg geragt.« – »Nun aber, o Herr, vergönne, daß ich dir ein neues Lied vortrage, gedichtet auf deine nächste Siegesfahrt im künft'gen Lenz von Aufgang bis zum Niedergang, vom Pontus bis zu den Inseln der Britannen. Gestattest du's, Herr?« Attila nickte. Da trugen zwei Sklaven dem hunnischen Dichter und Sänger seine Spielwerkzeuge zu auf zwei kniehohen Schemeln: sie stellten sie vor ihm nieder, während er auf einem höheren Stuhle in der Mitte der Halle Platz nahm; das eine Tonwerkzeug war eine Art Pauke, aber mit zahlreichen kleinen Glöcklein, und an dem kreisförmigen überstehenden Holzrand auch mit Glaskügelchen und Erzkügelchen besteckt, die, wenn er mit der kurzen Holzkeule in seiner Linken darauf schlug, rasselnd und klirrend und scheppernd den dumpfen Trommelton begleiteten; das andere Gerät vor seiner Rechten war eine Art Hackbrett, dessen Schafdarmsaiten er mit einer zum Klopfen, aber auch zum Zupfen eingerichteten zweizackigen Erzgabel schrille, ganz hochgestimmte Töne entlockte.

Daghar hatte in seinem Leben noch nie ein so erstauntes Gesicht gemacht, als da sein hunnischer Sangesbruder sein fürchterliches Vorspiel begann. Das Staunen wollte allmählich einer nicht mehr zu bändigenden Lustigkeit weichen: – aber bald, sowie er in den Sinn des Liedes eindrang, vergingen dem jungen Königssohn Lustigkeit und Staunen und er griff grimmig an den Wehrgurt, der sein Kurzschwert trug. Der Hunne aber sang in seiner Sprache, nicht im Stabreim und nicht im Endreim, sondern mit Wiederholung nur der Selbstlaute der letzten beiden Silben ohne Rücksicht auf die Mitlaute am Schluss der Zeile. In deutschen Endreimen würde das Lied etwa gelautet haben:

»Über den Tanais, über den Ister
Winket der Tod mit der Sense der Pest:
»Gürte dich, schürze dich, schwarzes Geschwister
Ferne nach Westen hin ruft uns ein Fest.

Höre mich, hagerer Bruder du, Hunger!
Rüttle dich, schlafender Geier du, Krieg,
Altunersättlicher, immer noch junger,
Schüttle die blutigen Schwingen und flieg!«

Sieh, da in Wolken, den Völkern ein Grauen,
Ballt sich ein schwarzer, ein schrecklicher Zug:
Riesen und Schlangen, entsetzlich zu schauen,
Rasende Rosse mit Flügeln am Bug!

Allen voran der verderbliche Geier,
Kreischend nach Fraß und die Fänge gespannt:
Sonneverfinsternd erstrecket der Schreier
Schattende Schwingen vom Meere zum Land.

Flammendes Züngelein schlägt er zuweilen
Rot aus des Schnabels, des klaffenden, Ritz: –
Hinter ihm Nacht –: doch in zischenden Keilen
Zuckt aus dem Schnabel dann zündender Blitz.

Aber noch grausiger als an dem Himmel,
Wälzt sich auf Erden ein flutender Streif;
Drachenvergleichlich, ein Völkergewimmel,
Feuer im Rachen und Gift in dem Schweif!

Bläst da ein Mann auf gewundenem Horn
An der Alutha vor hölzernem Zelt:
Schauernd in Lust und in Schreck und in Zorn
Bebt da das Abendland, zittert die Welt.

»Hunnen, die Erde, mir gab sie der Kriegs-
gott!
Hunnen, euch schenk' ich sie – mordet sie aus!«
»Attila,« – schallt es da, – »Väterlein, Sieges-
gott,
Danke dir, danke dir! Richten es aus.«

Horch! Von dem Kaukasus bebt bis nach Böh-
men
Dröhnend Europa von Hufengestampf,
Hoch auf den Bergen und tief in den Strömen
Woget und wütet und würget der Kampf.

»Attila, Attila, Spender der Beute!
Väterlein, sage nur, machen wir's recht?
Pfählen die Jünglinge, schleifen die Bräute,
Bügelgebunden, am Lockengeflecht.

Attila, willst du so? Nieder die Römer!
Siebenfach nieder Germanengeschlecht!
Völkerzermalmender Länderdurchströmer,
Attila, sag' es uns, machen wir's recht?«

Aber die Geißel, neunsträngig, mit Blute,
Hebet der Herrscher empor im Gebet:
»Seht ihr in Wolken die flammende Rute?
Vorwärts! Nach Westen hin weist der Komet«

Zehntes Kapitel.

Der hunnische Pindaros vermochte kaum seine Hymne zu Ende zu bringen. Immer stolzer, immer wilder, immer wütiger hatten die häßlichen Glotzaugen seiner hunnischen Zuhörer gefunkelt: schon an mancher Stelle waren ungegliederte, tierische Töne der Zustimmung laut geworden: gegen den Schluß hin war die Begeisterung auch durch die Scheu vor dem Herrscher kaum noch zu bändigen gewesen: – jetzt aber, nachdem der letzte Paukenschlag geschmettert, der letzte Schrillton des Hackbretts erklungen war, – jetzt brachen die Hunnen in der Halle in ein Jauchzen und Geheul aus, wie wenn dreihundert Teufel in der Hölle über einen Sieg des Satans jubilierten. Sie stürzten auf den Sänger zu, bedeckten ihn mit klatschenden Küssen, hoben ihn in die Höhe, – vorher war er dem Erdrücktwerden sehr nahe gewesen! – trugen ihn auf ihren Schultern die Stufen des Hochsitzes hinan und ließen ihn vor Attila niedergleiten. Der hatte längst einen Diener herbeigewinkt mit einer großen länglichen Truhe: nun schlug Attila den Deckel zurück: ein Schrei des Staunens entfuhr dem gierigen Dichter. »Herr! welcher Glanz! So viele Edelsteine! Tausend, o Glanz! Die Erde, dacht' ich, trägt nicht so viele!« – »Greif hinein! Dein Lied war schön, weil wahr: es verheißt eine ganze Handvoll von Siegen: so nimm auch eine Handvoll dieser Steine.« Der Sänger ließ sich's nicht zweimal sagen, griff zu und verwünschte seine Hand, daß sie nicht zehn Finger hatte.

Der Lärm unten im Saale hatte sich noch nicht gelegt: wüst und laut scholl es noch durcheinander, das mongolische Gezisch. Aber plötzlich machte sich durch all' das Geheul und Gejohle der Hunnen hindurch vernehmbar ein andrer Klang: der schien, damit verglichen, aus einem Himmelreich herrlicher Lichtgötter zu stammen: rein, hell, schön und doch scharf, wie sieghafter Schwertesschlag; es war ein zorniger Vollgriff in die germanische Harfe!

Hoch horchten sie auf, die Hunnen: – ihr Sänger erschrak, er stolperte, er fiel fast auf Attilas Schulter: der Lärm verstummte sofort: Attila beugte sich etwas vor, er erkannte den Harfner, er schoß einen furchtbaren Blick auf ihn. »Jetzt, Chelchal,« flüsterte er diesem, der Drulxal vorher mit hinangetragen und jetzt aufgerichtet hatte mit seinem Gefolge, zu. »Jetzt kommt das Ende.«

Hoch aufgerichtet stand Daghar in seiner ganzen Größe, in seiner ganzen schlanken, stolzen Jugendherrlichkeit; Flammen loderten aus seinen grauen Augen zu Attila empor, rote Gluten schossen ihm in die Wangen: mit rascher Handbewegung schlug er das dunkelblonde Gelock aus der Stirne zurück; noch einmal fuhr er dann klirrend, zornig über die Saiten seiner dreieckigen schwanenköpfigen Harfe; er trat einen Schritt näher gegen Attila hin und begann – atemlos lauschten alle Hunnen: – Wisigast legte warnend den Finger auf den Mund: – der Jüngling sah es gar nicht. Ildichos Herz aber schlug mächtig vor Erwartung, vor Furcht sogar, aber auch vor unsagbarem Stolz auf diesen wunderherrlichen königlichen Harfner, der ihr eigen war.

»Den Vorsang des Hunnen,« begann er eisig, »haben wir Gäste gehört; man fragte uns nicht, ob wir ihn hören wollten: das klang wie des Rohrwolfs Geheul. Nun hört auch, ihr Hunnen – ungefragt! – des Germanen Nachgesang und – Antwort. Mir war, was der alte Brettklopfer da sang, war nicht ein Zug der Hunnen, den Attila noch führen wird. O nein: er hat ihn schon geführt. Nun hört, nachdem ihr Attilas Aufbruch vernommen, auch den Ausgang, das Ende, das die große Siegesfahrt genommen. – Wie hieß es doch zuletzt?

»Seht ihr in Wolken die flammende Rute? Vorwärts! nach Westen hin weist der Komet.«

Und nun sang er in gotischer – den Hunnen sehr geläufiger – Sprache im Stabreim, was heute im Endreim etwa also lauten würde:

Aber in Gallien, fern an der Marne,
Standen zwei Männer in Waffen gesellt –
»Soll denn, erwürgt in dem hunnischen Garne.«
Klagte der eine, »verröcheln die Welt?«

Nein doch, Aëtius,« lachte der zweite,
Warf in den Nacken das goldene Haar –
»Laß uns vergessen verstrittener Streite:
Sage, wen fürchten wir, – wir: – wenn ein Paar?

Rufe vom Tiber durch fliegende Boten
Deiner Legionen gepanzerte Wehr,
Traue du Thorismunds freudigen Goten:
Römischer Schild und germanischer Speer!

Laß sie nur kommen auf zottigen Gäulen!
Woll'n sie empfangen mit Schild und mit Schaft:
Warte nur, ob sie nicht weichen mit Heulen
Römischer Kunst und germanischer Kraft.«

Bald nun, erschlagen, den Speer in der Rechten,
Lagen goldlockige Helden zu Hauf!

Aber geflogen in mondhellen Nächten
Kamen Walküren und weckten sie auf.

Wie sie verschlafen da fassen die Schilde,
Rücken zerschrotene Helme zurecht,
Und in den Lüften erhebt sich das wilde
Schattengewoge, das Geistergefecht!

Horch da! Der Hahn kräht! Es starren die Toten?
Lanze im sausenden Schwung; – sie hält!
Doch die lebendigen Römer und Goten
Rücken aufs neue zum Angriff ins Feld.

Alles so still in dem hunnischen Lager?
Schau von den Leichen die Gräben gefüllt:
Über den Wall klimmt ein kecklicher Wager –
Ha – das Geheimnis, nun ist es enthüllt:

Attila floh aus dem nächtlichen Lager,
Scheu ist er heim in die Steppe gekehrt,
Und dem gewaltigen Völkerzerschlager,
Wodan zerschlug in der Faust ihm das Schwert.

Zweifelst du, daß ihm zerknickt ist die Wehrkraft?
Wohl, so versuch' es und heb' es zum Streich:
Daß es zerbricht und germanischer Speerschaft,
Attila, bohrt sich in Herz dir und Reich!«

Er schloß mit einem Harfenaccord so klirrend, so kampfjauchzend, wie wenn Heimdall die Götter zum Ansturm auf die Riesen riefe. Da erhob sich unter den Hunnen ein Geheul der Wut, welches das Gebrüll des Beifalls für ihren Sänger noch weit überbot: die ganze Halle geriet in Aufruhr. Kein Hunne behielt seinen Sitz oder Stand: in wildester Bewegung drangen, sprangen, stürmten sie von allen Seiten auf den kühnen Sänger ein, der hochaufgerichtet stehen blieb, wehrlos, aber furchtlos, in stolzer Ruhe, die Harfe mit der Linken an die Brust drückend, die Rechte auf die Hüfte gestemmt: gegen dreihundert Angreifer hätte doch kein Widerstand gefrommt; die hohe Gestalt überragte all' das Gewoge von Hunnen, das gegen ihn herandrang: er zuckte nicht mit der Wimper, als ihm das Messer, das Dzengisitz in blinder Wut gegen ihn geworfen, haarscharf am Gesicht vorbei fuhr, so daß es sein Gelock streifte. Aber er schien doch unrettbar verloren, der tollkühne Harfner, und erbleichend sah Ildicho viele krumme Klingen gegen den Geliebten gezückt. Jedoch plötzlich – die ganze Bewegung hatte nur wenige Augenblicke gewährt – erdröhnte von dem Hochsitz herab ein Ruf wie eines sagenhaften Untiers: »Halt! Bei meinem Zorn!«

Wie eingewurzelt standen auf einen Schlag die dreihundert Hunnen: die wildverzerrten Gesichter, die zum Stoß ausholenden dolchbewehrten Fäuste, die zum Schlag gehobenen Arme, die zum Sprung gebogenen Knie: – all' das war urplötzlich erstarrt, wie durch einen Zauberschlag gebannt.

Daghar senkte die Harfe und ging auf seinen Platz zurück. »Die gehorchen gut,« sagte er gelassen.

»Drum haben sie die Welt erobert, Sänger. Und werden sie behalten: trotz deiner Harfe, deinem Speer und deinem Haß,« erwiderte Attila, nicht ohne Hoheit. Er hatte sich von seinem Schemel erhoben gehabt: nun ließ er sich wieder auf denselben nieder. »Ihr Hunnen aber,« fuhr er langsam fort, »ehrt das Gastrecht! Wollt ihr einen Harfner morden wegen eines Wortes? Um eines wahren Wortes obenein! Denn ist es etwa nicht geschehen, daß wir in jener Nacht aus unseren Zelten wichen? Warum wir wichen, – das freilich ahnt der blonde Knabe nicht. Das weiß nur Puru und sein Wahlsohn Attila. Die Sehne, die den ersten Pfeil vom Bogen geschnellt, muß erschlaffen, bevor sie, frisch gespannt, den zweiten – den tödlichen! – entsenden kann. Ihn strafen für ein Wort über das Vergangene – ? Pfui! – Ihn strafen für eine Weissagung über das Künftige? Das sähe aus, als fürchteten wir, sie könne sich erwahren. Seine Strafe sei, zu erleben, daß er falsch geweissagt. Vorausgesetzt,« fuhr er nach einer Weile noch verhaltener fort – »daß er so lange lebt, die Probe zu schauen. Und das – ist mir – fast zweifelig. Für seinen kühn ausgesprochenen Wunsch, mich und mein Reich zu verderben, straf' ich ihn auch nicht: weiß ich doch, daß ungezählte Hunderttausende dasselbe wünschen: soll ich die alle töten? Laßt sie doch! Wie sagte jener Kaiser der Römer? – der Spruch hat mir am besten gefallen aus aller Römerweisheit, von der ich je vernahm: ›mögen sie uns doch hassen, wenn sie uns nur fürchten.‹ Doch freilich ...«

Bis dahin hatte er in gedämpftem, ganz ruhigem Tone gesprochen: nun aber begann seine Stimme lauter und lauter anzuschwellen, wie ferner, immer näher heranrollender Donner, bis er zuletzt brüllend schrie. – »Wenn der heiße Wunsch und die gierige Rache miteinander in scheußlichem Bette nächtlicher Verborgenheit die Zwillinge Eidbruch und Mordplan gezeugt haben: dann! –« Hier sprang er auf und schritt an die Brüstung des Hochsitzes vor, Fürst Dzenzil trat an seine Seite.

»Vor zwanzig Tagen war's – auf schilfumgürtetem Donauwerder – es wetterleuchtete von fern durch die Nacht: – da zischelten zwei meiner Knechte untereinander: – nur die alte Weide, wähnten sie, höre ihr Geflüster: aber hohl war die Weide und in der Weide stand ich, Attila, euer Herr, ihr elenden Hunde. Du aber, üppige Braut, gräme dich nicht: Du sollst doch heute Nacht noch Hochzeit machen; während dein Jüngling am Kreuze sich windet, wirst du Attilas Weib. Greift sie alle, meine Hunnen!«

So blitzschnell war der Befehl vollzogen, daß die Überraschten erkannten: alles Kleinste dabei war genau vorbereitet gewesen. Jeder Widerstand war unmöglich. Um jeden Einzelnen der acht Gefolgen, welche weit von ihren Herren und auch voneinander erheblich getrennt gesessen waren, ballten sich ganze Rudel von Hunnen. Vier Hunnen warfen sich auf den greisen König, Dzengisitz, Czendrul und vier andere Männer auf Daghar. Und doch gelang es dem Verzweifelten, für einen Augenblick seine Rechte aus der mehrfachen Umklammerung loszureißen: er nutzte ihn dazu, blitzschnell das Kurzschwert aus dem Wehrgehänge zu reißen und die spitze Waffe mit aller Kraft auf Attila zu schleudern, welcher sich über die Brüstung gegen ihn herabbeugte: der rührte sich nicht: wohlgezielt war der Wurf: unfehlbar mitten in das Antlitz hätte die scharfe Spitze ihn getroffen. Aber aufschreiend, wie er die Klinge in Daghars Hand blitzen sah, hatte sich Fürst Dzenzil vor seinen Herrn geworfen, mit dem Leibe ihn deckend: das Schwert durchbohrte ihm die Kehle, lautlos fiel er und starb.

Und schon war Daghars Rechte wieder niedergerissen und gepackt von sechs Fäusten; nun sah er Wisigast zu Boden gerissen, – Chelchal kniete auf dessen Brust, – er sah seine treuen Gefolgen überwältigt, manche verwundet, stürzen, er sah um Ildichos Arme breite, goldene Fesseln geschlagen: – da stöhnte er laut auf.

»Warte, Bube,« schrie Attila, das Blut des Fürsten, das ihm das Gesicht bespritzt hatte, abwischend mit der Hand, »dies Blut sollst du noch besonders büßen. – Der Alte wird nur gekreuzigt – der Junge aber, – der wird gepfählt – hinter meinem Schlafhaus! – Du sollst ihn schreien hören, schöne Braut, während du mein wirst.«

Die Jungfrau schwieg: aber aus ihren weit geöffneten, starr auf ihn gerichteten Augen traf ihn ein Blick: – er erschauerte, er zuckte zusammen, er mußte die Augen schließen: eiskalt lief es ihm über den Rücken. – Er winkte heftig – ohne ein Wort zu finden – mit der Hand: die Gefangenen wurden abgeführt.

Sechstes Buch.

Erstes Kapitel.

Kaum hatten sich die weiten Räume der Gasthalle geleert – nur Chelchal war von dem Herrscher zurückbehalten worden –, als die Türe hastig aufgerissen ward: ein Mann stürmte ungestüm herein.

»Ellak!« rief ihm der Vater zornig entgegen. »Wie kannst du es wagen? Hab' ich dich nicht fortgewiesen aus meinen Augen? Hab' ich dich etwa zurückgerufen?« – »Nein, Herr. Aber ...« – »Was suchst du hier? Oder – wen suchst du?« – »Den Vater.« – »Du meinst: den Herrn.« – »Ja denn! Den großen Herrscher, den gerechten Richter!« – »Ei jawohl! Ich wußte es ja, was dich hertrieb! – Den gerechten Richter? Gut. Diesem Namen – ich verdien' ihn – will ich Ehre machen, fürchterliche Ehre. Spare dir also die Fürbitte für die Verräter.« – »Sind sie überführt? Ich vernahm nur unklares, zorniges Gerede der Hunnen. Ist ihre Schuld erwiesen?« Attila schwieg: er verstummte vor Zorn: unheimlich flammte Röte in sein gelbfahles Gesicht. Chelchal aber rief unwillig: »Ich sollt' es meinen! Der Bube warf das Schwert auf deinen Vater! Nur Hunnentreue dankt die Welt, daß er noch lebt. – Und der Alte? – Beide haben sich mit einer Rotte anderer verschworen zur Empörung, zu deines Vaters Tod. Wir aber – dein Vater selbst und ich – wir hörten alles, in hohlem Baum verborgen auf öder Donauinsel.«

Ellak drückte die Augen zu. »Ist dem so, – wohlan! Richte beide.« »Sie sind gerichtet,« sprach Attila. »Töte sie, – ich wage nicht, um Gnade für sie zu bitten. Aber – ist es wahr, was man in allen Gassen ausschreit – auch Ildicho? Sie ist schuldlos!«

»Nein. Sie wußte um die Verschwörung – ohne Zweifel! – ich sah es ihren Augen an, gleich wie sie hier eintrat und mich erblickte. Sie wußte um den Anschlag und verschwieg ihn ihrem Herrn.«

»Sollte sie Vater und Bräutigam verderben?«

»Ja, sie sollte! – Aber ich verzeihe ihr, – weil ich nicht nur ein gerechter Richter, weil ich ein milder Herrscher bin, der gern begnadigt. Sie wird nicht bestraft.« – »Aber – Vater – es ist nicht wahr, was man versichert?« »Was denn?« Die Frage kam sehr drohend, sehr ungeduldig. »Du willst ihren Vater, ihren Geliebten töten und doch ...! Nein! Es ist ja unmöglich.« – »Was ist Attila unmöglich?« Der verhaltene Zorn stieg an. »Das Scheußliche,« rief der Jüngling, seiner nicht länger mächtig. »Das Teuflische! Du wirst nicht, mit dem Blute der beiden befleckt, jenes herrliche Geschöpf, jene blonde Göttin in deine Arme zwingen, jene weiße ... –« »Bei meinen schwarzen Göttern, ja!« brach der Grimm nun los, »das werd' ich. Die höchste Ehre, die es für ein Weib! – auch für deine blonde weiße Göttin – gibt, soll ihr zufallen: sie wird Attilas.« – »Niemals! Ich sage dir: sie liebt den Skiren.« – »Ich bin nicht eifersüchtig auf – Tote.« – »Aber ich sage dir mehr: sie haßt dich, sie verabscheut dich!« – »Sie wird lernen, mich zu bewundern.« »Nein! Sie stirbt, wenn du sie zwingst. O mein Herr und Vater« – er warf sich in wildem Weh vor ihm zur Erde – »sieh mich hier zu deinen Füßen. Laß mich deine Knie umklammern. Ich flehe dich an! Erbarmen! Nie, nie, seit ich Unseliger geboren, nie hab' ich eine Bitte an dein Ohr gewagt. Nach meinem Sieg über die Jazygen gabst du mir gnädig einen Wunsch, eine Bitte frei, vor vielen Jahren! Ich tat keinen Wunsch. Jetzt, jetzt tu' ich die Bitte. Ich flehe nicht um Gnade für die Männer, nur für die Jungfrau.« – »Sie ist gewährt!« »Vater, ich danke dir!« Entzückt sprang er auf: aber er erschrak, wie er in das finster höhnende Gesicht schaute. »Die höchste Gnade: sie soll mir einen Sohn gebären.« Da schrie Ellak laut wie ein gepeinigt Tier: »Nein, Vater! Das ... das nicht. Du darfst dies Weib nicht entweihen. Ich verzweifle! Ich überleb' es nicht! So wisse denn: ich liebe sie ja bis zum Wahnsinn.« – »Das weiß ich längst.« – »Vater, muß Daghar wirklich sterben?« – »Er muß.« – »So gib sie mir.«

Grell lachte der Vater: »Ha, ha, ja, du bist wirklich verrückt. Also wenn sie den toten Harfner liebt und du sie umarmst, das ist nicht: Entweihung.«

»Nie werd' ich sie berühren! Ich schwöre es dir und – ihr. Nur ehren als meine Gattin will ich sie und – schützen.« »Vor mir, du Hund!« schrie Attila schäumend vor Wut und fuhr an das krumme Schlitzmesser in seinem breiten Gürtel. Mit beiden Händen fiel ihm Chelchal in den Arm und hielt ihn fest. »Stoß zu, Vater! Und ich will dir danken, nimmst du mir das Leben! O hättest du mir's nicht gegeben!« Und er breitete weit die beiden Arme aus.

»Nein,« sprach Attila finster. »Ich danke dir, Alter. Der Bube ist nicht wert, von meiner Hand zu fallen. Er lebe: und er wisse seine blonde weiße Göttin in diesen Armen« – er hob sie, alle Muskeln spannend, empor. – »Das sei seine Strafe.«

Mit einer Bewegung der Verzweiflung wandte sich Ellak und rannte gegen die Türe. »Ildicho!« rief er, in dies eine Wort zusammendrückend eine Flut von Schmerzen, von Entschlüssen: sie befreien? – Das war wohl unmöglich! – Sie töten, – dann sich selbst! All' das zuckte ihm zugleich durch das Hirn, wie er das lange Schwert aus der Scheide riß und auf die Türe zusprang. Aber er kam nicht weit. Durch das Zorngeschrei Attilas herbeigerufen waren Dzengisitz und zahlreiche Krieger in die Türe getreten, wo sie in stummer Scheu stehen blieben, während des Streites zwischen Vater und Sohn.

»Haltet ihn!« rief Attila donnernd dem Enteilenden nach. »Entwaffnet ihn! Gut so, Dzengisitz, mein rascher Sohn. Du, Chelchal, sperrst ihn sofort in den Eschenturm, vier Wachen vor die Türe. Ich werde über ihn richten: – aber erst nach der Brautnacht.«

Zweites Kapitel.

Nun dunkelte draußen der Abend herauf.

Die Sonne war, wie so oft in diesem Steppenland, als eine glanzlose, rotglühende Kugel versunken hinter den trüben Dunstmassen, die, dicht übereinander geschichtet, lagerten oberhalb der letzten wellenförmigen langgestreckten Striche, in welche die kahle, öde Heide am Rande des Gesichtskreises im Westen sich verlor.

Attila schritt in der einstweilen von den Tischen, Bänken und Geräten des Mahles geleerten Gasthalle auf und nieder; abermals hatte er alle Eingetretenen entlassen, Chelchal trat ein und meldete, daß er seinen Auftrag ausgeführt habe. Der Herrscher nickte stumm; in Brüten versunken nahm er langsam den breiten siebenzackigen Goldreif von dem mächtigen Haupt und legte ihn in die Truhe mit den Edelsteinen. Dann löste er die Spange, die ihm den Mantel auf der linken Schulter zusammengehalten hatte und warf diesen ab; er stand nun in einem Unterkleid von matt weißer Seide; auch den breiten Wehrgurt mit dem langen krummen Dolchmesser schnallte er ab und übergab ihn Chelchal. »Nimm den Schlüssel zu dem Schlafhaus an dich,« gebot er, »Jawohl, Herr, wie immer;« er nahm ihn aus der Gürteltasche des Wehrgehänges »Du schließest von außen ab,« – »Aber – der zweite Schlüssel? Sie wird fliehen wollen, sobald du schläfst.« – »Unbesorgt! Ich trage ihn hier – auf der Brust – unter dem Wams. Sechs Hunnen halten auf der Schwelle des Schlafhauses, hinter dem Hochsitz dort oben, die Nachtwache.«

»Wie immer, Herr.« – Er wartete auf den Befehl, zu gehen, die Braut zu senden. Aber noch einmal durchmaß Attila mit langsamen Schritten die weite Gasthalle; nun blieb er stehen, in Sinnen verloren; er schloß die Augen. Endlich fuhr er auf: »Wo ist Gerwalt, der Alamanne? Ich befahl, ihn zu holen, sobald der Streich gelungen. Weshalb zeigt er sich nicht?« – »Er ist nicht zu finden. Ich ließ ihn auf deinen Wink in seinem Absteigehaus bewachen – von Ehrenwachen, wie ich ihm erklärte. Aber er zechte mit den drei Hunnen, trank alle drei von der Bank und verschwand aus dem Hause.« – »Man suche ihn und binde ihn. Er soll – zur Bestärkung seiner Furcht und Treue – heute noch die beiden Germanenfürsten sterben sehen.« – »Gut, Herr, ich werde ihn gefangen nehmen. Allein – du vergaßest in deinem gerechten Zorn – heute darf kein Blut mehr vergießen. Der Vorabend des Festes Dzriwills ist bereits angebrochen –, erst nach drei Tagen ...« – »Hei, ich glaube nur an Puru, ich lache dieser Rossegöttin in Gestalt einer hölzernen Stute!« – »Du – leider! Aber nicht ich und nicht deine Hunnen. Du darfst nicht! Du mußt ihr ja morgen vor allem Volk das große Opfer bringen, sie dürfen nicht irre an deinem Priestertum werden.« – »Es ist wahr. – So mögen sie denn drei Tage noch Todesangst ausstehen.« – »Und Gerwalt, wenn wir ihn greifen? Soll er straflos bleiben? Er hat doch ...« – »Seine Strafe – für sein Verschweigen – soll mir der treue Ardarich bestimmen, – der auch geschwiegen hat. – Jene drei Trunkenbolde – nach dem Fest! – ans Kreuz!« – »Herr, es sind tapfere Männer. Und es war das erste Mal ...« – »Drum will ich sie vor Rückfall schützen. Die Germanen sollen saufen, nicht meine Hunnen: den ewig Nüchternen gehört die Welt.«

Chelchal schwieg.

Abermals machte Attila, in Sinnen versunken, einen Gang durch die weite Halle. Dicht vor dem Freunde blieb er nun stehen: »Seltsam, Alter, ganz seltsam. – Nie erging mir's so mit einem Weibe. Vor diesem jungfräulichen Antlitz, vor dieser Unnahbarkeit, vor diesem Blicke mörderischen Hasses beschleicht mich etwas, das ich nie gekannt. Wie entbrannte ich, da ich zuerst sie sah! Wie verlangt in diesem Augenblick mein Arm, diese üppige Schönheit zu umschließen –! Und meiner Seele ...«

»Nun, Herr?«

»Meiner Seele – graut vor ihr! Es ist nicht Furcht! Zum Lachen! Ich zerbreche sie ja in meinen Armen. Furcht! Nicht einmal dort, an der Marne, kam sie mir: – in jener bösen Nacht. Die Westgoten hatten wirklich auch den dritten, den letzten Graben vor meinem

Lager überschritten: denn viele tausend Leichen meiner Hunnen füllten ihn aus bis zum Rande. Ich ließ mir vor meinem Zelt einen hügelhohen Scheiterhaufen aufrichten von Pferdesätteln und Holzschilden und ganz mit Pech beträufeln Da oben lag ich, die brennende Fackel in der Hand, mich lebendig zu verbrennen, bevor sie eindrangen und Attila ein Gefangener wurde. Eisige Ruhe des Entschlusses hatte mich gefühllos gemacht wie einen Toten bei lebendigem Leibe. Aber Furcht oder Grauen? Nein! Jedoch dieses Germanenmädchen! Weißt du, nicht Furcht ist es: Scheu: wie ich sie als Knabe spürte, als ich noch an Heiligtümer glaubte –! Der verliebte Junge hat Recht: sie hat etwas von einer blonden Göttin. Wie sie, schneebleich im Angesicht, die Hände mit goldnen Fesseln auf den Rücken gebunden – herrlich hob sich so ihr edler Busen ab! – die keuschen Augen mit mir richtete – ein Schauer durchfröstelte mich bis ins Mark.« Er sah sich scheu um, ob die Halle völlig leer sei, trat dicht an ihn heran und raunte ganz leise:

»Höre, Alter – aber schweige gegen alle Sterblichen! – ich muß mir Mut – nein: sinnlose Wildheit! holen gegen diese Jungfrau. Du weißt, seit sechsundvierzig Jahren hab' ich nur Wasser ... Chelchal! stelle mir jetzt in den Schlafsaal den hohen Goldkrug – weißt du? den aus Aquileja! – ohne Mischkrug! – voll des allerstärksten Gazzatiner Weines ...« – »Nein, Herr! Das ist eitel flüssig Feuer!« – »Ich sage dir ja: mich friert unter ihrem Blick. Ich wollte, ich könnte jetzt das Feuer des Vesuvius in meine Adern gießen! Nun warte, weiße Göttin! Auch dieses Grauen sollst du mir schrecklich büßen! Ich will dich ...! Geh, Alter! Besorge den Wein! Dann bringe mir meine trotzige Braut. – Und höre, nimm ihr die Ketten ab.« – »Herr ...« – »Nun?« – »Die Germanin ist sehr stark. Laß sie gebunden, bis du – in Güte – sie gewonnen, daß sie sich füge. Sonst ...« »Bah,« lachte er, die Arme, wie er es liebte, kurz erhebend und die Muskeln anspannend. »Und noch eins: bei meinem Zorne, Chelchal, niemand wage, mich zu stören in den Freuden des Weines und der Liebe! Niemand poche! Niemand wage einzudringen, bis ich selbst morgen die Pforte öffne und hier heraustrete. Was einstweilen eintrifft von Meldungen an mich – mündlichen und schriftlichen – du nimmst sie in Empfang, du öffnest sie. Denn ich hoffe auf lange Wonne und dann auf lange, lange Ruhe.«

Drittes Kapitel.

Bald darauf stand Ildicho in dem Schlafsaal.

Chelchal selbst hatte sie – die Hände auf den Rücken gebunden, – durch die Gasthalle hereingeführt; nachdem er sie über die Schwelle geleitet, nahm er ihr die breiten goldenen Fesseln ab und schritt hinaus; sie hörte – schaudernd – wie er von außen mit dem Schlüssel abschloß. Das Geräusch machte sie erzittern am ganzen Leibe: ihr war, sie hörte ihr furchtbares Geschick nun unabwendbar hinter sich abgeschlossen. Sie sah sich hastig um in dem halbdunklen Gemach, einen Weg der Rettung, der Flucht, ein Mittel der Abwehr suchend: – vergebens!

Nur ein einziger Ausgang – der soeben verschlossene! – führte aus dem halbrunden Holzbau, der die Umrisse der vorliegenden Gasthalle – nur in viel kleinerem Maßstabe – wiederholte: diese Türe von starkem Eichenholz, wie übrigens die Holzwände überall, war von innen dicht mit Teppichen verhängt, bestimmt, jeden Schall der Außenwelt abzuhalten. Sie hörte aber doch – denn sie drückte das Ohr an das Schlüsselloch – ein Waffenklirren ganz dicht draußen: die hunnischen Wächter hatten sich – wie große Hunde – auf die Schwelle niedergeworfen: sie hatten ihre Nachtwache bezogen. –

Sie rüttelte an der Tür: unbeweglich blieb sie: obwohl der lange schwere Eisenriegel, der sie, außer dem Schloß, noch sperren konnte, von innen nicht vorgeschoben war. Ein Fenster fehlte: Luft und Licht drangen, wie in der Gasthalle, lediglich von oben durch Öffnungen in der hochgetäfelten Decke, die durch verschiebbare Vorhänge geschlossen werden konnten; sie waren jetzt geschlossen. Die Mitte des Schlafhauses füllte ein mächtiges Pfühl, ohne Holzgestell, nur aus weichen Decken, Polstern und Kissen unmittelbar auf dem Boden errichtet: dieser aber war handhoch mit Fellen jeder Art bedeckt; da fehlte weder der Tiger aus Hircanien, noch das Elch der Ostsee, noch der Eisbär der Finnen, noch der nubische Löwe. Neben dem Lager prangte ein kunstvoll gearbeiteter Tisch: ein mächtiger, drei Fuß hoher Goldkrug und ein kleiner Silberbecher standen darauf; die Platte von edelstem griechischem Erzwerk stellte die Hochzeit Plutons und Persephones dar: sie ruhte auf einem Fuß von schwarzem Marmor. Eine Anzahl von hölzernen Truhen mit hochgewölbten Deckeln stand an den beiden Langseiten des Gemaches: einige niedrige Polster vervollständigten die Einrichtung.

Vergeblich spähte die Gefangene an den Wänden umher nach Trophäen, nach Waffen, nach irgend einem Gerät, das als Waffe hätte dienen mögen: nichts dergleichen war vorhanden. Vergeblich mühte sie sich, die Truhen zu öffnen, in welchen etwa Waffen, Werkzeuge geborgen sein konnten; die Finger schmerzten sie bald; die Deckel waren fest geschlossen.

Da fiel ihr Blick auf eine schlanke, halb mannshohe Säule von edlem Zedernholz, die ein zierliches Räucherbecken von durchbrochenem Silber trug: sie sprang hinzu, sie suchte sie zu heben, die Last, mit der man freilich einen Menschen zerschmettern mochte – ach! sie war unbeweglich: tief in den Erdboden war die Säule mit eisernen Bogenstangen verankert! Verzweifelnd ließ sie die erhobenen Arme kraftlos sinken: Tränen wollten ihr in die Augen treten, aber sie zwang sie zurück. Sie durfte nicht verzagen.

Sie dachte an Feuer!

Durch die Flamme das Gemach, den Feind, sich selbst verderben? Aber ach! das Räucherbecken enthielt keine Kohlen: es war leer; und für sie unerreichbar hoch hing von der Decke herab die durchsichtige Bernsteinschale, in der aus ehernem Einsatz das einzige Licht glühte, das mit mattem Dämmerschein das – einer Gruft vergleichbare – Brautgemach erleuchtete; unstet, ungleich brannte es: manchmal flackerte es heller auf: dann stieg ein unangenehm süßlicher Qualm in gelben Wölklein schwellend daraus auf: es war köstlichster arabischer Weihrauch, von welchem die am Docht allmählich tiefer herabbrennende Flamme immer neue Schichten ergriff; das hunnische Unmaß aber hatte statt einiger Körnlein die herrliche Ware handvoll in die Ampel geschüttet: nahezu betäubend zog der gelbbraune Dunst allmählich durch das Gelaß. Sie strich nun an ihrem Gewand herunter, erwägend, ob sie nicht irgend ein Mittel der Abwehr trage. Ach, Chelchal hatte der Gefesselten aus dem Haargeflecht des Hinterhauptes sogar die lange starke Nadel gezogen: selbst den metallenen Gürtel hatte er ihr abgestreift. »Wenn er selbst eine Waffe bei sich führte?« dachte sie nun. »Ich entreiße sie ihm und töte mich.« Es war ihre letzte Hoffnung.

Da rauschte etwas in dem Gemach, dem einzigen Ausgang gerade gegenüber; kunstvoll war hier ein Vorhang so angebracht, daß er die Holzwand unmittelbar zu verkleiden schien; allein dahinter lag noch eine geräumige Nische, der Abschluß des Halbrunds.

Erschrocken fuhr sie zusammen: ihre Augen hefteten sich starr auf den Vorhang: hoch schlug ihr das Herz: er war es. Er schritt aus der Nische hervor, lang-

sam, den Blick an der Gestalt des jungen Weibes weidend. Er war es! Und ohne jede Waffe – sie sah es sofort! – nicht einmal einen Gürtel, ihn damit zu würgen! Als er die Mitte des Gemaches erreicht, schoß die Geängstigte pfeilschnell an ihm vorüber, hinter den Vorhang, in die Nische: sie hoffte – ach! kein Ausgang, nur die dicke Wand von Eichenbalken.

Da versagten ihr Hoffen, Mut und Kraft: sie sank auf beide Knie, drückte die verschlungenen Hände gegen die Wand und legte darauf das wunderschön gerundete Haupt.

Er wandte sich: wohlgefälliger Hohn spielte um die dicken Lippen: dies Verzagen, diese hilflose Ergebung freuten ihn unsagbar; jene Anwandlung von Grauen wich von ihm, er sah alles – wie so oft schon – leichten Spiels gewonnen. »Nein, Vögelein,« lachte er, »dieser Käfig hat keine Lücke. – Sei nicht töricht. – Du ahnst nicht, junges Geschöpf, welch' großartig Geschick dir die Sterne beschieden haben. Vernimm – sie wird dich gewinnen – eine Verkündigung: herrlicher als sie jenem Judenmädchen ward: der sagte ein Engel an, sie werde einen Gott gebären. Sie gebar ihn. Aber er endete – am Kreuz. Du aber wirst mir einen Sohn gebären, der wird Attilas Erbe und der Herr der Welt.« Heißer ward sein musternder Blick, jedoch er erschrak.

Denn wie von unsichtbaren Mächten emporgeschnellt, fuhr die Jungfrau vom Boden auf und aus ihrer Verzagtheit. »Ich? – Dir? – Einen Sohn? – Ich zerträte dem Scheusal die Stirn, bevor es die Augen öffnen konnte.«

Er stutzte; aber er suchte sich zu fassen: »So wirst du denn in goldnen Fesseln gebären. – Jetzt aber gib dich in Güte. Zwinge mich nicht zur Gewalt! Du bist mein. Kein Gott kann dich mehr vor mir retten.« »Aber eine Göttin!« rief die Jungfrau in frommgläubiger Inbrunst. Meine Göttin! Hilf, Patin Frigga!« Hoch aufgerichtet stand sie da, nicht mehr furchtsam, stolz, ja drohend.

Überrascht von dieser plötzlichen Wandlung trat er – zögernd – einen Schritt zurück; das kalte Grauen kam ihm leise wieder; doch ließ er sich nichts merken; er zuckte nur die hohen Schultern und höhnte: »Wie wird die es wohl anfangen, hier hereinzudringen?«

»Sie ist schon hier!« rief das Mädchen verzückt, »ich fühle ihre Nähe. Ich spüre, wie sie meine Arme stählt.« Und sie hob die beiden wunderschönen Arme gegen ihn, die Fäuste ballend.

Noch einen Schritt tat er zurück gegen das Pfühl hin; er blinzelte: »Du wirst nur deine Pein vermehren,«

erwiderte er, sehr unwirsch; »Alle fügten sich – zuletzt.« »Ich aber sterbe eher!« rief sie und folgte ihm drohend einen Schritt nach: ihre feingeschnittenen Nüstern zuckten, ihr goldleuchtend Auge schoß Blitze tödlichen Hasses: ihm war, auf ihrem Haupt hebe knisternd sich ihr Haar. »Rühre mich an und ich erdroßle dich!«

Da fuhr er zusammen, kalter Schauer durchrieselte ihn, er wandte das Auge von ihr ab – nun fiel sein Blick auf den Tisch mit dem Goldkrug. »Ah, zu rechter Zeit! Willkommen! flüsterte er zu sich selbst, ließ sich, wie müde, auf das Pfühl gleiten, schob den kleinen Trinkbecher zur Seite, faßte mit beiden Händen den schweren, breiten und hohen, randvoll gefüllten Krug, führte ihn an die Lippen und – trank.

Und trank und trank und trank, ohne abzusetzen, in langen, tiefen, durstigen, gierigen Zügen den gewaltigen Krug fast leer: – der Duft des schweren, mehr schwarzen als roten Weines stieg Ildicho entgegen – nur eine Neige konnte er nicht mehr zwingen. Er wollte, tief Atem schöpfend, den Krug auf den Tisch zurückstellen,: aber er sah dabei mit stieren, rotunterlaufenen Augen vor sich hin: er stellte ihn daneben, in die Luft: so fiel der auf das Eisbärenfell, die dunkelrote Neige färbte tief das glänzende Weiß.

Der Trinker aber schnalzte mit der Zunge und leckte die Lippen. »Ah! O! Ah! Das war köstlich! Fast so süß wie küssen. Wie dumm – das so lang' – vierzig Jahre – mehr! – entbehrt zu haben! – Ich hol' es nach! – O! Wirklich wie flüssig Feuer. Aber – schwer! Jetzt – Ildicho! Komm! Komm bald! Sonst werd' ich – müde! Setze dich zu mir! Nicht? Noch immer nicht?«

Mit großen Augen sah die Jungfrau auf den Lallenden herab.

»O, nicht doch! Nicht so tödlich blicken! Ich mag's – nicht – sehen! Kann's nicht sehen! Ich will die Augen – schließen. – Sie schließen sich selbst. Schlaf? Ja, ein kurzer Schlaf! Voll süßer Träume! Und – wenn ich erwache – erst noch mehr Wein – und dann ...« Da sank er, schwer atmend, auf den Rücken, der dicke wuchtige Kopf war dabei über das Kopfende des Pfühls hinabgeglitten: er lag mit dem Genick auf dem äußersten Rande des Endpolsters: gleich schnarchte er: aber es war mehr ein Röcheln als ein Schnarchen: dunkel-purpurrot ward sein Gesicht: der Mund war weit geöffnet – dunkle Tropfen glitten daraus: war es Wein, war es Blut? –

Ildicho trat ganz dicht an das Pfühl heran: »O! Frigga! Dank! O, nur eine Waffe!« flüsterte sie in leiden-schaftlicher Bewegung, mit beiden Händen in ihr Haar greifend. Siehe, da lösten sich plötzlich die prachtvollen Flechten und Zöpfe und fielen ihr von selbst in die offenen Hände.

Draußen auf der Schwelle des Brautgemaches lagen wachsam die fünf Hunnen und ihr Anführer.

Alles still: von außen: denn vor dem Tore der Gasthalle standen ebenfalls Wächter, die jede Annäherung verwehrten. Und auch von innen – von dem Schlafsaal her – alles still. Nur einmal sprang einer – der Anführer – auf und legte das Ohr an das Schloß, sah auch durch das Schlüsselloch: »Hörtet ihr nichts?« fragte er. »Einen halberstickten Schrei – meine ich? Einen Notschrei: ›Hilfe!‹« »Nichts,« sagte der zweite.

»Nichts,« lachte der dritte und zog den Fragenden am Mantel wieder herunter auf die Schwelle. »Willst du wohl das Gucken lassen?« »Man sieht nichts,« sagte der erste, sich niederlegend. »Es ist stockfinster drin. Die Ampel ist ausgebrannt.« »Und übrigens,« grinste der zweite, »leidet da drinnen jemand Not und schreit um Hilfe ...« »So ist es nicht unser Herr,« schloß der dritte.

Und nun hörte man nichts mehr, gar nichts mehr. –

Die kurze Sommernacht verrann: die Sterne verblichen: dann stieg aus flammendem Morgenrot die Sonne prachtvoll, sieghaft auf: es ward heller Tag, es ward Mittag. In dem Brautgemache rührte sich nichts; die Türe blieb unberührt, blieb geschlossen.

Viertes Kapitel.

Schon seit mehreren Stunden, bevor die Sonne die Mittaghöhe erreicht hatte, saß auch Chelchal geduldig auf der Schwelle. Aber auch ungeduldig: denn wichtige, bedrohlich lautende Nachrichten waren im Laufe der Nacht und des Morgens von vielen Seiten her eingetroffen über allerlei Beschickungen und Besuche und Versammlungen germanischer Könige und Richter untereinander: Boten, Späher hatte er verhört, Briefe an den Herrscher geöffnet ... –

Immer unruhiger ward er.

Zwar das Warten verdroß ihn nicht, den Alten. Noch tagelang hätte er, ohne zu murren, ausgehalten auf der harten Schwelle, auf der er kauerte. Aber einzelne dieser Meldungen, Anfragen der Grenzwachen, drohende Anzeichen schienen Erledigung, Weisungen, Abwehr sofort zu heischen. Und darüber hinaus stieg in dem treuen Mann allmählich eine bange Ahnung auf, als er – bei wiederholtem Lauschen an der Türe – noch immer kein Wort Attilas, keinen Laut auch der jungen Ehefrau vernahm. »Sollten – beide – so lange schlafen? Doch kaum!« Und mit Sorge gedachte er des ungeheuren Kruges voll schwersten Weines, des dem Herrn völlig ungewohnten.

Noch einmal, nachdem er vergeblich gelauscht, bezwang er seine Befürchtungen und setzte sich geduldig, aber seufzend, wieder auf die Schwelle. Da kam abermals ein staubbedeckter Reiter angesprengt – tot fiel sein Gaul vor der Gasthalle – und übergab ihm ein Schreiben: »Wir haben's einem Gepiden Ardarichs abgejagt,« meldete atemlos der Hunne. »Er wollte damit zu den Thüringen: wir mußten ihn in Stücke hacken, eh' er's hergab.« Chelchal schnitt die Schnüre auf, warf einen Blick hinein – sofort pochte er mit dem Knauf des Schwertes mächtig an die Pforte und rief: »Und gilt es meinen Kopf – auf, Attila! Auf, auf! Jetzt ist nicht Zeit, zu schlafen! Auch nicht zu trinken und zu küssen. Öffne, Herr! Lies! Empörung! Offener Trotz von Ardarich! Er hat – ganz nah von hier – seinen ganzen Heerbann versammelt! Der Suabe Gerwalt ist zu ihm entflohen! Die Germanen stehen auf!«

Alles still. Da rief der Getreue: »So öffne ich selbst, – trotz deinem Zorne.« Und er holte aus seiner Gurttasche den ihm anvertrauten Schlüssel und schloß auf. Aber die Türe blieb, obwohl das Schloß geöffnet war, unbeweglich, trotz seines Drückens und Drängens mit Arm und Knie.

»Es ist der Querriegel! Der Eisenriegel! Von innen vorgeschoben!« – »Warum? Warum tat das der Herr?« Bang, gespannt, neugierig lugten hinter ihm die Wachen. »Zurück mit euch, Vorwitzige!« herrschte er sie an; sie wichen wie gescholtene Hunde.

»Attila! Frau Ildicho! Öffnet doch! Zieht den Riegel zurück! Wichtige Kunde! Die Germanen stehen auf!« Da hörte er, wie der schwere Riegel im Innern – langsam, mit Mühe – zur Seite gezogen ward. Nun sprang die aufgeschlossene Tür von selbst auf – hastig trat er ein, die Türe hinter sich ins Schloß werfend. Ildicho stand vor ihm: schweigend, bleich, hochaufgerichtet; an dem Riegel stand sie: sie hatte ihn zurückgeschoben.

Noch immer waren die Vorhänge oben quer über das Oberlicht gezogen: – die Ampel war längst erloschen: so waltete, trotz des grellen Mittagssonnenscheines draußen, in dem Gemache dämmerndes Dunkel. Er tastete, er mühte sich, das Auge zu gewöhnen.

Das Nächste, was sein suchender Blick wahrnahm, war der gewaltige Goldkrug: umgestürzt lag er auf den Fellen, davor eine Lache, wie von Blut: aber es war der schwarzrote Wein: er duftete sehr stark: sein strenger Geruch erfüllte das Gemach. Er schritt darüber hinweg, auf das breite Bett zu.

Denn auf demselben – das sah er jetzt – lag der Herrscher auf dem Rücken, regungslos. Er schien fest zu schlafen: aber es befremdete, daß eine Purpurdecke das Gesicht fast völlig verhüllte: nur der Mund war sichtbar: er war weit aufgerissen.

»Schläft er?« fragte der Alte leise die Braut.

Diese gab keine Antwort: regungslos blieb sie stehen, wo sie stand. Da trat er ganz hinzu und zog die Decke von dem Gesicht.

Entsetzt schrie der Alte auf.

Die Augen, weit geöffnet, aber gebrochen, noch viel stärker als sonst aus den Höhlen hervorgetreten, waren starr auf Chelchal gerichtet: wild verzerrt waren die Züge wie von Krampf oder von tödlichem Schmerz, das ganze Gesicht gedunsen, blutrot, blutrot das Weiß der Augen: rote Flecken – nicht abermals Wein! – nein, das war etwas anderes! – hatten ihm Kinn und Hals und das weißseidene Untergewand reichlich bespritzt.

Aber Chelchal wollte nicht glauben, was er sah.

»Herr!« schrie er und rüttelte ihn am Arm, – der fiel schlaff herab. »Herr!« Er richtete nun mit Mühe den breiten, schweren Oberkörper auf: – der war noch ganz warm. »Attila! Wach auf! Du schläfst nur!«

»Nein!« sagte die Jungfrau ruhig und fest. »Er ist tot.« »Tot?« schrie der Alte wild. »Nein, nein!« Er sprang im Schrecken zurück. Da fiel der halb aufgerichtete Körper steif und schwer wie Blei zurück auf das Pfühl.

»Tot? Wirklich tot? Weh! Ich seh' es: das Blut. Ein Bluterguß – wie schon oft! – o! der Wein! diesmal hat er ihn getötet.« – »Nein. Ich hab' ihn erwürgt. Er war betrunken eingeschlafen. Aber er erwachte wieder. Er wollte mich ... zwingen. Da warf ich den Riegel vor, auf daß ihr ihm nicht helfen könntet. Mit meinem Haare hab' ich ihn erdrosselt.« »Von einem Weib ermordet!« schrie der Alte schmerzlich und raufte sich Haar und Bart. »Schweig, Unselige! Verfluchte! Wenn die Hunnen es jemals hörten! Verzweiflung würde sie fassen! O, der große Attila von Weibeshand gefallen! Sein Geist auf ewig verdammt, in niedrigem Gewürm zu leben!« Und in wildem Weh warf sich der Alte auf die Knie vor der Leiche, ihr Hände und Stirn mit Küssen bedeckend.

Aufmerksam, gespannt vernahm die Jungfrau diese Worte; sie wußte genug von dem hunnischen Glauben an Seelenwanderung, um ihre Bedeutung – ihre Bedeutung auch für das Hunnenvolk! – voll zu verstehen. »Und es ist wahr?« klagte Chelchal, wieder aufspringend, sich über die Leiche werfend; er hätte so gern gezweifelt an dieser Todesart! »Glaubst du, Ildicho kann lügen? Wähnst du, es ward mir leicht, das ekle Scheusal mit diesen Händen zu berühren? Kurz war der Kampf: der Rausch machte ihn fast wehrlos.« »Ja, es ist wahr!« jammerte der Alte. »Da! In seine Zähne eingeklemmt noch ein Strähne der gelben Haare der Germanin! O es ist gräßlich!« Er nahm einen der großen Bett-Teppiche auf und warf ihn über das Gesicht des Toten, »Ich kann es nicht sehen. Nun warte, du Mörderin! Noch drei Tage schützt dich das heilige Fest: am vierten aber sollst du – mit den Deinen zusammen! – sterben fürchterlichen Todes.«

Und er übergab sie den hunnischen Kriegern der Wache, die er jetzt hereinrief, mit dem Befehl, die Gefangene in eines der als Kerker dienenden, turmähnlichen, hohen, flachdachigen Blockhäuser zu sperren: »Allein! – Nicht zu den Ihrigen! – Und nicht zu Ellak! – Ihr stellt drei Mann als Wachen vor die verschlossene Türe. Entkommt sie, sterben die Wachen.« Und auf seinen Wink ward die Jungfrau ergriffen und fortgeführt: hoch aufatmend verließ sie das Brautgemach: – die Totenkammer.

»Wir gehorchen, Fürst,« sprach der Führer der Wachen, sich staunend überall in dem Gemach umsehend, »Aber – wo ist –? Er schritt nicht über die Schwelle! – Wo ist der Herr?« »Hier ist er,« stöhnte der Alte, von Schmerz übermannt, »tot ist er!« Er riß den Teppich hinweg.

»Tot? Attila?« – »Wehe!« – »Tot! Also ermordet!« »Von wem?« – »Niemand kam herein!« – »Wir lagen ja auf der Schwelle!« – »Also von dem Weib ermordet!!« – So heulten die Hunnen durcheinander. – »Nein! Nicht ermordet!« schrie Chelchal, mit dröhnender Stimme, hoch sich aufrichtend. »Wie könnt ihr denken! Von einem Mädchen – Er! Der stierstarke Mann! – Seht! – Den mächtigen Krug – er trank sonst nie Wein – ihr wißt es! Er hat ihn heute Nacht zu rasch geleert – er starb am Blutschlag – in sel'gem Doppelrausch von Wein und Liebe! Ein beneidenswertes Ende! Ruft Dzengisitz, Ernak und alle Fürsten herbei: sie sollen's erfahren und verkünden allem Volk der Hunnen: der Herrliche starb eines herrlichen Todes.«

Fünftes Kapitel.

Erschütternd, großartig in seiner barbarischen Wildheit war der Schmerz des Hunnenvolkes um seinen gewaltigen Herrscher, den einzigen großen Mann, den es je hervorgebracht hatte – und hervorbringen sollte – aus seiner Mitte.

Ein dunkles Gefühl schien die vielen Tausende zu beseelen: »Hier liegt gebrochen der starke Reif, der allein die einzelnen für sich leicht zu knickenden Pfeile der hunnischen Horden zusammengefaßt, sie zu einer unbrechbaren Kraft zusammengehalten hatte;« sie ahnten es: hier lag tot zu Boden der Hunnen Macht und Herrlichkeit für immerdar; ihr Stern war erloschen.

Verzweiflungsvoll waren die Ausbrüche des Wehs der Tausende von Männern, Weibern, Kindern, die in das Schlafhaus an die Leiche geführt wurden: denn nicht nur gefürchtet und bewundert, ja wie ein göttliches Wesen angebetet, auch heiß geliebt war er worden – trotz seiner Strenge, – dieser Fürchterliche von seinen Hunnen, deren Eigenart, deren Vorzüge und Scheußlichkeiten er in höchster, nie wieder erreichter Vollendung in sich zusammengeschlossen und dargestellt hatte.

Alle warfen sich vor dem zum Totenbett gewordenen Hochzeitlager nieder auf das Antlitz oder auf beide Knie, heulten und schrien, zerschlugen sich das spärliche Haar, zerrissen ihre Kleider. Einer von den Tausenden, die sich also niedergeworfen hatten, stand nicht mehr auf: das war Zercho, ein mißgewachsener Zwerg, der Hofnarr des Verstorbenen, von einer Häßlichkeit, die Gespött und Gelächter erzwang: Attila hatte ihn Jahrzehnte lang vor dem Mutwillen, vor der Roheit der Seinen beschützt: »Du bist tot,« schrie er unter Tränen, »wie soll Zercho leben?« Und er stieß sich zu Füßen des Lagers ein Messer ins Herz.

Lange, lange währte, Tag und Nacht hindurch, ununterbrochen diese Klage in dem Schlafhaus.

Chelchal, Dzengisitz, Czendrul und Ernak hatten abwechselnd die Massen hereingeführt; der Knabe Ernak jedoch hatte am frühesten seine Tränen getrocknet und, unter häufigem Flüstern mit Fürst Czendrul eine stolze, seltsam trotzige Haltung, zumal auch gegen Dzengisitz, angenommen. Ellak ward in seinem Holzturm durch Chelchal von dem Tode des Vaters benachrichtigt. Er schien an den Blutschlag nicht zu glauben. »Und Ildicho?« – es war seine erste Frage – »Ward sie sein Weib? Was hast du vor mit ihr?« »Sie bleibt gefangen,« erwiderte der Alte finster, »bis sie mit den Ihrigen stirbt.« – »Und ich soll glauben, sie ward sein Weib? Soll glauben, er starb am Bluterguß? Chelchal würde seines Herrn Witwe morden? Du verrätst dich selbst in deinem blutgierigen Haß. Sie ist nicht seine Witwe! Sie hat ihn –« »Schweig, ist dir dein Leben lieb!« warnte der Alte grimmig. »Laß mich – nur einen Augenblick! – hinaus! Laß mich sie sprechen!« – »Nein, du verliebter Tor, du entarteter Sohn! Du bleibst gefangen hier, bis – bis sie keines Schutzes mehr bedarf. Sieh, ich grollte Dzengisitz, der mir deine Freilassung – in diesem Augenblick, da das ganze Reich Mundzucks wankt! – abschlug. Ich hab' es immer besser mit dir gemeint als – Vater und Brüder! Er verweigerte es. Nur ein Gesamtbeschluß aller Brüder und der Fürsten dürfe über den vom Vater gefangen Gesetzten richten und entscheiden. Ich wollte dich – ihm zum Trotz – freilassen: nun aber – da du deinen Wahnsinn verrätst – bleibst du gefangen, bis du nichts mehr ändern kannst an der Rache, die ich dem großen Toten in das Ohr hinein geschworen.«

Sechstes Kapitel.

So war der erste Tag des Götterfestes verronnen. Nun aber rüsteten die Hunnen ihrem großen Herrscher die Leichenfeier. Vorerst schoren sich Männer und Weiber Bart und Haupthaar auf der ganzen rechten Seite des Gesichtes und des Kopfes völlig kahl ab. Dann schnitten sich die Männer mit ihren Dolchen Wunden in beide Wangen, so tief, daß man einen Finger darein legen mochte: denn nicht in weibischen Klagen und Tränen, in Männerblut sollte der gewaltige Fürst betrauert werden. Alsdann ward auf dem großen freien Platz mitten in dem Lager, in dem sogenannten »Ring«, der zur Versammlung und Musterung der Krieger, dann aber auch als Tummelplatz und Rennbahn für Reiter und Rosse diente – deshalb war er von sehr weiter Ausdehnung – eine der größten Kostbarkeiten aufgestellt des ganzen hunnischen Königshortes.

Das war ein gewaltig hohes und geräumiges Zelt von eitel Seide, feinster dunkel-purpurroter Seide: aus China war es als Geschenk des Kaisers nach Tibet, von da nach Persien gelangt; dort hatte – in besseren Tagen von Byzanz – ein römischer Feldherr das Kleinod erbeutet und nach der Hauptstadt gebracht; Attila aber erfuhr durch seine Gesandten von dieser purpurnen

Herrlichkeit und machte bei einem seiner Erpressungsverträge die Auslieferung des Prunkstücks zur Bedingung, welche der jämmerliche Imperator nicht abschlagen konnte. Dies Zelt, in welchem Attila nur selten, bei Entfaltung höchster Pracht, fremde Könige empfangen hatte, ward jetzt auf seinen gediegen goldnen Stangen aufgerichtet: ein goldner Drache mit beweglichen Flügeln, der im Winde auf- und niederzuschlagen schien, mit züngelnder Zunge und ringelndem Schweif, prangte oben auf dem Knauf der Hauptstange.

In dieses Zelt, das von unten bis oben mit erbeuteten kostbaren Waffen und mit Pferdegeschirr, funkelnd von Perlen und Edelsteinen, angefüllt ward, trugen sie den Toten in einem goldnen Sarg: dieser ward in einen silbernen, der silberne in einen eisernen gestellt. Nachdem diese Füllung und Ausschmückung des Zeltes vollendet war, versammelten Dzengisitz, Chelchal und die andern Vornehmen alle Hunnen im Lager, welche über ein Roß verfügten, – es waren aber viele, viele Tausende, – ordneten sie in Geschwader, und nun ritten sie dreimal im Schritt, dreimal im Trabe, dreimal im Dreisprung, dreimal in vollstem Jagen um das von dem Fußvolk dicht umdrängte Zelt, indem sie in eintöniger Weise das von Attilas hunnischem Lieblingssänger, dem reich beschenkten, gedichtete Totenlied dazu sangen oder heulten, gar oft von Schluchzen unterbrochen:

> *»Attila, du Sohn des Mundzuck,*
> *Größter Herrscher du der Hunnen,*
> *Du der Hunnen größter Herrscher,*
> *Heldenhaftester Völker-Herrscher*
> *Aller Hunnen und Sarmaten,*
> *Aller Wenden und Germanen,*
> *Reiche hast du, Herr, besessen*
> *Und dazu hast hundert Städte*
> *Du den beiden Kaiserreichen,*
> *Von Byzanz und Rom den Kaisern,*
> *Abgenommen und die Stolzen*
> *So erschreckt auf ihren Thronen,*
> *Daß sie, um den Rest zu retten,*
> *Jährlich Schatzung dir gesendet.*
> *Unerhörtes, Unerhörtes*
> *Scholl von dir durch alle Völker:*
> *Puru selbst, der Gott des Krieges,*
> *Gab sein Schwert dir, seinem Liebling.*
> *Und die traute Ledergeißel,*
> *Die da unsre Pferdchen geißelt,*
> *Daß sie springen, daß sie hüpfen, –*
> *Diese Geißel schwangst du über Alle Völker,*

daß sie mußten Hüpfen nach des Hunnen
Wink.

 Du, nachdem du all' das glücklich
Hast vollendet, starbst auch glücklich:
Den nicht fällte Schwert des Feindes,
Fällte nicht Verrat der Seinen,
Fällte Seuche nicht noch Alter,
Sondern – ohne Schmerz und Klage,
Während unversehrt dein Volk blieb, –
Unter Wonnen starbst du wonnig!
In der Vollkraft deines Leibes,
In den Armen schönen Weibes
Freudig, ohne Schmerzempfindung!
Kann man Tod denn nennen diesen
Ausgang ohne Weh und Schmerzen,
Einen Tod, der nicht zu rächen?
Und wir bargen dich in Golde,
Weil dir Rom geschatzt in Golde,
Und wir bargen dich in Silber,
Weil Byzanz dir schatzte Silber,
Und wir bargen dich in Eisen,
Weil dein Schwert schlug jeden Feind.

 Schon ist deine große Seele
Eingefahren in die Seele
Eines eben großen Helden,
Der an deiner Statt die Hunnen
Führen wird, o Sohn des Mundzuck,
Führen wird von Sieg zu Siege,
Wie du, Attila, sie siegtest,
Und die Herrschaft auf dem Erdball
Wird uns bleiben ewig und – –«

Der Gesang kam nicht zu Ende.

Hier ward er schrill unterbrochen. Denn plötzlich sprengten von dem Südtor her auf den Bestattungsplatz hunnische Reiter, darunter die vornehmsten Diener und Häuslinge des Knaben Ernak, mit allen Anzeichen der Flucht und des Schreckens! »Zu Hilfe!« schrien sie. »Zu Hilfe! Zur Rache! Die Gepiden! König Ardarich brach in das Lager!«

Siebentes Kapitel.

Und also war es. Gerwalt hatte ihn herbeigeholt.

Der Alamanne hatte, nachdem er sich der Beobachtung durch seine »Ehrenwache« entzogen, sich in dem Lager verborgen gehalten; ein Versuch, aus demselben zu entschlüpfen, war mißglückt: aber als die Nachricht von dem Tode des Gewaltigen wie ein Donnerschlag durch alle Gassen und Plätze des Lagers drang, war es ihm bei der Verwirrung, welche die Hunnen ergriffen und dann unwiderstehlich alle, auch die Torwachen, an das Totenbett hingerissen hatte wie Magnet die Eisenstäubchen, gelungen, auf einem flinken Hunnengaul – der Reiter lag heulend in Attilas Schlafsaal – aus dem Südtor zu entwischen.

Er hatte erfahren, daß König Ardarich mit starker Macht in dem Grenzwald stand, der südlich von der Theiß und Attilas Lager, zwischen diesem und dem Körösfluß sich weithin dehnend, das unmittelbar beherrschte Hunnenland und das Gebiet der Gepiden trennte. Der treue Mann hatte nicht Zügel gezogen in rasendem Ritt, bis er die Vorhut der Gepiden erreicht.

Fast atemlos meldete er König Ardarich das große Geschehnis und die Dinge im Hunnenlager, die demselben vorausgegangen waren: er beschwor den Fürsten, in höchster Eile den Gefangenen zu Hilfe zu kommen, durch sein Ansehen in Güte oder nötigenfalls mit Gewalt die von grausamstem Tode Bedrohten zu erretten, vielleicht sogar eine größere Entscheidung, eine allgemeinere, herbeizuführen. Er mahnte auch zu diesem Höheren: denn mit dem Gefürchteten war in dem tapferen Mann auch die Furcht vor dem Hunnenreich gestorben.

König Ardarich zögerte keinen Augenblick: tief aufatmend sprach er: »Die große Stunde kam, die lang ersehnte: sie kam rascher als zu hoffen war; wohlan, sie soll uns nicht klein finden; und nicht langsam. Ich komme.«

Wohl wußte er, wie leicht sogar seine ganze hier versammelte Macht wog gegenüber den vielen Zehntausenden von Hunnen in dem Lager. Dazu kam, daß er nur mit seinen Reitern – ein paar schwachen Tausendschaften! – noch rechtzeitig für die Errettung der Gefangenen eintreffen zu können erwarten durfte. Der weitaus größte Teil seines Heerbanns bestand, wie bei allen diesen Germanenaufgeboten, aus Fußvolk. Gleichwohl befahl er sofort – nicht das Horn trank er leer, das er hatte zum Munde führen wollen, als der Alamanne vor ihn trat – seinen Reitern, aufzusitzen und zur Verdoppelung ihrer Zahl je einen Fußgänger mitzunehmen, der bald hinter dem Reiter auf dem Pferde saß, bald neben dem Gaul hersprang, an der langflatternden Mähne sich haltend; den Kern der Berittenen bildete des Königs treue Gefolgschaft auf erlesenen Rossen und mit trefflichen, vom freigebigen Gefolgsherren geschenkten Trutz- und Schutzwaffen. Aber das waren doch nicht mehr als zweihundert Pferde.

»Auf, meine Reiter!« rief der König von dem mächtigen braunen Schlachtroß herab, den Speer erhebend. »Die Nornen rufen euch: die Schicksalsgöttin selbst, die Wurd, winkt euch herbei. Tot liegt Attila! Jetzt reitet, wie ihr noch nie geritten: ihr reitet in die Freiheit.« Und fort ging's in saufendem, klirrendem Jagen auf der alten, noch gut erhaltenen Römerstraße, die von Süden, von der Donau her, nach Norden, nach der Theiß führte und zu Attilas Lager auf dem linken Ufer dieses Flusses. Nach mehreren Stunden scharfen Ritts waren die äußersten Holzhütten der hunnischen Hauptstadt erreicht. Die Torwachen ließen Ardarich ohne weiteres ein: war er ihnen doch wohl bekannt, als der treueste und, neben dem Amaler Valamer, geehrteste aller unterworfenen Könige.

Die ersten, auf welche die innerhalb des Lagers weitersprengenden Gepiden stießen, waren die Begleiter des Knaben Ernak, die diesen, in königliche Kleider gehüllt, ein kleines Zackendiadem auf dem blauschwarzen Haar – ein allzu weiter, reich mit Gold behangener und bestickter Purpurmantel verschlang völlig, flatternd und klappernd, die knabenhafte Gestalt – durch die Straßen führten, ihm Gunst und Anhänger zu gewinnen.

Denn noch war der große Herrscher nicht bestattet, und schon haderten seine kleinen Erben um die Erbschaft: diese ungezählten Söhne, von denen die Zeitgenossen sagten, sie allein machten eine kleine Völkerschaft aus. Waren auch viele von ihnen noch jünger als Ernak und die meisten der Erwachsenen nicht in dem Lager anwesend, sondern als Beamte, Statthalter, Feldherrn, Anführer, Gesandte des Vaters im weiten Reiche verteilt: – es fehlte doch auch an der Todesstätte nicht an Söhnen, die zwar noch nicht ohne weiteres Stücke des Reiches an sich reißen wollten, – das behielten sie sich für später als Belohnung ihrer Dienste vor – aber doch jetzt schon für Ellak, Ernak, Dzengisitz oder andere hervorragende unter den abwesenden Brüdern Partei nahmen und Anhang warben: so hatte bereits an dem Leichenbett des Vaters jener grimmige, bald in blutiges Morden und Schlachten ausbrechende Streit der Söhne begonnen, der den Germanen bei Abschüttelung des Joches aller dieser Thronbewerber so erheblichen Vorschub leisten sollte.

Der Erzieher, der Waffenträger, der Haushofmeister des Prinzen und besonders auch Fürst Czendrul, des Erziehers Bruder, hatten bereits bei Lebzeiten Attilas geheim unter der Hand überall im Volke der Hunnen wie in dem Lager, so unter den Horden, die draußen in den Provinzen zelteten und wanderten, die Kunde verbreitet, der Vater habe durch letztwillige Verfügung vor den hunnischen Großen – sie beschworen, selbst zu den Zeugen gezählt zu haben – diesen schönen Knaben zum Allein-Erben seiner Macht bestellt; die sämtlichen andern Söhne sollten lediglich als Ernaks Unterkönige oder Statthalter unter seiner Oberhoheit und kraft seines Auftrages herrschen.

Jetzt, nach des Vaters Tod, hatten sie eilends Boten mit solcher Meldung überallhin aus dem Lager entsendet, und wenn sie auch in der Hauptstadt selbst gegenüber dem gefürchteten Dzengisitz – Ellak war ja zum Glück durch Attila selbst unschädlich gemacht, auch bei den Vollblut-Hunnen nicht sehr in Gunst – noch nicht wagten, mit jenem weitgehenden Anspruch offen aufzutreten, so taten sie doch alles, dies spätere Auftreten vorzubereiten, indem sie den schönen Thronbewerber überall umherführten und Mitleid und Vorliebe für ihn, den, wie alle wußten, geliebtesten Sohn, den nun verwaisten, des großen Herrschers zu erwecken suchten; die aber, die ihm zur Herrschaft verholfen hatten, mußten dann auch der Macht und der Schätze des Hunnenreichs vor allen andern froh werden.

So war denn in jeder Lagergasse der Haufen des Volkes weiter angewachsen, der hinter dem weißen Rößlein des Knaben drein ritt oder lief, Beifall johlend, den großen Vater preisend, und des Söhnchens Anmut und Schönheit.

Einer der Torwächter war in das Lager vorausgejagt, den Erben des Herrn Ardarichs Eintreffen zu melden: er stieß zunächst auf Ernak. »Ist er endlich da, der faule germanische Hund?« rief der Knabe, in den breiten goldschaufeligen Bügeln sich hebend und über den Kopf seines Zelters hinweg vorlugend. »Ich will ihn lehren, seinen Herrn warten zu lassen! Attila war schwach geworden vor Alter! Vorwärts!« Und er peitschte grausam mit seiner neunsträngigen Hunnengeißel die Flanken des Tieres, stieß ihm den Sporn in die Weichen, daß das Blut aufspritzte, und schoß, weit voraus den Seinen, den Gepiden entgegen. »Wo stecktest du so lang, Ardarich?« schrie er mit unschöner schriller, allzu hoher Stimme den König an.

Dieser hatte bei seinem Anblick den Zügel gezogen; unbeweglich hielt er, wie ein Reiterbild von Erz, auf seinem hohen, mächtigen Streitroß, der dunkle Mantel floß von seinen breiten Schultern, auf seinem Helme hoben sich die mächtigen Flügel des Königsadlers: daraus quollen die langen, goldbraunen, aber schon leicht ergrauten Königslocken hervor und rollten bis auf die Brünne; den Speer hielt er, die Spitze nach unten – das Zeichen friedlicher Verhandlung – senkrecht auf den Boden: still und stet und stolz saß er da: echt königlich war das Bild: diese starke; aber ruhig verhaltene Kraft hätte jedem Denkenden Ehrerbietung, Scheu, ja Vorsicht eingeflößt.

Aber der halbslavische Hunnen-Junge schrie: »Wo stecktest du so lange, Gepide? Mein großer Vater schied aus dem Leben im Zorn gegen dich. Du ließest Attila warten! Das wird nie verziehen. Ich erbte, wie sein Reich, so deine Bestrafung. Sitze nicht da vor mir, wie der Stolz zu Pferde! Herunter von deinem Gaul, hochfärtiger Germane! Knie nieder neben mir, küsse mir den Steigbügel und erwarte, was ich über dich verhänge.« Und er fuchtelte durch die Luft mit der hunnischen Geißel.

Ardarich schwieg; er rührte sich nicht: aber warnend, Unheil drohend richtete er die stahlgrauen Augen auf den Zornigen. Der spornte ungeduldig sein Pferd, ritt dicht an den König heran und rief: »Wird's bald, Knecht?«

»Ich verhandle nicht mit Knaben,« sprach der König, über ihn hinwegblickend, »ihr aber, ihr Fürsten der Hunnen, du, Czendrul, hört mein Wort. Nur Attila habe ich geeidet, nicht seinen Söhnen, ich schulde ihnen nicht Treue oder Gehorsam. Um des großen Vaters willen aber rat' ich euch guten Rat: laßt uns alles in Frieden schlichten. Stellt die gefangenen Germanen vor ein Gericht aus Germanen und Hunnen gemischt und ...«

»Schweig mit deinem Rat, frecher Knecht!« schrie Ernak. »Ich bin dein Herr. Das sollst du jetzt erfahren.« – »Niemals, Fürst Czendrul, dien' ich einem Jungen. Die Zeit der Knechtschaft ist um. Ich und Valamer, der Amalung, wir sind fortan frei. Und ich rat' euch, ihr Fürsten der Hunnen, gebt auch die andern Germanenvölker frei. Ihr müßt es doch: – tut es lieber von selbst!« »Nein!« schrie Ernak. »Wie Hammel einer Herde, wie Sklaven eines Landguts werden wir euch unter uns, die Erben eures Herrn, verteilen. Auseinander reißen wollen wir eure Völker. Einen Fetzen des Gepidenvolkes nehme ich und einen andern erhält Dzengisitz: sechs andere, durchs Los verteilt, fallen an sechs andere Brüder. Ihr sollt mich kennen lernen, ihr Germanenhunde!« Und er hob die Geißel zum Streich und schlug des Königs Roß auf den Kopf, daß es hoch bäumend stieg. Aber sofort bändigte der Reiter das empörte Tier durch den ehernen Druck der Schenkel; er hob nun und wandte drohend den zur Erde gesenkten Speer: »Hüte dich! Ich warne. Wage keinen zweiten Schlag! Sonst –« »Hui,« kreischte Ernak, »ein gefangener Jude erzählte mir jüngst ein Stücklein von einem Königssohn seines Volkes, das gefiel mir. Das Volk murrte wider ihn, der Thronerbe aber sprach: ›Mein Vater hat euch mit Ruten geschlagen, ich will euch mit Skorpionen züchtigen‹. Lern's, Germane!« Und er schwang wieder die Geißel, aber diesmal gegen des Königs Antlitz.

»So stirb, junger Giftwurm!« rief der und, dem Schlage zuvorkommend, das Roß spornend, rannte er ihm den Speer durch den reichvergoldeten Ringpanzer mit solcher Wucht in die Brust, daß die Spitze zwischen den Schultern hervordrang.

Schwer bedroht war aber nun sein Leben. Denn bevor er den Speer aus dem Leibe des rücklings Herabstürzenden ziehen konnte, war Fürst Czendrul an seiner Seite und mit dem Schrei: »Nieder, Kindesmörder!« schwang er den krummen Säbel über seinem Haupt. Jedoch bevor der sausende Streich fallen konnte, fuhr dem Fürst ein Wurfspeer durch die Stirn: Gerwalt hatte trefflich gezielt. »Drauf! ihr Gepiden! Freiheit!« rief der Alamanne, das Streitbeil aus dem Gürtel reißend. Unter lautem Jubelgeschrei warfen sich die Reiter Arbarichs auf die durch den Fall ihrer beiden Führer entsetzten Feinde. Der wuchtige Anprall der schweren Germanenrosse warf die hunnischen Klepper sofort über den Haufen: heulend flohen die Hunnen tiefer in das Lager hinein, verfolgt von den siegjauchzenden Germanen.

Achtes Kapitel.

Flucht und Verfolgung kamen freilich sofort zum Stehen, sobald Hunnen und Gepiden die Mitte der Holzstadt erreicht hatten, den Bestattungsplatz, wo viele Tausende von Hunnen zu Pferd und zu Fuß sich vor dem Totenzelte drängten.

Aber schon vorher, auf dem Wege nach dem Hauptplatz, verhalf der Zufall den Eindringenden zu einem nicht zu erhoffenden Gelingen. Als Ardarich und die Seinen an dem hohen Eckhaus einer Lagergasse vorbeisprengten, – ein paar hunnische Krieger, die vor der Türe Wache zu stehen schienen, wurden von den Fliehenden mit fortgerissen – hörten sie aus dem Innern des Holzhauses des Königs Namen rufen und in gotischer Sprache um Hilfe, um Befreiung schreien.

Gerwalt sprang ab und zerschlug mit der Streitaxt den Holzladen, der von außen verriegelt, ein Fenster im Erdgeschoß verschloß: hurtig kletterten aus der Öffnung Wisigast, Daghar und ihre Gefolgen: sie hatten, durch den Lärm aufmerksam geworden, durch die Spalten der Laden lugend, die Flucht der Hunnen, das Einsprengen der Gepiden wahrgenommen. Freudig begrüßt und mit Waffen versehen folgten die Befreiten Ardarich und den Seinen: jetzt erst erfuhren sie – ihre Wächter hatten kein Wort an sie gerichtet – die große Nachricht von Attilas Tod, von Ildichos wunderbarer Errettung, aber auch von ihrer Gefangenschaft in einem Gerwalt unbekanntem Hause.

Als nun die Germanen auf dem Mittelplatz vor dem Totenzelt angelangt waren, da stockte eine Weile die herandrohende Entscheidung. Die Gepiden stutzten im Angesicht der ungeheuren Menge der hier versammelten hunnischen Krieger zu Roß und zu Fuß: die Führer derselben aber, zumal Dzengisitz und Chelchal, erforschten von den atemlosen Flüchtlingen vorerst noch die Vorgänge, die sich soeben an der Südseite des Lagers begeben.

Sie vernahmen mit Ingrimm den Tod Ernaks und des Fürsten Czendrul: sie und ihre Scharen übersahen allmählich die geringe Zahl der Gepiden, die ihres Königs hochsinniger Drang, zu retten, mit sich fortgerissen hatte, – wie es nun schien, in das unvermeidbare Verderben.

»Ernak gemordet! Czendrul erschlagen!« schrie Dzengisitz. »Hör' es, Vater Attila, wir rächen sie.«

Und nun ward die Lage der Germanen eine verzweifelte. Unrettbar waren die paar Tausendschaften verloren, erdrückt von der gewaltigen Übermacht, lange bevor das Fußvolk eintreffen und wenigstens den Rückzug einigermaßen decken konnte. Noch einmal ritt Dzengisitz, die Geißel schwingend, die vorderste Reihe der Seinigen entlang, sie zurechtschiebend und ordnend: »Vorwärts, ihr Söhne Purus,« rief er, »folgt mir! Habt ihr es nicht gehört von euren Priestern, habt ihr es nicht selbst mitgesungen? Der Geist meines Vaters ist – nach seligstem Tod in doppelter Wonne – eingefahren in einen eben großen Helden. Ich spür's: ich bin dieser Held! Folgt mir, Dzengisitz führt euch zum Sieg. Denn Dzengisitz ist Attila geworden!« Tiefe Stille folgte für eine kurze Weile auf diese Worte: andächtig, durchschauert von frommem Wahn senkten die Hunnen die Köpfe und kreuzten die Arme auf der Brust zu stummem Gebet, bereit, im nächsten Augenblick in wild ausbrechender Wut über die allzu kühn Eingedrungenen herzufallen: diese schienen hoffnungslos verloren.

Da geschah ein völlig Unerwartetes.

Neuntes Kapitel.

Es erscholl plötzlich in die tiefe Stille vor dem Ausbruch des Sturmes hinein ein lauter Ruf in hunnischer Sprache: »Lüge! Alles Lüge!«

Hoch von oben her, wie vom Himmel, schien das Wort zu kommen. Erstaunt blickten die Germanen, erschrocken die Hunnen empor in die Richtung des Schalles.

Hoch auf dem Flachdach eines der Holztürme ward sichtbar eine ragende Gestalt in lichter Gewandung, das Haupt wie von eitel Glorienschein umflutet: es war Ildicho: ihr goldnes Haar leuchtete in dem Vollglanz der untergehenden Sonne. Und sie rief aus aller Kraft ihrer Brust auf die atemlos lauschenden Tausende herab mit machtvoller, weithin vernehmbarer Stimme: »Belogen seid ihr, Hunnen, und betrogen! Nicht an Bluterguß starb er. Ein Weib hat ihn getötet: ich, Ildicho, erwürgte ihn in seinem Rausch mit diesen meinen Haaren! Daher die gelben Haare zwischen seinen Zähnen.«

Die Wirkung dieser auf dem ganzen Mittelplatz vernommenen Worte auf die Tausende von Hunnen war eine ungeheure; sie schauten die stolze, lichte Gestalt der glanzumfluteten Jungfrau, wie sie von dem überall sichtbaren Flachdach emporragte, einer Göttin vergleichbar: ihre edle Erscheinung, ihr Stolz, ihr todesverachtender Mut, die Wahrhaftigkeit in dem Klang ihrer Stimme ließen keinen Zweifel aufkommen in ihrer Rede.

»Wehe! Wehe!« – »Von Weibeshand getötet!« – »Wie schon sein Vater!« – »Das ist der Fluch!« – »Er hat sich an ihm erfüllt!«

»Er wird sich weiter erfüllen!« – »Von Geschlecht zu Geschlecht!« – »Weh seinen Söhnen!« – »Ach, er ist auf ewig verwünscht.« – »Auf ewig ein ekler Wurm!« – »Weh uns! Wehe!« – »Welch Entsetzen!« – »Flieht hinweg von seinem verwünschten Leibe!« – »Fluch bringt die Nähe solcher Leiche! Tödlichen Fluch!« – »Flieht! Flieht!«

So rief, so klagte, so schrie, so tobte, so raste es über den weiten Platz hin. Und nach allen Seiten stoben sie auseinander, heulend, die Waffen wegwerfend, zu Fuß, meist aber zu Roß und dann das Roß mit wilden Geißelschlägen zu raschestem Lauf hetzend, Weiber, Kinder, Fußgänger, Freund und Feind in blinder Flucht überrennend.

Die Hunnen waren wie der Sand am Meer: unwiderstehlich in sieghaftem Anprall, trieb der günstige Wind des Glückes sie vorwärts, haltlos aufgelöst und unaufhaltbar nach rückwärts auseinanderstiebend, traf sie ein Windstoß des Unheils von vorn.

Blindes Entsetzen, Verzweiflung entscharte die vielen Tausende zu besinnungsloser Flucht. Vergeblich warfen sich ihnen ihre Führer, ihre Fürsten entgegen: umsonst beschwor sie der greise Chelchal, das spärliche Haar raufend, doch die Leiche des Herrn nicht im Stiche zu lassen, vergebens schlug Dzengisitz mehr als einen der Fliehenden mit der Geißel zu Boden: er ward selbst vom Pferde gestoßen, zu Boden gerissen von den vielen Hunderten, die, zu dichten Knäueln geballt, von allen Seiten auf ihn einfluteten: er verschwand unter den Füßen der Gäule, der Menschen.

Da war es Chelchal gelungen, auf die oberste der Stufen zu klimmen, die von allen Seiten das Zelt umgaben: von dieser erhöhten Stellung aus schrie er nun über die durcheinanderkreischende Menge hin: »Glaubt ihr doch nicht, der Germanin! Sie lügt! Wie, auch du fliehst, tapfrer Dsorrtilz? Stehe doch! Sie lügt.« Und er faßte mit beiden Händen einen vorüberstürmenden Krieger an den Schultern. Es war der Führer der Wächter, – er hatte mit Chelchal die Leiche gereinigt und gepflegt. Aber in verzweiflungsvoller Angst riß sich der Mann los und schrie aus Leibeskräften: »Nein! Sie lügt nicht! Laß mich los, Alter! Flieht, ihr Freunde, flieht von der verfluchten Leiche. Ich hab's gesehen! Ich schwör' es: ich sah mit Grauen, mit grausendem Ahnen – die gelben Haare – in seinem Munde: sie lügt nicht! Sie hat ihn erwürgt mit ihrem Haar! Flieht!« Und er rannte dahin, und überall, so weit sein Schreien drang, verstärkte es das Entsetzen. Nur eine kleine Schar ihm treu ergebener Sklaven und ein paar Häuslinge vermochte der Alte durch Bitten und Gewalt bei sich um das Totenzelt versammelt zu halten: er zitterte, die Germanen würden dasselbe sofort bedrohen.

Allein das lag ihnen fern. In der Überraschung über die plötzliche fast wundergleiche Errettung aus ihrer verzweifelten Lage hatten sie noch gar keinen Entschluß fassen können. Auch mußten sie sich unablässig einzelner Hunnen erwehren, die, ohne Angriff oder Rache zu beabsichtigen, lediglich in dem blinden Drang, dem Fluche, der an der Leiche haftete, zu entfliehen, wie nach allen andern Seiten, so auch nach der Südseite, wo die Gepiden standen, davonzueilen versuchten und um sich schlugen auf Feind und Freund, auf alles, was sie aufhielt. Manchmal gelang es den blind Anstürmenden, die Reihen der Gepiden zu durchbrechen und gen Süden weiterzufliehen. So kam

es also hier und da zu kleinen Gefechten zwischen einzelnen oder ganzen Knäueln von Hunnen mit den Germanen: aber ohne Gefahr für diese; denn den Verzweifelten fehlte wie die Absicht so die Leitung des Kampfes: sie wurden von den Nachdrängenden in die Speere der Gepiden getrieben und gestoßen: fast ausschließend Hunnen, nicht Germanen fanden den Tod bei diesem verworrenen Ringen.

Vergeblich aber bemühten sich Wisigast, Daghar und ihre paar Gefolgen, von der Südseite des Mittelplatzes aus über denselben hin auf die nordöstliche Ecke zu gelangen, wo Ildichos Holzturm ragte: allzu zahlreich waren die zwischen ihnen und jener Straßenecke durcheinander wogenden, dicht geballten Haufen von Hunnen zu Pferd und zu Fuß, von ledigen Rossen, die den Reiter verloren hatten, von Weibern und Kindern.

Daghar richtete unter seinen nur wenig fördernden Anstrengungen, vorwärts zu dringen – gar manchen Hunnen, der ihm nicht rasch genug auswich, hatte er niedergestoßen mit dem kurzen Wurfspeer – das Auge gespannt immer wieder zu dem Dach empor, auf welchem die hohe Gestalt der Geliebten deutlich sichtbar war. Die Haustüre zu öffnen, hatte sie wiederholt vergeblich versucht, bevor die Angst, die Erregung über den wachsenden Lärm auf dem Platze bewogen hatte, die als Treppe dienende Leiter hinanzueilen und von dem Dach hinabzuspähen: denn wie die einzige von außen zugeschlossene Türe waren auch die Fensterläden des Hauses fest von außen mit Riegeln gesperrt.

Allmählich drang Daghar doch dem Hause näher, Dank seinen grimmen Stößen, während König Ardarich seine Gepiden geschlossen beisammenhielt gegenüber Chelchal, der nun nachgerade doch wieder eine solche Anzahl von Hunnen um sich geschart hatte, daß ein Angriff derselben nicht mehr unmöglich schien: so beobachtete der Gepide vorsichtig, zum Schlagen bereit.

Plötzlich schrie König Wisigast laut auf: »Weh, Daghar! Schau empor! Sie ist verloren! Auf dem Dach! Schau hin! Ein Hunne!«

Daghar hielt inne im Vorwärtsdringen und sah empor: »Dzengisitz!« stöhnte er. »Sie ringen!«

Mit furchtbaren Streichen brach er sich Bahn durch die dichten Haufen der Feinde: aber so wenig diese seinen Waffen, seiner Verzweiflung gewachsen waren, – er mußte sich sagen, wäre selbst der Weg zu dem Hause ganz frei gewesen, er konnte nicht mehr rechtzeitig eintreffen oben auf jenem Dach, das Mädchen aus dem ungleichen Kampfe mit dem Unhold zu retten. Aber rächen wollte er die Geliebte! Und grimmig brauchte er fort und fort den Wurfspeer zum Stoße.

Zehntes Kapitel.

Mit zerfetzten Kleidern, mit zertretenem Speer, mit zerbrochener Geißel hatte sich Dzengisitz unter Aufbietung aller Kraft aufgerafft vom Boden und war zwischen den Beinen von Rossen und Menschen wieder auf die Füße zu stehen gekommen. Viele Quetschwunden von Hufschlägen und Fußtritten, die über ihn hingegangen, schmerzten ihn; Blut troff ihm in Strömen über das Gesicht: ein scharfer Dornsporn hatte ihm die rechte Wange von oben nach unten völlig aufgeschlitzt: immer ein Ausbund hunnischer Häßlichkeit, sah er nun, im Schmutz gewälzt, zerzaust und zerrissen, vom Blute besudelt, tödliche, aber ohnmächtige Wut auf den verzerrten Zügen aus wie ein Dämon der Hölle.

Er stand nun zwar: aber einen Augenblick taumelte er noch, seine Kräfte waren von dem verzweifelten Emporringen, von der Todesangst, von den Schmerzen seiner Wunden erschöpft: er hielt sich aufrecht an der Mähne eines neben ihm haltenden reiterlosen Gaules, er lehnte sich an dessen Bug: er schloß die Augen, er schnappte nach Luft. Schon drohte ihm Gefahr, von einer neuen Woge heranflutender Hunnen abermals umgerannt oder fortgerissen zu werden. Aber die Vordersten erkannten ihn und hielten die Nachdrängenden mit aller Kraft eine kurze Weile zurück: »Es ist der Königssohn. Dzengisitz! Verwundet! Haltet! Erdrückt ihn nicht!«

So vom Rücken her für den Augenblick gedeckt, raffte er all' seine Kräfte zusammen, warf einen Blick auf das Dach, wo Ildicho erschienen war, wandte sich gen Norden und trachtete nach jenem Hause.

Ein breiter Schwarm flüchtender Hunnen – sie wurden von hinten, von Süden her, von Daghar gedrängt – trennte ihn, der von Westen her nach Norden hin eilte, von seinem Ziele.

»Laßt mich durch,« keuchte er mit heiserer Stimme. »Laßt mich durch, ihr Männer! Ich bitte euch. Hört ihr? Dzengisitz bittet!« So furchtbare Leidenschaft loderte aus diesen Worten, daß die nächsten, die sie vernahmen, betroffen auswichen und auch ihre Nebenmänner zur Seite schoben. »Dzengisitz bittet! Das war

noch nie!« – »Platz, Platz für den Sohn des Herrn!« – »Was willst du, Herr?« – »Auch fliehen?« »Nein: rächen!« knirschte der, zwängte die letzte dünne Reihe von Flüchtigen auseinander, die ihn von dem Eckhaus trennte, riß das krumme Dolchmesser aus dem Gürtel und warf sich auf die Türe. Allein diese war verschlossen und sehr fest; das hatte Ildicho bisher gerettet.

Denn schon gar manchem der Hunnen, der auf der Flucht an ihrem Gefängnis vorübereilte, war, bei allem Streben, zu entrinnen, doch der Gedanke gekommen, die Mörderin des Herrn, die sich der Tat tolldreist offen berühmte, zu strafen, den Herrscher zu rächen. Die Wachen, die vor der Tür hielten, waren gleich im Anfang der Entscharung der Hunnen selbst entflohen oder von den Fliehenden fortgerissen worden. Aber die ungehütete Tür war von außen wie mit einem Eisenriegel, so mit dem Schlüssel gesperrt, und der Wächter, der den Schlüssel verwahrte, wie die andern verschwunden. So hatte gar mancher Hunne sich vergeblich bemüht, rasch einzudringen, und zu längerem Verweilen nahm sich keiner die Zeit.

Dzengisitz fand den Eisenriegel bereits von solchen Versuchen zurückgeschoben: aber mit einem wilden Fluche nahm er wahr, das Eichengefüge der Tür war viel zu stark und dick, mit dem Fuß eingestoßen werden zu können; auch an dem Schloß mühte er sich vergeblich mit den Fäusten, dem Dolche, dem Knie. »Ein Beil! Eine Axt! Ein Haus voll Gold für ein Beil!« »Hier, Dzengisitz, ist eine Axt,« rief ein vorüberfliehender Hunne, riß das Kampfbeil aus dem Wehrgurt und warf es dem Prinzen zu; der fing es behend. »Hei, ich will dich fliehen lehren, Hund!« knirschte er, sprang dem Manne nach und spaltete ihm mit einem Axtstreich den Hinterkopf.

Schon stand er wieder vor der Türe und schmetterte gewaltige Schläge gegen das Schloß. So furchtbar hieb er, daß das Krachen den Lärm der heulenden Weiber, das Schreien der Männer überdröhnte: vernehmlich drang es auch in die nächsten Häuser.

In dem gegenüberstehenden Eckhaus – es war ebenfalls von außen fest verschlossen und die Wächter vor demselben waren verschwunden – lauschte und lugte ein Mann, das Gesicht an eine lockere Fuge zwischen zwei Querbalken des Erdgeschosses gedrückt, gespannt auf die hallenden Streiche, auf den grimmen Anpocher: plötzlich verschwanden diese spähenden Augen.

Elftes Kapitel.

Einstweilen hatte die Jungfrau von ihrer hohen Stätte aus die ungeheuren Wirkungen ihrer kühnen Worte mit Stolz, mit Freude, aber auch mit Schreck wahrgenommen. Sie hörte das verzweiflungsvolle Geheul der Hunnen, sie sah deren Auseinanderstieben, das Ringen untereinander und mit den Germanen: sie erkannte auch – ach in weiter Ferne! – den Geliebten, den Vater, sie sah, wie diese sich mächtig, aber mit langsamem Erfolge mühten, näher an sie heranzudringen, sie sah ihre Waffen blitzen, gar manchen Hunnen stürzen: aber gar gering waren doch die Fortschritte der Ihren. Das ganze gewaltige, furchtbare Schauspiel, dessen Ausgang ja auch über ihr Geschick entscheiden mußte, hielt sie gefesselt in atemloser Spannung. Über das Geländer des Flachdaches vorgebeugt, bemerkte sie es nicht, daß zuweilen wohl ein Pfeil, der die Mörderin strafen sollte, in der Aufregung der Flucht, vom Rücken des scheuenden Gaules aus unsicher gezielt, neben ihr in das Holzwerk der Umplankung schlug.

So machte sie sich auch keine Gedanken über die Axtschläge, die freilich von unten her deutlich an ihr Ohr drangen; ihr Blick ging auf den freien Platz, nicht auf diese Türe in der Nebenstraße des Eckturmes. Aber nun schlug ihr eigener Name an ihr Ohr. Laut ward er herübergerufen von dem Flachdach des nächsten Hauses – jenseits der Nebenstraße –, so laut, daß er den Lärm auf dem Platz und jene Beilhiebe durchdrang. »Ildicho! Ildicho! Flieh'! Er wird dich umbringen! Flieh' von dem Dach in den Keller, verbirg dich! Gleich kann er da sein!«

Sie wandte sich nach der Richtung des Rufes: sie sah auf dem Dach des gegenüberstehenden Holzturms an der Ecke der Seitenstraße einen Mann, der, durch die ganze Breite dieser Gasse getrennt, zu ihr hinüberschrie und winkte. »Ellak! Du hier!« rief sie. »Was willst du?«

»Frage nicht! Verbirg dich. Es ist zu weit!« Er maß die Entfernung mit prüfenden Blicken: »Ich kann nicht hinüberspringen! Er wird dich töten!« – »Wer?« – »Mein Bruder! Dzengisitz! Er schlägt unten die Haustüre ein. Er wird die Treppen heraufeilen. Weh! Da ist er schon.«

Und wirklich tauchte bereits aus der schmalen Öffnung, die aus dem obersten Geschoß auf das Flachdach des Holzturmes führte, das scheußliche, blutige, von Wut verzerrte Gesicht des Hunnen auf. Das Beil hatte er in der eingeschlagenen Haustüre fallen lassen, das lange Messer hielt er zwischen den Zähnen: denn

beider Hände bediente er sich, die Sprossen der Leiter, welche die Treppe ersetzte, desto rascher zu erklettern.

Die Königstochter war mutig weit über Mädchenmaß: aber jetzt – bei diesem Anblick – stieß sie, tödlich erschrocken, einen Schrei der Angst aus. Einen Augenblick dachte sie daran, von dem Dach herunter auf die Straße zu springen – nur nicht in diese Hände fallen! – sie schaute hinab: da ergriff sie grausender Schwindel: turmhoch ging es hinunter: es war der Sprung in den Tod. Nun wollte sie – denn den Gedanken des Widerstandes, die Hoffnung auf Errettung gab sie auch jetzt nicht auf! – dem Unhold sich entgegenwerfen, ihm das Herausdringen durch die nur mannesbreite Dachluke wehren: sie wandte sich dieser zu: ach, es war zu spät! Schon stand er aufrecht auf dem Dach: eine kurze Weile noch maß er sie mit funkelnden Augen, mit dem Blicke des Wolfes vor dem tödlichen Ansprung auf das Reh.

»Daghar!« rief sie, »Daghar! Zu Hilfe!«

»Ja, schreie nur,« höhnte er mit heiserer Stimme, das Messer erhebend. »Du schreist umsonst! Der ist weit! Wehe dir, Mörderin des herrlichsten Mannes! Leider: die Zeit gebricht, dich zu peinigen, wie du es verdienst, dir die Seele aus dem zuckenden Leib herauszuquälen. Aber leben sollst du nicht! Du sollst ...«

Da sprang sie ihm entgegen mit dem Mut der Verzweiflung. Sie war stark, diese Jungfrau, und furchtlos.

Oft hatte sie das widerstrebende Rind am Horn gefaßt und zum Gehorsam gebeugt: sie wollte dem Hunnen nicht ohne Widerstand fallen: sie wehrte sich ihres Lebens. Mit beiden Fäusten umklammerte sie die erhobene Rechte des Feindes, in welcher er das Messer hielt, – verwehrend, daß er damit zustoße, verwehrend auch, daß er die Waffe in die linke Hand nehme: und mit aller Kraft drängte sie ihn nach rückwärts gegen die Dachluke hin.

Einen Augenblick stand er verdutzt, von dem unerwarteten Widerstand überrascht. Aber nur einen Augenblick! – Gleich machte sich die überlegene Kraft des Mannes geltend: mit der freigegebenen Linken packte er das Mädchen am Halse und schob es, trotz alles Sträubens, vor sich her gegen die niedere Umgatterung des Flachdaches hin nach Süden: hier konnte, mußte er sie unvermeidbar überwältigen, sobald sie nicht mehr ausweichen konnte: er brauchte sie nur, ohne das Messer zu brauchen, rücklings über das Dach hinunterzustürzen.

Schon spürte die Jungfrau, unerachtet verzweifelten Gegenstemmens, Schritt für Schritt zurückgeschoben, zurückgezwungen, die hölzerne Brüstung des Geländers in ihren Kniekehlen, schon erlahmten ihre um seine Rechte geballten Fäuste, schon drückte er ihren Oberleib nach rückwärts über das Geländer hinaus: die Sinne wollten ihr vergehen: »Hilf, Frigga!« rief sie noch ...

Da schlug plötzlich an der beiden Ringenden Ohr von unten, von dem Platz und zumal von der Seitengasse her, ein solch Geschrei von Hunderten, – ein so markdurchdringender Schrei des Schreckens, des Staunens – daß beide zusammenzuckten. Dzengisitz ließ den Hals seines Opfers fahren, riß mit gewaltigem Ruck seine Rechte aus den beiden umklammernden Händen und sprang zurück, lauschend, lauernd.

Im selben Augenblick schwang sich hinter ihm von außen über das Geländer des Flachdaches herein ein Mann: es war Ellak.

Zwölftes Kapitel.

Er hatte, den Tod Ildichos vor Augen, den verzweifelten Sprung von einem Dach auf das andere gewagt. Der Aufschrei der Menge auf der Gasse, auf dem Platze hatte die unerhörte Tat begleitet: sie war hoffnungslos, sie war gräßlich gewesen zu schauen: aber sie war – um ein paar Zoll handelte es sich – gelungen: mit den weit vorgestreckten Fingern der Linken – des Stumpfes der zerschmetterten Rechten konnte er sich ja nicht bedienen – hatte er das Gitterwerk der Brüstung erreicht, umkrallt und sich in der Schwebe gehalten, bis er den Unterleib nachziehen und sich, nun auch den Ellbogen des rechten Armes über die Brüstung biegend, hereinschwingen konnte: freilich rollte er dabei auf das flache Dach, aber sofort stand er auf den Füßen und sprang zwischen Dzengisitz und das Mädchen.

»Flieh, Ildicho!« schrie er. »Die Dachleiter hinab. Die Deinen sind nah! Daghar ...« Allein Dzengisitz schnellte blitzgeschwind rückwärts an die Dachluke, sie völlig mit seinem Leibe verstellend. Er hob drohend den Dolch. »Elender! Verfluchter Gote! Du schützest die Mörderin deines Vaters? So recht! Nun sollt ihr beide ...« – »Richten soll man sie, nicht morden.« Und er warf sich auf Dzengisitz, fiel ihm in den Arm und suchte ihn von der Dachluke hinweg zu sich heranzuziehen, um diesen Ausgang für Ildicho freizumachen. Und wirklich: mit Anspannung aller Kräfte gelang es ihm, den Rasenden drei Schritte von der Öffnung fortzuzerren. »Flieh, Ildicho!« rief er noch einmal.

Schon war diese behend an den Ringenden vorbei an die Luke gesprungen. Sie strich mit beiden Händen ihr weitfaltiges Gewand zusammen, ließ sich nieder, schob die Füße durch die viereckige Öffnung, ertastete mit ihnen die Leiter, und ließ sich rücklings an derselben hinabgleiten, nicht der einzelnen Sprossen sich bedienend, nur mit beiden Händen an den senkrechten Leiterstangen sich haltend und so hinunterrutschend. Schon stand sie nun aufrecht auf dem Boden des obersten Stockwerks.

Da hörte sie oben auf dem Dach einen schweren, dumpfen Fall. Gleich darauf sauste Dzengisitz, das blutüberströmte Messer in der Faust, die Leiter herab. »Tot liegt der Hund! Du folgst ihm!« schrie er und haschte sie am lang nachflatternden Haar, wie sie soeben die erste Stufe der in das untere Stockwerk führenden breiten Treppe erreicht hatte. Sie schrie laut auf: vor körperlichem Schmerz am Haupt und vor Todesangst: schon glaubte sie das Eisen im Nacken zu spüren: sie schloß die Augen, zum Tode bereit. »Daghar!« rief sie noch.

»Hier bin ich!« scholl es ihr von der Treppe herauf entgegen. Zugleich fühlte sie ihr Haar freigegeben, hörte sie dicht hinter sich einen gräßlichen Schrei: sie schlug die Augen auf: neben ihr stand Daghar: sie blickte um: hinter ihr, auf dem Boden liegend, schlug der Hunne röchelnd mit den Fäusten und mit den Beinen um sich: ein Wurfspeer stak in seiner Brust.

Da schwanden der so arg Gepeinigten die Sinne: ohnmächtig sank sie in die Arme des Geliebten.

Dreizehntes Kapitel.

Als Daghar mit der unter seinen Küssen wieder zum Bewußtsein Erwachten die Haustür überschritt, stieß er auf König Wisigast und die Gefolgen, welche die letzten Hunnen hier vor sich hertrieben.

Vereinigt eilten die Geretteten auf die Südseite des großen Platzes zu König Ardarich: sie trafen ihn in Verhandlung mit Chelchal.

Beide Führer waren vor die erste Reihe ihrer Krieger herausgetreten.

Ardarich lehnte den linken Arm auf seinen brusthohen Schild, die vorgesträubten Adlerflügel seines Helmes beschatteten sein mächtig Antlitz: den rechten

Arm hatte er um den Speer geschlungen: so stand er, stolz aufgerichtet, eine hohe Heldengestalt, echt königlich: er winkte Wisigast und Daghar, an seine Seite neben Gerwalt zu treten.

Vor ihm stand Chelchal in seiner schmucklosen, ja ärmlichen alt-hunnischen Tracht von Pferdehaut, barköpfig, die langen, aber dünnen Strähne des grauen Haares hingen ihm wirr und schlaff auf die Schultern; er lehnte auf seinem mannshohen hunnischen Bogen, dessen Sehne zerrissen im Winde flog; Blut sickerte aus seinem Halse, ein Geschoß hatte ihn leicht gestreift: er sah aus tief gebeugt, ja geknickt im tiefsten Mark des Lebens, das greise Haupt vornüber gebeugt, auf die Brust herabhängend, wie todmüde; Tränen, die bitteren, die heiß brennenden Tränen, welche nur des gereiften Mannes Auge kennt, rannen ihm in zwei großen Tropfen langsam über die bartlosen, hageren Wangen und mischten sich in dem spärlichen Bart mit dem Blut aus seiner Wunde.

Er hielt die Augen starr auf den Boden geheftet: er mied es, dem steten, dem siegessicheren Blicke des Germanenkönigs zu begegnen. Mit starker, aber ruhig beherrschter Stimme sprach dieser, in hunnischer Rede, so laut, daß auch Chelchals Krieger es hören und verstehen mußten:

»Du siehst also ein, vieltreuer Mann: der Vorwurf der Untreue trifft mich nicht: nur dem Toten habe ich geschworen und niemals hob' ich seither gegen ihn das Schwert: nichts bindet mich an seine Söhne. Ja, ihr müßt auch einsehen, hunnische Männer: nachdem ein Schrecken, den unsere Götter unter euch gesendet – sie redeten aus dem Munde jener herrlichen Jungfrau dort –«

»Der Mörderin!« warf Chelchal mit einem grimmen Blick auf Ildicho dazwischen.

»Nein, der Notwehrerin, in echter Not, in reinstem Recht! Nachdem unsere Götter durch Ildichos wahrhaftigen Mund eure vielen Tausende in wilder Flucht auseinander geblasen haben – du, tapfrer Chelchal, und die Wenigen, welche noch hinter dir stehen, ihr wäret nicht im Stande, uns zu wehren, wollten wir über euch hereinbrechen – bald trifft mein Fußvolk ein, acht volle Tausendschaften! – und eures Herrschers stolzes Grabmal niederstürzen.«

»Wag es, versuch es!« drohte Chelchal, düster, verzweiflungsvoll. »Wir decken jeden Zoll davon mit unsern Leibern.«

»Fern sei uns das! Ich ehre eure Treue: ich ehre auch den Toten. Nicht Rache: Freiheit suchen wir.«

Er wiederholte diese Worte in gotischer Sprache.

»Freiheit! Freiheit!« jauchzten hinter ihm die Seinen.

»Deshalb vernimm meinen Vorschlag. Töricht war dein Verlangen, das du im Anfang dieser Verhandlung stelltest: – ich solle dir König Wisigast, Ildicho und Daghar ausliefern und dafür unverfolgt abziehen. Sie ausliefern, für deren Errettung ich mein und meiner Reiter Leben eingesetzt! So stehen die Dinge nicht mehr zwischen uns. Hole dir die Befreiten mit den Waffen, willst du sie wieder haben.«

Chelchal stöhnte: er warf einen scheuen Blick auf seine zagenden Hunnen.

»Vielmehr nimm an, was ich – aus treuem Danke gegen den Toten! – dir biete. Wir greifen euch nicht an, wir ziehen ab in Frieden: aber alle Germanen im Lager, Weiber wie Männer, welche uns begleiten wollen, dürfen uns folgen in ihre Heimat. Ihr Hunnen bleibt – von uns unangefochten – und klagt um eures Herrn, ja eures Reiches Fall. Den vielen hundert Söhnen Attilas aber entbietet diesen Gruß:

Valamer, der Amalung, und Ardarich, der Enkel Wodans, und Wisigast der Ruge und Dagomuth der Skire und Fara der Heruler König und Hildiwalt der Turkiling und Helmichis der Langobarde und Hariogais der Markomannen- und Sido der Quadenkönig und Gerwalt und Hortari die Alamannen und Irnfried der Thüring und Arpo der Chatte und Markomer und Sunno die Uferfranken – all' dieser Völker Könige oder Grafen, wir sind gewillt, gebündet und geeidet, der Hunnen Joch nicht mehr zu tragen.«

»Wir werden euch,« antwortete Chelchal drohend, »wie entlaufene Knechte zum Gehorsam zurückzwingen oder fallen!«

»So wirst du denn fallen, Alter, du und alle Söhne Attilas. Die Götter sollen richten über euch und uns im blutigen Urteil der männermordenden Völkerschlacht. Sie sollen entscheiden, wem die Welt gehören soll: den Söhnen Attilas oder den Söhnen von Asgardh! Und laß uns nun – nach alter Heldensitte unsres Volks! – Zeit und Ort des großen Kampfs bestimmen! in vier Monden könnt ihr, können wir all' unsre Völker scharen: in Pannonien rinnt ein schöner Fluß, – den Netad nennt man ihn – durch breite Felder hin: ein herrlich Kampfgefilde Dorthin lade ich dich und alle Söhne Attilas und aller Hunnen Hordenmacht zum Streit. Soll's gelten?«

»Es gilt!« erwiderte Chelchal fest, sich aufrichtend.

Er winkte seinen Hunnen: diese entsandten Boten durch alle Gassen des Lagers, den Germanen zu verkünden, daß sie die Wahl haben sollten, zu bleiben oder mit Ardarich abzuziehen. Zu diesem gewendet begann er wieder: »Zieht ab von dieser heiligen Stätte, von diesem großen Toten, den eure Gegenwart entweiht!«

»Wir gehen!« rief Daghar. »Aber auf Wiedersehen in vier Monden! Dann wird der Netad blutige Wellen wälzen. Dann zurück mit euch in die Steppen des Aufgangs, von woher ihr gekommen. Dann stürzt der Hunnen Joch, die Welt wird frei!«

»Freiheit! Freiheit!« scholl es fernher aus den Lagergassen, wo immer Chelchals Botschaft verkündet ward.

Da trat Ildicho dicht an den Vater und an den Geliebten heran, sie hob das schöne Haupt – mit leisem Erröten – zu ihnen empor und flüsterte mit ihnen.

Beide nickten eifrig und König Wisigast begann: »Chelchal, außer den Germanen, welche uns im Leben folgen wollen, verlangen wir von dir noch einen Toten: Ellak! Er fiel für mein Kind, fiel von hunnischem Messer. Seine Leiche soll nicht von eurer Rache geschändet werden. Wir führen ihn mit uns ...«

»Und wir häufen,« fiel Daghar ein, »ihm, dem Amalungensproß, den Grabhügel nach alter Gotensitte.«

Chelchal nickte Gewährung: »Er gehörte nicht zu uns im Leben,« sprach er grollend, »er soll auch im Tode nicht zu uns gehören. Nehmt ihn, den Hälbling.«

Daghar selbst holte nun mit einigen Gefolgen die Leiche Ellaks von dem Dach herab: sie ward auf eine Tragbahre gelegt.

Die Hunnen zogen sich schweigend, finstere, aber mutlose Blicke auf die Gepiden werfend, ganz auf das Zelt zurück und umgaben es dicht gedrängt: das letzte, was Ardarich, der nun den Befehl zum Aufbruch gab, von den Hunnen sah, war die hagere Gestalt Chelchals: sie brach auf der obersten Stufe des Gezimmers vor dem Zelte zusammen.

- Ende -

HISTORICAL DIAMOND
Band 1
Der Attentäter
Roman von Karl Klein Wahll

HISTORICAL DIAMOND
Band 2
Die Seelenverkäufer
Abenteuerroman von Kurt Faber

HISTORICAL DIAMOND
Band 3
Jenseits des Äquators
Abenteuerroman von Ferdinand Emmerich

HISTORICAL DIAMOND
Band 4
Der Feind aus dem Dunkel
Kriminalroman von Annie Hruschka

HISTORICAL DIAMOND
Band 5
Der Tag der Vergeltung
Kriminalroman von Anna Katharine Green

HISTORICAL DIAMOND
Band 6
Die Yacht der sieben Sünden
Kriminalroman von Paul Rosenhayn

HISTORICAL DIAMOND
Band 7
Das Rätsel von Ravensbrok
Kriminalroman von Hans Hyan

HISTORICAL DIAMOND
Band 8
Spreemann und Co
Historischer Berlin-Roman von Alice Berend

HISTORICAL DIAMOND
Band 9
Die verlorene Welt
Abenteuerroman von Conan Doyle

HISTORICAL DIAMOND
Band 10
Allan Quatermain und der
Zauberer im Zululand
Abenteuerroman von Henry Rider Haggard

HISTORICAL DIAMOND
Band 11
Attila - König der Hunnen
Historischer Roman von Felix Dahn

HISTORICAL DIAMOND
Band 12
Lizzie Holmes und die
Kristiana-Affäre
Kriminalroman von Sven Elvestad

HISTORICAL DIAMOND
Band 13
Der Chinese
Ein Wachtmeister Studer - Krimi von Friedrich Glauser

HISTORICAL DIAMOND
Band 14
Allan Quatermain
und die heilige Blume
Abenteuerroman von Henry Rider Haggard

HISTORICAL DIAMOND
Band 15
Bomben auf Monte Carlo
Roman von Fritz Reck-Malleczewen

HISTORICAL DIAMOND
Band 16
Das Elfenbeinkind
Ein Allan Quatermain Abenteuerroman von Henry Rider Haggard

Naturwissenschaft, Physik und Astronomie

– **Äquivalenz von Information und Energie.** Von: K.-D. Sedlacek
– **Das Gesetz im Zufall:** Wie sich verborgene Gesetzlichkeit manifestiert. Von: Moritz Cantor u. K.-D. Sedlacek (Hrsg.)
– **Der Widerhall des Urknalls:** Spuren einer allumfassenden transzendenten Realität jenseits von Raum und Zeit. Von: K.-D. Sedlacek
– **Einsteins Relativitätstheorie ganz ohne Mathematik.** Spezielle und allgemeine Relativitätstheorie. Von: Prof. Dr. Paul Kirchberger u. K.-D. Sedlacek (Hrsg.)
– **Freizeitvergnügen Sternenhimmel mit bloßem Auge:** Wie man Sternbilder auffindet ohne Instrumente. Von: Prof. Dr. Paul Kirchberger u. K.-D. Sedlacek (Hrsg.)
– **Phänomen Naturgesetze:** Das Geheimnis hinter den Erscheinungen der Welt. Von: K.-D. Sedlacek
– **Supervereinigung:** Wie aus nichts alles entsteht. Von: K.-D. Sedlacek
– **Die Natur psycho-physikalischer Phänomene.** Erforschung telekinetischer Vorgänge. Von: Schrenck-Notzing, A. u. Klaus D Sedlacek (Hrsg.)
– **Giganten der Physik.** Die Top10-Physiker der Menschheitsgeschichte. Von: Klaus-Dieter Sedlacek (Hrsg.)
– **Der allmächtige Informatiker:** Das Mysterium des Universums. Von Sir James Jeans u. K.-D. Sedlacek (Hrsg.)
– **Der verborgene Mechanismus des Weltgeschehens:** Neue Erkenntnisse über die Gestalten biotechnischer Systeme der Welt. Von: Dr. h. c. Raoul Francé u. K.-D. Sedlacek
– **Der erdgeschichtliche Klimawandel:** Den wahren Ursachen von Klimaschwankungen auf der Spur. Von Wilhelm Bölsche u. K.-D. Sedlacek (Hrsg.)
– **Wege zur physikalischen Erkenntnis.** Meine wissenschaftlichen Selbstbiographie, Reden und Vorträge. Von **Max Planck** u. K.-D. Sedlacek (Hrsg.)

Chemie

– **Der Stein der Weisen:** Wie die Alchemie zur Chemie wurde. Von: Wilhelm Ostwald et. al. u. K.-D. Sedlacek (Hrsg.)
– **Durchblick Chemie:** Praktische Grundlagen und Einführung in die anorganische, organische und Biochemie. Von: Prof. Dr. Lassar-Cohn, Prof. Dr. W. Löb, K.-D. Sedlacek

Natur- und Philosophie

– **Die letzten Ursachen.** Das Buch der Naturerkenntnis. Von: K.-D. Sedlacek
– **Gebundener Wille:** Wie frei ist menschlicher Wille tatsächlich? Von: K.-D. Sedlacek, G.F. Lipps et. al.

– **Jenseits der Erscheinungen:** Erkennbarkeit und Realität der Quantennatur. Von: Prof. Dr. M. Schlick u. K.-D. Sedlacek (Hrsg.)
– **Kleines Wörterbuch der Natur-Philosophie:** 1200 Begriffe, die man kennen sollte, kurz und prägnant. Von: K.-D. Sedlacek
– **Naturphilosophie:** Das Wesen von Naturgesetzen und die Erklärung des Lebens. Von: Prof. Dr. M. Schlick u. K.-D. Sedlacek (Hrsg.)
– **Vereinbarkeit von Religion und Naturwissenschaft.** Von: Kurd Laßwitz u. K.-D. Sedlacek (Hrsg.)
– **Das Konzept des Guten.** Sinnliches Empfinden – Der Ursprung unserer Wertvorstellungen. Von: Klaus-Dieter Sedlacek (Hrsg.)
– **Ist echte Erkenntnis möglich?** Einführung in die Erkenntnistheorie. Von: Prof. Dr. Erich Becher u. K.-D. Sedlacek (Hrsg.)
– **Das individuelle Ich**: Was ist der Kern des Selbstbewusstseins? Von: Th. Lipps u. K.-D. Sedlacek (Hrsg.).
– **Persönlichkeit und Unsterblichkeit:** In welcher Form existiert ein Weiterleben nach dem zeitlichen Ende? Von: Wilhelm Ostwald u. K.-D. Sedlacek (Hrsg.)
– **Die idealistischen Grundwerte unserer Kultur.** Von Johannes M. Verweyen u. K.-D. Sedlacek (Hrsg.)

Bewusstsein

– **Leben nach dem Leben:** Befreiung des Bewusstseins von den Fesseln der Zeit. Von: K.-D. Sedlacek
– **Quantenbewusstsein.** Von: N. Wrobel u. K.-D. Sedlacek
– **Synthetisches Bewusstsein.** Von: K.-D. Sedlacek
– **Unsterbliches Bewusstsein:** Raumzeit-Phänomene, Beweise und Visionen. Von: K.-D. Sedlacek

Leben und Medizin

– **Leben aus Quantenstaub.** Von: N. Wrobel u. K.-D. Sedlacek,
– **Was ist Krankheit?** Von: N. Wrobel u. K.-D. Sedlacek
– **Bewusstsein und Unsterblichkeit.** Von: C. L. Schleich u. K.-D. Sedlacek (Hrsg.)
– **Die Lebenskraft:** Wie Enzyme, Bewusstsein und quantenbiologische Effekte das Leben regulieren. Von: K.-D. Sedlacek u. N. Wrobel,
– **Die verborgene Ordnung des Weltsystems.** Neue Erkenntnisse über die schöpferischen Kräfte der Natur. Von: Dr. h. c. Raoul Francé u. K.-D. Sedlacek (Hrsg.)

– **Homöopathie und Praxis:** Naturheilkundliche alternative Medizin für den mündigen Patienten. Von: Dr. med. J. Voorhoeve u. K.-D. Sedlacek (Hrsg.)

– **Eine andere Sicht auf die Entstehung der sporadischen Form der Alzheimerkrankheit.** Von Norbert Wrobel u. K.-D. Sedlacek (Hrsg.)

PSYCHOLOGIE

– **Gestalt-Psychologie:** Einführung in die neue Psychologie vom Begründer der Gestaltpsychologie. Von: Prof. Dr. Kurt Koffka u. K.-D. Sedlacek (Hrsg.)
– **Die ersten Spuren psychischer Erscheinungen:** Das psychische Leben von Mikroorganismen – Eine Studie in experimenteller Psychologie. Von Alfred Binet u. K.-D. Sedlacek (Übers.)
– **Allgemeine moderne Psychologie:** Systematische Einführung in die Wissenschaft psychischer Prozesse. Von August Messer u. K.-D. Sedlacek (Hrsg.).
– **Strahlende Kräfte durch positives Denken:** Die Wurzeln des Erfolgs und Wege zum Glück. Von Emil Peters u. K.-D. Sedlacek (Hrsg.)

BIOLOGIE

– **Wie intelligent sind Pflanzen?** Sensationelle Einblicke in die geheime Seite des pflanzlichen Wesens. Von Prof. Dr. phil. Adolf Wagner u. K.-D. Sedlacek

– **Über Menschenaffen, Tierseele und Menschenseele:** Intelligenzprüfungen an Hominiden. Von Wilhelm Bölsche et. al. und K.-D. Sedlacek (Hrsg.)

GESCHICHTE, VOR- U. FRÜHGESCHICHTE

– **Die geheimnisvolle Kultur der alten Kelten.** Von Druiden, Fürstensitzen und der Lebensart unserer frühgeschichtlichen Vorfahren. Von Georg Grupp u. K.-D. Sedlacek (Hrsg.)
– **Der Alchemist Leonhard Thurneysser:** Die Lebensgeschichte des Goldmachers von Berlin. Von Klaus-Dieter Sedlacek (Hrsg.)
– **Es begann mit Feuerskraft.** Das Werden des Menschen und seiner Kultur. Von Carl W. Neumann u. K.-D. Sedlacek (Hrsg.)
– **Gefangen zwischen Eisschollen:** Die dramatische Entdeckungsgeschichte der Antarktis. Von Klaus-Dieter Sedlacek (Hrsg.)

RATGEBER FREIZEIT U. REISE

– **Kultur erleben mit den Wohnmobil in Frankreich:** Vierzig kulturelle Highlights, Park- und Übernachtungspätze sowie Navigationskoordinaten. Von Klaus-Dieter Sedlacek
– **Kochbuch für ganze Kerle:** Kräftige und Feinschmeckergerichte für Freizeit und Camping. Von K.-D. Sedlacek (Hrsg.)

FORSCHUNGSREISEN U. ABENTEUER

– **Meine erste Weltumseglung:** Tagebuch einer epochalen Expedition. Von James Cook u. K.-D. Sedlacek (Hrsg.)
– **Exotische Reise durch Persien:** Abenteuerlicher Bericht aus einer fremdartigen Welt des 19ten Jahrhunderts. Von Pierre Loti u. K.-D. Sedlacek (Hrsg.)
– **Mit der Beagle um die Welt:** Bericht meiner Forschungsreise zum Galapagos-Archipel. Von Charles Darwin u. K.-D. Sedlacek (Hrsg.)
– **Peking-Paris im Automobil:** Die legendäre 16.000 km – Rallye 1907. Von Luigi Barzini u. K.-D. Sedlacek (Hrsg.)
– **Mein Leben im Tropenparadies:** Fünfundzwanzig Jahre in Ceylon – Erlebnisse und Abenteuer. Von John Hagenbeck u. K.-D. Sedlacek (Hrsg.)